国家科学技术学术著作出版基金资助出版

网络计划管理中的机动时间特性理论及其应用

乞建勋　张立辉　李星梅　著

科学出版社

北京

内 容 简 介

机动时间是网络计划管理中的核心概念。本书系统研究了机动时间的长度特性和使用特性理论，具体包括后单时差、前单时差、总时差、节点时差等各种机动时间与路长的关联规律，机动时间的使用方式，机动时间的传递性和稳定性等。在此基础上，利用机动时间的特性研究了时间-费用优化问题中超大型网络化简方法、k 阶次关键路线的求法、最大有效压缩量的求法以及项目稳定性分析等问题。

本书可供从事网络计划优化理论研究的科研人员参考阅读，也可作为项目管理人员的工具书。

图书在版编目(CIP)数据

网络计划管理中的机动时间特性理论及其应用/乞建勋，张立辉，李星梅著. —北京：科学出版社，2009

ISBN 978-7-03-021199-6

Ⅰ.网… Ⅱ.①乞…②张…③李… Ⅲ.项目管理-时间学 Ⅳ.F224.5

中国版本图书馆 CIP 数据核字（2008）第 035239 号

责任编辑：张 敏 孙 芳 王向珍/责任校对：郭瑞芝

责任印制：赵 博/封面设计：耕者设计工作室

科学出版社 出版

北京东黄城根北街 16 号

邮政编码：100717

http://www.sciencep.com

新蕾印刷厂 印刷

科学出版社发行 各地新华书店经销

*

2009 年 1 月第 一 版 开本：B5(720×1000)

2009 年 1 月第一次印刷 印张：8 1/4

印数：1—2 500 字数：151 000

定价：30.00 元

（如有印装质量问题，我社负责调换〈新蕾〉）

序

乞建勋教授的新著《网络计划管理中的机动时间特性理论及其应用》是一部研究网络计划管理中机动时间问题的学术著作。网络计划是一种在项目管理和工程建设中得到广泛应用的管理技术，为项目管理带来了人力、物力、时间等资源的节约和效率的提高，在国内外应用产生过巨大的经济效益，近年来在我国经济建设（特别是基本建设）与国防事业各领域应用十分广泛，取得了很好的效果，但随着目前建设工作在工期与资源分配方面的要求日益提高，对网络的优化问题提出了新的挑战。为了进一步合理调配各项资源，更充分发挥其具有的潜力，需要全面研究网络计划的优化问题，其中最关键和核心的问题是网络计划中有关机动时间特性及其同整个工程完成的时间长度（即路长）的关系。

尽管近年来国内外在网络计划优化方面也有所研究，但实际应用效果并不理想，其主要原因在于对网络的基本性态与参数的深入研究未予充分关注，特别是对时间特性中的机动时间问题缺乏细微深入探究，因而无法取得优化的成效。乞建勋教授在多年的理论研究与实际应用和研究生教学的基础上，对此问题开展了深刻性研究，他长期以来一直探索解决网路计划优化中困扰人们的核心难题，该书是他和他的团队成员二十多年研究成果结晶的凝聚。其原创性成果反映在：系统地研究了各种时差与路长的关系；用极其简单的方法解决了工期压缩中的关键问题；首次研究机动时间的不同使用方式对结果不同影响的规律；研究了机动时间的传递特性与稳定特性，给出了运用机动时间求解各阶次关键路线的方法，从而将时间-费用优化问题的超大型网络简化为等效的简单子网络；证明了一条路线上各自由时差的相互联系，有利于提高机动时间使用效率，实现资源节约；揭示了机动时间的传递特性与稳定特性，找出了新关键工序的形成规律。这些原创性的成果系统地总结在这本著作之中，为网络计划管理的研究与使用奠定了微观基础，有着深远的理论意义与实用价值。

我国的网络计划管理从华罗庚、钱学森等前辈倡导推行以来，数十年来实际应用多而理论研究少。近年来，由于建设工作的巨大规模与工程项目的高度复杂，使得实际应用遇到许多困难。值得庆幸的是有像乞建勋教授这样的工程管理专家，在丰富的工程实践与深入的理论研究基础上，不断探索，取得许多原创性成果，使得我国的网络计划管理的研究与应用在世界上独树一帜，为建筑事业的管理提供了有力的支持。该书是国内外迄今为止第一部探讨机动时间特性的著作，填补了网络计划管理的机动时间研究的空白，它的出版无论在理论上与实际应用上均有很大的价值，相信该书的问世，必将对我国网络计划的研究和应用起到推动作用。

中国工程院院士

王众托

2008年12月

前　言

机动时间是网络计划管理中的一个核心概念。自 1956 年 CPM 网络计划图诞生后，人们第一次能够科学地计算出机动时间，从而能够确定关键路线和关键工序，网络计划技术在各国的工程项目管理中得到了非常广泛的应用。尽管后来人们对机动时间进行了研究，引入了总时差、安全时差、自由时差、干扰时差、节点时差等概念，但大量研究仅仅停留在概念上，未能深入。时至今日，人们普遍认为 CPM 网络计划只需解决如何应用的问题，至于理论上的研究已经山穷水尽，缺少继续深入研究的空间，这实在是很大的误解，事实恰恰相反。我们在研究中发现，机动时间的规律之多，应用之广，价值之大，使得理论上的进一步研究显得更加必要。因此，作者系统总结了多年来从事机动时间研究的成果，其中包括已发表和尚未发表的论文，国家自然科学基金和教育部博士点基金的部分科研成果，与国内外同行的交流和在博士生课程上的讨论结果，与原国家电力公司等单位合作的多个项目管理实践的成果。本书绝大部分内容都是作者的原创性成果，是多年研究心血的结晶。纵观国内外网络计划优化理论的相关文献，本书是第一本系统研究机动时间特性理论的著作。作者希望本书的出版能够为广大网络计划优化理论的研究人员提供一种新的研究视角和理论基础，为项目管理人员提供一种新的管理工具。

全书分为 4 个部分，共 9 章。第一部分是第 1 章，回顾了网络计划理论的发展和国内外对机动时间的研究现状，指出机动时间特性研究对网络计划优化的意义。第二部分包括第 2～6 章，着重研究机动时间的静态特性，即 CPM 网络计划图的“长度”特性。国内外已有文献对机动时间的研究都局限于时间分析，未见从“长度”角度的研究，因此机动时间的长度特性研究给我们带来一系列新的发现。其中，第 2 章提出了主要的机动时间概念及相邻两工序间机动时间的关系。第 3～6 章分别探讨了后单时差、前单时差、总时差、节点时差的长度特性，提出了路长定理、机动时间定理等重要理论。第三部分包括第 7、8 章，主要研究机动时间的动态特性，即机动时间在使用过程中表现出来的特性。第 7 章讨论了工序机动时间使用的不同方式对各种时差发生顺序的影响；第 8 章则研究了机动时间的传递性和稳定性问题。在第二和第三部分机动时间特性理论分析的基础上，本书第四部分（第 9 章）提出了机动时间特性理论的应用，主要讨论了在求时间-费用优化问题中对超大型网络的化简、求 k 阶次关键路线、求最大有效压缩量和项目稳定性分析中的应用。

本书最大的特点是将机动时间作为研究网络计划优化理论的出发点和立足点。本书所做的创新性工作主要有以下几方面：

(1) 本书第一次全面系统地研究了机动时间的“长度特性”，即机动时间与路长的关系。从机动时间概念被提出开始，人们只是关注和研究机动时间的“时间特性”，而很少研究它的“长度特性”。例如，“节点时差”，人们一直认为是“节点的结束时间与开始时间之差”，但是本书则提出了“节点时差”的“长度特性”，即“节点时差等于关键路线与过该节点的最长路线的路长之差”。又如，本书证明了工序的“后单时差（自由时差）”就是“过工序结束节点的最长路线与过该工序的最长路线的路长之差”等。本书对各种机动时间的长度特性都进行了深入地研究，并对所得结果进行了详细的证明，这将有助于人们更深入地理解和认识机动时间的概念和应用。

(2) 本书根据机动时间与路长的关系，提出了时间-费用优化问题中将大型、超大型网络化简为等效的简单子网络的方法，从而大大减少了计算工作量。

(3) 本书根据单时差与路长的关联规律，即“任意一条路线与关键路线的路长之差等于该条路线上各工序的后单时差之和，也等于该条路线上各工序的前单时差之和”，第一次给出了运用前单时差和后单时差求解各阶次关键路线的方法。

(4) 本书第一次研究了机动时间不同使用方式对结果的不同影响的规律。机动时间不同使用方式会造成不同结果的问题，至今无人研究。例如，传统认识是“一个工序的机动时间没有使用完，则该工序肯定不会成为新关键工序”，但是本书却证明了“一条路线上各个工序如果都仅仅使用了后单时差，则该路线上的每个工序将都变成关键工序”，可见一个工序单独使用机动时间与多个工序共同使用机动时间其效果是大不相同的，本书揭示了这种现象的规律性。这一理论应用到项目管理实践中将有利于提高机动时间的使用效率，实现资源的节约。

(5) 本书第一次研究了机动时间的传递特性和稳定特性。如果一个工序或部分工序使用机动时间时，其他工序中有一部分工序的机动时间也会相应减少，那么哪些工序机动时间会减少，减少的规律性是什么；哪些工序会因其他工序使用机动时间而被动的变成新关键工序，哪些工序则不受其他工序使用机动时间的影响等，这就是机动时间传递性和稳定性问题。本书不但提出了这个问题，还找出了该问题的内在规律性，尤其是找到了成为稳定工序的充分必要条件。

在本书即将出版之际，感谢各位国内外同行，他们的建议使作者受益匪浅；感谢国家科学技术学术著作出版基金对本书的资助；感谢国家自然科学基金委员会管理科学部，本书科研成果的取得与国家自然科学基金项目（项目编号：70671040）的支持密不可分；感谢中国科学院科技政策与管理科学研究所的支持，作者在该所做高级访问学者时收获良多；感谢科研团队中的各位研究生，他们在研究成果推广和本书出版过程中做了大量深入细致的工作，尤其是博士研究生周远成副教授，他将作者的许多思想通过管理软件予以实现并申请了国家发明专利，使其在项目管理中得到更广泛的应用。

本书是作者多年科研与教学工作的总结。作者深切感到，科研是一个令人兴奋的工作，教师是一项令人年轻的职业。当作者沉浸科研的时候，虽有苦苦思索的苦闷，但更多的是获得新发现的快乐；当作者身处学生之中时，感觉自己思如泉涌，仿佛又重新年轻起来。由机动时间的特性出发，作者将这一理论拓展至最短路和旅行商等问题，又取得了一系列新的发现。因此，本书既是机动时间前期研究的总结，又是新研究阶段的开启；它并不意味着结束，而意味着一个新的开始。

乞建勋

2008年12月

目　录

第1章 综　　述

项目工期和工序机动时间是项目管理中进度控制的核心问题。1956年杜邦公司提出关键路线法(critical path method,CPM)网络计划之后,人们终于可以利用标准的CPM算法计算出各项工作的时间参数,尤其是机动时间,CPM网络图也因此在世界各国应用。机动时间的特性研究成为人们关注的热点问题,人们从不同角度提出了不同特点的机动时间概念,如Battersby(1970)和Thomas(1969)提出了总时差(total float)、安全时差(safety float)、自由时差(free float)、干扰时差(interference float)的概念,Elmaghraby(1977)又提出了节点时差的概念。Elmaghraby等(1990)对这些时差相对于CPM网络表示方法的依赖性进行了系统的分析,并提出了改进的计算方法。虽然人们可以利用各种工具准确计算出CPM网络中各工序的时间参数,但还无法揭示CPM网络的整体规律,本书对工序各种时差之间的内在联系、机动时间的特性进行了进一步研究,并对其在次关键路线、等效子网络等方面的应用进行了充分及有效的证明。

1.1　网络计划技术的产生和发展

1.1.1　网络计划技术的含义

网络计划技术是20世纪50年代末在美国产生和发展起来的一种编制大型工程进度计划的项目管理方法,是现代管理科学总结出的一种比较有效的管理手段。它的基本原理是以缩短工期、提高效率、节省劳力、降低成本消耗为最终目标,通过较为形象的工序关系图——网络图来表示预定计划任务的进度安排及其各个环节之间的相互联系,并在此基础上进行系统分析、计算时间参数、找出所谓的关键路线和关键工序,然后利用机动时间进一步改进实施方案,以求得工期、资源、成本等的优化,从而对计划进行统筹规划。在计划执行过程中,可以通过信息反馈,不断地对实际进程进行监督、控制和调整,以保证达到预期的目标和最佳效果。网络计划技术是一种能缩短工期、降低成本、用最快的速度顺利完成计划的有效方法。

网络计划的设计思想:先高度抽象化,以最简洁的符号表达各种不同的活动和它们之间的联系,即用节点(或有向线段)表示某项工序,用有向线段(或节点)组成类似于网络的形式来表达一项计划(工程)中各项工作(任务、工序)的先后顺序和相互关系。然后,通过有联系的逻辑关系计算找出计划中决定总工期的一组工作(工序),这组工作的逻辑顺序形成的“步骤链”称为关键路线,该组工作称为关键工序。

由于网络图突出了整个工程项目的主要矛盾，明确了各个工作间相互配合的关系，因而使各方面围绕关键路线紧密配合地工作，克服了忙乱、窝工现象，使工程得以有计划、有步骤地进行。显而易见，网络计划技术能使工程"计划分明，重点突出，心中有底，配合紧密"，是适应现代化建设需要的一种有效管理手段。正是由于这个原因，自网络计划技术出现以来，便迅速引起世界各国的重视，在工业、农业、国防、关系复杂且庞大的科学研究计划和管理中都得到了广泛的应用。尤其是在土木建筑工程和公路项目中，利用网络计划技术编制工程项目的进度计划，对于控制总工期，有效利用各种资源以及组织、监督和指导施工都起到了积极的作用。

1.1.2 网络计划技术的发展阶段

1. 横道图法

传统的进度计划的编制方法是横道图法，也称甘特图法，是 20 世纪初由美国的亨利·甘特开发出来的。它是反映施工与时间关系的一种进度图表，由条形图来表示，横轴表示时间，纵轴表示工序，线条表示在整个期间上工序的计划和实际进度情况，是最早对进度计划编制和操控的科学表达方式。这种表达方式简单、明了、容易掌握，便于检查和计算资源的需求状况，因而很快地应用于工程进度计划中，得到广大项目管理者的普遍好评。但是它也存在着一些缺点，如不能表示工序之间相互影响、相互制约的紧前紧后关系；条形图不能反映整个项目中的制约因素，即关键路线和关键工序，不能对整个项目进行宏观的把握；对于大型复杂的项目，甘特图更是显得无能为力；更重要的是甘特图不能应用于现代化的计算工具——计算机。这些都限制了甘特图的适用范围和发展前景。

2. CPM

1956 年，美国杜邦化学公司开发出一种面向计算机描述工程项目合理安排进度计划的方法，制定了第一套网络计划，该计划首次运用于化工厂的建造和设备维修中，大大缩短了工作时间，节约了费用。这种计划借助网络图表示各项工序与所需要的时间，以及各项工序的相互关系，通过网络分析研究项目费用、资源与工期的相互关系，并找出在编制计划时和计划执行过程中的关键路线。这种方法称为 CPM。它通过箭线和节点直观地表示出所有项目工序环节的顺序及相互之间的依赖关系，箭头方向从左至右依次表示工序的先后顺序，组成一个整体的网络图，从而能够将各种分散、复杂的数据加工处理成项目管理者所需的信息，方便项目管理人员进行各种资源的分析和配置，并进行有效的项目控制。CPM 的计算原则是根据指定的工序紧前紧后关系和确定的工序工期估算，计算各项工序的单一、确定性的最早与最迟的开始与结束时间，从而确定制约整个项目的关键因素，即关键路线和关键工序。关键路线是网络中从起始节点到结束节点最长的路径，它的长度就等于这个项目的总工期，关键路线一旦延长，总工期就会随之推迟。关键工序也是整个项目的“瓶颈”，关键工序的工期延长会影响它的后继工序，还有可能影响项目总工期。CPM的核心和焦点是机动时间的计算和使用问题，通过计算机动时间，可以很容易地找出关键路线和关键工序，在解决工期一定-资源有限，资源均衡，时间-费用优化等问题中起着至关重要的作用。如今，CPM广泛适用于生产技术复杂、工作项目繁多且联系紧密的一些跨部门的工作计划。例如，新产品研制开发、大型工程项目、生产技术准备、设备大修等计划，还可以应用在人力、物力、财力等资源的安排，合理组织报表、文件流程等方面。

实践表明，CPM具有下面一系列优点：

(1) 网络计划能够清楚地表达项目各项工序之间的逻辑关系。

(2) 通过在网络图上各参数的计算，可以清楚地知道关键路线和关键工序，便于项目管理者将资源集中到这些关键因素上。

(3) 可以计算出各工序的机动时间，有利于合理利用这些机动时间调整工序，从而达到合理配置资源和降低成本的效果。

(4) 是运用计算机处理的理想模型，在信息化时代，该方法的应用会更加广泛，起到的作用也会更加突出。

在绘制CPM网络图的过程中，有以下几个作图原则：

(1) 网络图中不允许出现闭合回路。

(2) 各项工序之间必须按照逻辑关系进行，紧前工序全部完成之后，紧后工序才能开始。

(3) 同一道工序只能在网络图中表达一次。

(4) 相邻两节点之间只能存在一道工序。

(5) 在一个网络图上，只能有一个起始节点和一个结束节点。

3. 计划评审技术法

1958年，美国海军武器部在制定“北极星”导弹计划时应用了网络分析方法与网络计划，但它注重对各项工作安排的评价和审查。这种计划称为计划评审技术(program evaluation and review technique，PERT)法。“北极星”导弹潜艇的研制工作包含几十亿个管理项目，有上万家企业参加，所承担的工作相互联系、相互制约，如一个企业不能如期完成，就要影响其他企业的完成，协调工作十分复杂。应用PERT法，将研制导弹过程中各种合同进行综合权衡，效果极佳，有效地协调了成百上千个承包商的关系，不仅有效地控制了计划，而且提前完成了任务，并在成本控制上取得了显著的效果。

PERT 法在安排和表示进度计划的形式方面与 CPM 有相似之处，但基础资料收集的难度及处理这些资料的复杂程度要比 CPM 复杂得多。所以，PERT 法多用于一些难于控制、缺乏经验、不确定性因素多而复杂的项目中。这类项目往往需要反复研究和反复认识，具体到某一工作环节，事先不能估计其需要时间，而只能推测一个大致的完成时间的范围。PERT 法假设各个活动的工序是随机变量，可以根据专家调查法、经验估计和历史资料进行估算，也就是三点法。三点法给出了工序工期的悲观时间、最有可能时间和乐观时间的估计。

虽然 CPM 与 PERT 法是彼此独立和先后发展起来的两种方法，但它们的基本原理是一致的。它们的不同在于 CPM 采用的时间是确定的，而 PERT 法采用的时间是不确定的，是基于概率统计的。因此，CPM 把缩短时间和降低成本一起考虑，且把降低成本作为主要目标；而 PERT 法则以缩短时间为目标。另外，CPM 主要应用于以往在类似工程中已取得一定经验的承包工程；PERT 法更多地应用于研究与开发项目。近年来，两者的发展趋向一致，即采用两者的长处来规划与控制系统，做到从时间和费用的统一中选择最佳方案。

4. 其他网络计划技术方法

随着电子计算机技术的突飞猛进，边缘学科的不断发展，网络计划技术应用领域的不断拓宽，又产生了多种网络计划技术，主要有图示评审技术和风险评审技术。图示评审技术(graphical evaluation review technique，GERT)，又叫随机网络，该技术方法可对网络逻辑和活动所需时间估算进行概率处理(即某些活动可能根本不进行，某些活动可能只部分进行，而其他活动则可能多次进行)。在 GERT 中，可以包含具有不同逻辑特征的节点，节点的引出端允许有多个概率分支，网络中允许回路和自环存在，每项活动的周期可选取任何种类的概率分布等。一句话，GERT 随机网络完全立足于真实的项目进程，允许考虑项目的返工，考虑项目及各个进度路径的选择、废弃，以及考虑通过重复某一过程而带来的学习效应等，基本上不受方法本身先天局限的影响。

在 GERT 之后，又发展起来了风险评审技术(venture evaluation review technique，VERT)，按照工程项目和研制项目的实施过程，建立对应的随机网络模型。根据每项活动或任务的性质，在网络节点上设置多种输入和输出逻辑功能，使网络模型能够充分反映实际过程的逻辑关系和随机约束。同时，VERT 还在每项活动上提供多种赋值功能，建模人员可对每项活动赋予时间周期、费用和性能指标，并且能够同时对这三项指标进行仿真运行。因此，VERT 仿真可以给出不同性能指标下相应时间周期和费用的概率分布、项目在技术上获得成功或失败的概率等。这种方法将时间、费用、性能联系起来进行综合性仿真，为多目标决策提供了强有力的工具。

工序(i,j)的工期；
箭尾节点的最早开始时间；
箭头节点的最早开始时间。

的最迟结束时间 LF_j

以该节点(j)为结束的各项工序最迟必须完成的时刻(若此时刻不能完后继工序的按时开始)，以 LF_j 表示。计算每个节点的最迟结束时间点开始，自右向左，逆箭线方向，逐个计算，直至网络源点。因网络汇点序，所以汇点(w)的最迟结束时间等于汇点(w)的最早开始时间，即 LF_w LF_w＝工程总工期。

箭尾节点的最迟结束时间是由它的箭头节点的最迟结束时间减去工序工。若以此箭尾节点出发同时有几条箭线，则选其中节点最迟结束时间与差的最小值。为什么要选择最小值作为箭尾节点的最迟结束时间呢？这继工序必须保证它的各后继工序能最早开工的需要。不然，超过此时刻，后继各工序的开始时间。

公式如下：

$$\begin{cases} LF_w = ES_w \\ LF_i = \min\limits_{i,j\in p}\{LF_j - T_{ij}\} \end{cases}$$

——节点集合；
F_w——汇点的最迟结束时间；
F_i——箭尾节点的最迟结束时间；
F_j——箭头节点的最迟结束时间。

工序的时间参数

工序的时间参数有 4 个，即工序的最早开始时间、最早结束时间、最迟开始时最迟结束时间。

. 工序的最早开始时间 ES_{ij}

一个工序(i,j)必须等它的所有紧前工序完成之后才能开始，在这之前是不具始条件的，这个时间称为工序(i,j)的最早开始时间，即紧前工序全部完成之本工序可能开始的最早时间，以 ES_{ij} 表示。它是自左向右逐个计算的，计算方两种。

第一种计算方法：工序的最早开始时间就是它的箭尾节点的最早开始时间，其算公式如下：

鉴于机动时间的产生是基于CPM网络，
性，本书主要研究在CPM网络中机动时间有
可以进一步推广至其他网络计划方法。

1.2 CPM网络的主

CPM提出了“最早”和“最迟”的概念，并产
一次可以科学的计算出机动时间。网络时间的计
们感兴趣的往往是通过计算网络时间，确定网络
长的路线，即关键路线，也就是工程的总工期。为
数。本书是在CPM双代号网络图中研究机动时
表示工序，节点表示工序的起始和结束。在网络图
从而方便地找出关键路线和关键工序。

1.2.1 节点的时间参数

在CPM双代号网络图中，节点本身不占用时间，
一时刻开始或结束的时间点，节点的时间参数有两个
间；另一个是节点的最迟结束时间。

1. 节点的最早开始时间 ES_i

它是指从该节点(i)开始的各项工序最早可能开始
前，各项工序不具备开始工作的条件，这个时刻称为节点
ES_i 表示。计算每个节点的最早开始时间应从网络的源点
线的方向，逐个计算，直至网络的汇点。网络汇点因无后
间也就是它的结束时间。网络源点，即网络第一个节点的
箭尾节点的最早开始时间加上工序的工期就是该工序箭头
若同时有几条箭线与箭头节点相接，选其中箭尾节点最早
的最大值作为箭头节点的最早开始时间。为什么要选择最大
早开始时间呢？这是因为后继工序必须等它前面工期最长的
工作。

计算公式如下：

$$\begin{cases} ES_1 = 0 \\ ES_j = \max\limits_{i,j \in p}\{ES_i + T_{ij}\} \end{cases}$$

式中：p——节点集合；

T_{ij}——
ES_i——
ES_j——

2. 节

它是
成势必影
应从网络
无后继工
$=ES_w$，
一
期决定
工序工
是因为
必将影
计

式中：

1.2.

间和

备开
后，
法不

计

$$ES_{ij} = ES_i$$

第二种计算方法:工序的最早开始时间等于它的紧前工序的最早开始时间加上该工序工期,若紧前工序有多个时间,选其中最早开始时间加上紧前工序工期之和的最大值,其计算公式如下:

$$ES_{ij} = \max_{(h,i)\in P_{ij}} \{ES_{hi} + T_{hi}\}$$

式中:P_{ij}——工序(i,j)的紧前工序集合;

ES_{ij}——工序(i,j)的最早开始时间;

ES_{hi}——紧前工序(h,i)的最早开始时间;

T_{hi}——紧前工序(h,i)的工期。

2. 工序的最早结束时间 EF_{ij}

工序(i,j)的最早结束时间就是它的最早开始时间加上该工序的工期,以 EF_{ij} 表示,其计算公式如下:

$$EF_{ij} = ES_{ij} + T_{ij}$$

3. 工序的最迟开始时间 LS_{ij}

一个工序(i,j),紧接其后也有一个或几个工序,在不影响整个项目按期完成的条件下,本工序有一个最迟必须开始的时刻,这个时刻称工序(i,j)的最迟开始时间,以 LS_{ij} 表示。它的计算也和工序的最早开始时间一样,可以通过箭头节点的最迟结束时间减去该工序工期来求得;也可以通过它紧后工序的最迟开始时间减去该工序工期来求得,它是自右向左逐个计算的。同样有两种计算方法。

第一种计算方法:工序的最迟开始时间等于它的箭头节点的最迟结束时间减去该工序工期的差。其计算公式如下:

$$LS_{ij} = LF_j - T_{ij}$$

式中:LS_{ij}——工序(i,j)的最迟开始时间;

LF_j——箭头节点 j 的最迟结束时间;

T_{ij}——工序(i,j)的工期。

第二种计算方法:工序的最迟开始时间等于它的紧后工序的最迟开始时间减去该工序的工期,当紧后工序有多个时,选其中最迟开始时间与工序工期差的最小值,其计算公式如下:

$$LS_{ij} = \min_{(j,k)\in S_{ij}} \{LS_{jk} - T_{ij}\}$$

式中:S_{ij}——工序(i,j)的紧后工序集合;

LS_{jk}——紧后工序(j,k)的最迟开始时间。

4. 工序的最迟结束时间 LF_{ij}

工序的最迟结束时间就是它的最迟开始时间加上该工序的工期，以 LF_{ij} 表示，其计算公式如下：

$$LF_{ij} = LS_{ij} + T_{ij}$$

式中：LF_{ij}——工序(i,j)的最迟结束时间；

LS_{ij}——工序(i,j)的最迟开始时间；

T_{ij}——工序(i,j)的工期。

1.3 对机动时间特性的初步研究

计算各项工序的最早开始与结束时间、最迟开始与结束时间，其目的之一就是要分析各项工序在时间配合上是否合理，有没有潜力可挖。在一项计划任务中，总是有一些工序在时间衔接上是紧密相连、环环相扣的。其中任何一个环节如果延误了时间，就会影响整个计划任务的按期完成。但也有一些工序，它们的开始与结束时间或前或后，在一定条件下对后继工序和整个计划任务的完成没有影响。这就是说，有些工序在时间上比较灵活，有一定的机动余地；有些工序在时间上卡得很死，没有机动余地。怎样来判断这些不同的情况呢？这就要计算机动时间。

计算和利用机动时间是网络计划技术中的一个重要问题，它为计划进度的安排提供了选择的可能性。利用机动时间可以进一步挖掘潜力，求得计划安排和资源分配的合理方案。以往的研究中有 5 种机动时间，分别是总时差、自由时差、安全时差、干扰时差和节点时差。

1.3.1 总时差

工序总时差表示在不影响项目总工期的条件下，各工序的最早开始(结束)时间可以推迟的最大时间间隔。

总时差的计算方法如下：

$$TF_{ij} = LS_{ij} - ES_{ij}$$

式中：TF_{ij}——工序(i,j)的总时差；

LS_{ij}——工序(i,j)的最迟开始时间；

ES_{ij}——工序(i,j)的最早开始时间。

或者

$$TF_{ij} = LF_{ij} - EF_{ij}$$

式中：LF_{ij}——工序(i,j)的最迟结束时间；

EF_{ij}——工序(i,j)的最早结束时间。

工序总时差越大，在不影响项目总工期时，工序可利用的时间间隔就越大，这有利于在一定的范围内将有限的资源配置到制约项目工期的关键工序上，以达到缩短项目总工期的目的。

1.3.2　自由时差

自由时差是指在不影响其紧后工序最早开始时间的前提下，该工序可利用的机动时间。某工序的自由时差等于该工序的最早结束时间与其紧后工序最早开始时间的差，用公式表示为

$$FF_{ij} = ES_{jk} - EF_{ij}$$

式中：FF_{ij}——工序(i,j)的自由时差；

ES_{jk}——紧后工序(j,k)的最早开始时间；

EF_{ij}——工序(i,j)的最早结束时间。

工序自由时差是以不影响紧后工序在最早开始时间开始为其前提条件的，它只能在本工序加以利用，不能转让给其他工序利用。本工序如果要利用机动时间，首先要利用自由时差，不够时再考虑利用总时差中的其他部分。因为工序的最早开始时间等于该工序开始节点的最早开始时间，所以自由时差还可以表示为$FF_{ij}=ES_j-EF_{ij}$。一般情况，某工序的自由时差小于等于其总时差，自由时差为零时，总时差不一定等于零，而总时差为零时，自由时差一定为零。

1.3.3　安全时差

工序的时差并非可以任意使用，它有一个安全的使用范围，超过这个范围，将在一定程度上引起工期的延长，该工序时差使用的安全范围就是安全时差。某工序的安全时差等于该工序的最迟开始时间与其紧前工序最迟结束时间的差，用公式表示为

$$SF_{ij} = LS_{ij} - LF_{hi}$$

式中：SF_{ij}——工序(i,j)的安全时差；

LS_{ij}——工序(i,j)的最迟开始时间；

LF_{hi}——紧前工序(h,i)的最迟结束时间。

因为工序的最迟结束时间等于该工序结束节点的最迟结束时间，所以安全时差还可以表示为$SF_{ij}=LS_{ij}-LF_i$。一般情况，某工序的安全时差小于等于其总时差，安全时差为零时，总时差不一定等于零，而总时差为零时，安全时差一定为零。

1.3.4　干扰时差

国际上对干扰时差是这样定义的：如果干扰时差为正，则表示一个工序当它的紧后工序能够尽早的开始，并且该工序的紧前工序能够尽迟的结束的情况下，最大可能推迟的时间。如果该时差为负，则表示一个工序当它的紧后工序尽可能早的

开始,并且它的紧前工序尽可能迟的结束的情况下,该工序工期容许缩短的最小时间。用公式表示为

$$\mathrm{IF}_{ij} = \min\{\mathrm{ES}_{jk}\} - \max\{\mathrm{LF}_{hi}\} - T_{ij}$$
$$(j,k) \in S, \quad (h,i) \in P$$

式中:IF_{ij}——工序(i,j)的干扰时差;

S——工序(i,j)的紧后工序集合;

P——工序(i,j)的紧前工序集合。

1.3.5 节点时差

CPM网络图中,节点(i)的时差等于该节点的最迟结束时间与最早开始时间的差值,用公式表示为

$$\mathrm{TF}_i = \mathrm{LF}_i - \mathrm{ES}_i$$

节点时差的计算有利于快速寻找关键路线和关键工序,若工序的箭尾节点和箭头节点的机动时间都为零,则该工序为关键工序。

1.3.6 机动时间的研究现状与不足

工期固定-资源优化和工序排序是项目和网络计划优化中着重考虑的两个问题,机动时间扮演着非常重要的角色。为了不推迟总工期,机动时间决定了工序排序的弹性。以往文献对机动时间的研究大多是依靠启发式算法,在已知工序紧前紧后关系的前提下,资源最优配置和工序的最优排序是NP-hard问题,通常用启发式算法来解决实际中的问题。更为重要的是,几乎所有的启发式算法都是依靠工序的分类,而工序分类的依据就是它们所包含的4个机动时间中的某一个。因此,对工序机动时间的正确分析,将有利于在项目管理领域中取得好的结果。

以往对机动时间的研究不够深入,文献很少,已有的文献也只是停留在表面的定义上,缺少深入系统的研究,例如:① 机动时间与路长的关系;② 机动时间与总工期的关系;③ 机动时间在网络中的分布规律;④ 机动时间的使用造成的一系列影响;⑤ 不同的机动时间的使用方式会造成什么不同的后果等。所有这些机动时间的极其重要的性质都还没有开始研究,即使对于两个工序间的机动时间的关系也研究得不系统、不深入。例如,“既不受紧前工序影响,也不受紧后工序影响的机动时间”存在的充分必要条件,这种机动时间的应用等都没有开始研究。

1.4 研究机动时间特性的重大意义

1.4.1 在网络计划优化中基础理论的研究现状

网络计划技术用于计划编制,无疑比横道图计划方法前进了一大步。它提高

了计划的条理性和科学性，开辟了计划管理领域应用计算技术的广阔前景。然而，这一先进技术只局限于编制计划是远远不够的。一方面是因为它在计划的贯彻、执行、检查与调整过程中应用更为有效，是计划动态管理的强有力手段；另一方面更是因为计划的编制理应包含计划的优化。而未经优化的计划则不一定是最好的，有时甚至是不可行的。事实上，未经优化的网络计划只是根据各项工作既定施工方案及预估的工期正确反映逻辑关系的一个初始方案，它提供了最早时间安排和最迟时间安排两个极端的计划方案，以及在这两个极端之间进行计划调整的众多可能性。但究竟怎样调整才能使工作负荷和资源消耗连续、均衡而达到高效和低耗。如果改变预估的工序工期而使工期适当延长或缩短，是否可能使工程成本更低、效益更好，这就要由优化来解决。此外，网络计划的初始方案是否满足工期要求，各项资源消耗强度能否得到保证，这就不仅是优化问题，也还是计划是否可行的问题。习惯上把解决上述这些问题而对计划初始方案的进一步调整和改善称为网络计划优化。

国家标准对优化所下的定义为“在一定约束条件下，按既定目标对网络计划进行不断检查、评价、调整和完善的过程”。显然，这个定义并没有限制优化的时机。事实上，在计划的编制过程和计划的执行控制过程中都可以进行优化。在工程实践中，寻求最优计划在实际上是不可能的，只能寻求在目前条件下更令人满意的计划。按优化的目标不同，可把网络计划优化分为工期优化、时间-费用优化和资源优化三类，具体如下：

(1) 工期优化。就是当网络计划计算工期不能满足要求工期时，按一定原则选择工期可以缩短的关键工序压缩其工期，以达到缩短工程总工期，满足工期要求的目的。

(2) 时间-费用优化。就是逐次选取增加直接费用最少的工序来压缩其工期，使工期缩短的代价最小，同时再考虑缩短工期所带来的间接费用节约或工程提前投产收益，根据所费与所得相抵后的净效益来确定成本最低的最佳工期或指定工期的最低成本。

(3) 资源优化。一般又分为两类。一类是工程在单位时间内所能得到的资源、材料、机械、劳动力或资金等数量受到限制，而网络计划原始方案中同时进行的工作所需该资源总和又超过限量时，研究如何推迟某些工作以不超限量而又使工期不致拖延或拖延最小，这就是资源有限-工期最短优化问题；另一类是研究在原始方案的工期不变条件下，如何调整工作安排以使资源消耗更为连续均衡，这就是工期固定-资源均衡优化问题。

以上这几类优化问题都已各自形成相对独立的理论模式，但每种优化的计算方法是多种多样的，而且每种方法都存在着各自的缺点。工期优化相对较为简单，以往的方法认为只要压缩处在关键路线上的工序，即可满足工期要求，但是没有考虑如果压缩到一定程度，机动时间减少，非关键工序可能变成关键工序，如果继续压缩，还要考虑这些变成关键工序的非关键工序，这就需要对机动时间进行深入和系统的研究。

对于时间-费用优化中选择增加费用最少的工作，除常用的直观判断法外，还有图解计算法、定点计算法，以及用于网络计划复杂、关键路线很多、难于直观判断时的线性规划法、试探法等。线性规划法带有一定的主观随意性，当网络所含工序较多、关系复杂时，约束条件众多，往往难以找出最好的方案。例如，把 CPM 网络图化为一个线性规划模型，但是它必须将网络图中的任何一个工序都考虑进去，不管其是需要排序的工序还是不需要排序的工序，而每考虑一个工序，在线性规划中就需要增加一个变量和两个约束条件。如果某网络图中有 50 个工序(这很常见)，即使只考虑两三个工序的排序问题，也需要解 100 个约束方程的线性规划，这是非常烦琐的。试探法，因反复试探，需要反复计算整体网络的时间参数，而整体网络时间参数的计算工作量十分巨大，所以计算量很大。

工期固定-资源均衡优化，常用的方法有最小方差法、削峰填谷法、启发式算法等。最小方差法是最基本的方法，应用也最为广泛。削峰填谷法，它着眼于进度计划的资源需要量动态变化曲线的资源强度最大值时段，通过逐次调整资源最大强度时段内部分工序的开工时间，达到逐步降低最大资源强度值，从而减少资源动态曲线波动幅度的目的。遗传算法对施工网络计划进行了优化，运用方差理论对工期固定-资源均衡优化问题提出了新方法。启发式算法的本质是利用经验为基础，解决问题，缺少科学的依据。一般来说，因为这些经验具有片面性，所以导致结果不具有最优性。

1.4.2 优化方法落后的根本原因是网络基础理论的研究尚未开展

1. 任何对象都有自身的特点和规律

解决矛盾，首先要抓住矛盾的特殊性。但是在 CPM 网络的研究中，对 CPM 网络图自身的规律研究太少，至今尚未形成完备的理论体系。其很难指导问题的解决，因而只能去借用其他领域的方法，如线性规划去解决 CPM 的问题，只强调了普遍性而缺少特殊性，所以方法要么很复杂，要么不能达优。

因此，开展对 CPM 网络基础理论的研究是继续推进 CPM 网络计划发展、提升项目管理科学方法的急迫需要。

2. CPM 规律的研究十分复杂，常规的方法很难奏效

(1) 要寻找一个领域的规律，必须从整体上研究，才能保证结果的正确性。但是，CPM 网络图中可行方案随着工序个数 N 的增大呈指数增长，因此可行方案众

多、复杂，从中寻找规律十分困难。

(2) CPM网络图的数学模型虽然是连续函数，但是间断点特别多，一般的连续性数学工具应用起来困难很大，但离散型的数学工具也不适用，因此，想用常规的、已有的数学工具去解决其优化问题十分困难。

1.4.3 CPM优化的基础理论研究的新思路——机动时间特性研究

现代计划管理中，网络计划优化技术的应用越来越广泛，而对机动时间的研究占有非常重要的地位，利用机动时间可以对网络图进行各种优化，如工期优化、时间-费用优化、资源配置优化等，所以对机动时间特性的研究意义非常重大。

本书通过在CPM网络中研究机动时间的特性，目的不是宏观的从网络图整体上寻找规律，而是微观的从局部中寻找全局的规律，即研究工序的机动时间的特性，从而发现全局的规律，进而对整个网络进行优化。

为什么机动时间能反映全局的信息呢？这是因为机动时间的计算必须把所有的网络工序都考虑完后才能求得，因而在这个局部特性中包含着全局的信息，因而可以从局部研究中发现全局的规律。

广义的机动时间有总时差、自由时差、安全时差、干扰时差和节点时差。它们的计算方法在上面已经进行了具体的阐述，如工序总时差的计算公式为：$TF_{ij}=LS_{ij}-ES_{ij}$ 或 $TF_{ij}=LF_{ij}-EF_{ij}$，其中，ES_{ij} 和 EF_{ij} 需要按照网络图中工序的逻辑顺序从左至右计算，这不仅需要考虑工序(i,j)，还要考虑该工序的前继工序和它前继工序的前继工序；而 LS_{ij} 和 LF_{ij} 需要从右至左依次计算，而它们的计算是基于总工期的计算，要想计算总工期就需要将整个网络中的所有工序计算一遍，因此，要想计算任意工序或节点的机动时间，就需要考虑网络中的每一个工序。同理，自由时差、安全时差、干扰时差的计算也要考虑整个网络。所以，对机动时间特性的研究能从局部反映全局信息，机动时间的变化也会影响到整个网络。

第2章　相邻两工序间机动时间的联系与影响

现代项目管理中,在项目前期及项目进行过程中,对项目做进度计划和控制是非常重要的。CPM是进行项目进度计划和控制过程中非常重要的工具,而机动时间又是CPM网络中的关键参数,它从全局考虑项目中各工序间的关系,与其他参数相比,具有更好地从全局把握各工序间关系的性质。

在实际情况中,对于工程项目经理来说,最关心的是两个问题:工序排序和资源分配,在这两个问题中,机动时间都起着不可替代的作用。在工程项目施工过程中,考虑到不推迟总工期的条件下每个工序所拥有的空闲时间(idle time),机动时间就作为其衡量的尺度。服从紧前约束的最优资源分配和工序排序问题是NP-hard问题。针对这两类问题的解决方法,目前所使用的几乎都是启发式算法。差不多所有的启发式算法都依靠时差来判断工序的重要程度(机动时间越少的工序,可挖的潜力就越小,推迟总工期的危险性越大,重要性程度也就越高;反之,机动时间越多的工序,可挖的潜力越大,推迟总工期的危险越小,重要性程度也就越低;机动时间为0的工序重要性程度最高,为关键工序),因此对于时差的研究就非常的重要。

对时差的研究从20世纪50年代后期就已经开始了。Battersby和Thomas给出如下4个概念:总时差、安全时差、自由时差和干扰时差。Elmaghraby给出了这4个时差的分析和陈述。但是针对网络本身的复杂性,这4个时差还不足以反映出工序之间时差的内在联系,本章中作者又给出了前共用时差和后共用时差的概念,并为了概念的系统性,把安全时差更名为前单时差,自由时差更名为后单时差。这两个时差的引入,使得CPM网络中紧前和紧后工序的时差关系变得清楚起来。但是问题又出现了,如果一个工序的时差是前共用时差,当其用完时,影响紧前工序是肯定的,那它对于紧后工序是否会产生影响?总时差的使用对整个网络的机动时间有影响,那么在时间上紧密衔接的工序,即紧前紧后工序之间,一个工序机动时间的使用对它的紧前紧后工序有影响吗?它们之间有什么样的联系?本章将对这些问题展开研究,最后得出机动时间不可以随意使用的结论,这一结论对工程管理实践具有非常重要的现实意义。

2.1　工序(i,j)的机动时间受紧前工序机动时间使用的影响

2.1.1　基本概念

1. 工序(i,j)的前共用时差

指一个工序与它的紧前工序所共享的机动时间，该时差的使用影响紧前工序的机动时间。

$$^{\Delta}IF_{ij} = LF_{ki} - ES_{ij} \tag{2-1-1}$$

$^{\Delta}IF_{ij}$是工序(i,j)和它的紧前工序(k,i)可以共用的时差，若紧前工序(k,i)不用，(i,j)可用；若紧前工序(k,i)使用，则(i,j)不能使用。

原来对机动时间的定义只考虑机动时间的使用对紧后工序的影响和对整个路线的影响，本书中的定义考虑了机动时间的使用对紧前工序的影响。

工序(i,j)的前共用时差是总时差的一部分，既是工序(i,j)的总时差的一部分，又是工序(i,j)的紧前工序(k,i)的总时差的一部分。

2. 工序(i,j)的前单时差

一个工序在不影响该工序最迟开工条件下所拥有可利用的机动时间的最大值，该时差的使用不影响紧前工序的时差，记作

$$^{\Delta}FF_{ij} = LS_{ij} - LF_{ki} \tag{2-1-2}$$

2.1.2　工序(i,j)的前共用时差和工序(i,j)的前单时差间的关系

推论 2.1.1　$TF_{ij} = {}^{\Delta}FF_{ij} + {}^{\Delta}IF_{ij}$，即工序$(i,j)$的总时差等于其前共用时差和前单时差之和。

证明　因为

$$^{\Delta}FF_{ij} = LS_{ij} - LF_{ki}$$
$$^{\Delta}IF_{ij} = LF_{ki} - ES_{ij}$$

所以

$$\begin{aligned} {}^{\Delta}FF_{ij} + {}^{\Delta}IF_{ij} &= (LS_{ij} - LF_{ki}) + (LF_{ki} - ES_{ij}) \\ &= LS_{ij} - ES_{ij} \\ &= TF_{ij} \end{aligned}$$

即

$$TF_{ij} = {}^{\Delta}FF_{ij} + {}^{\Delta}IF_{ij} \tag{2-1-3}$$

证毕。

从上面结论可以看出

$$^{\Delta}FF_{ij} = TF_{ij} - {}^{\Delta}IF_{ij} \quad (2\text{-}1\text{-}4)$$

$$^{\Delta}IF_{ij} = TF_{ij} - {}^{\Delta}FF_{ij} \quad (2\text{-}1\text{-}5)$$

2.1.3 工序(i,j)的前共用时差的节点表达式

工序(i,j)的开始节点(i)的时差TF_i，即(i)的结束时间减去(i)的开始时间即为工序(i,j)的前共用时差。

因为

$$^{\Delta}IF_{ij} = LF_{ki} - ES_{ij}$$
$$LF_{ki} = LF_i$$
$$ES_{ij} = ES_i$$

所以

$$^{\Delta}IF_{ij} = LF_i - ES_i = TF_i \quad (2\text{-}1\text{-}6)$$

2.2 工序(i,j)的机动时间的使用对紧后工序的影响

2.2.1 基本概念

1. 工序(i,j)的后共用时差

指一个工序与它的紧后工序所共享的机动时间，该时差的使用影响紧后工序的机动时间，记作

$$IF_{ij}^{\Delta} = LF_{ij} - ES_{jk} \quad (2\text{-}2\text{-}1)$$

IF_{ij}^{Δ}是工序(i,j)和它的紧后工序(j,k)可以共用的时差，若工序(i,j)不用，(j,k)可用；若工序(i,j)使用，则(j,k)不能使用。

工序(i,j)的后共用时差是总时差的一部分，既是工序(i,j)的总时差的一部分，又是工序(i,j)的紧后工序(j,k)的总时差的一部分。

2. 工序(i,j)的后单时差

一个工序在不影响紧后工序最早可能开工条件下所拥有可利用的机动时间的最大值，该时差的使用不影响紧后工序的时差，即

$$FF_{ij}^{\Delta} = ES_{jk} - EF_{ij} \quad (2\text{-}2\text{-}2)$$

2.2.2 工序(i,j)的后共用时差和工序(i,j)的后单时差间的关系

推论 2.2.1 $TF_{ij} = FF_{ij}^{\Delta} + IF_{ij}^{\Delta}$，即工序$(i,j)$的总时差等于其后共用时差和后单时差之和。

证明 因为

$$FF_{ij}^{\triangle} = ES_{jk} - EF_{ij}$$
$$IF_{ij}^{\triangle} = LF_{ij} - ES_{jk}$$

所以

$$\begin{aligned} FF_{ij}^{\triangle} + IF_{ij}^{\triangle} &= (ES_{jk} - EF_{ij}) + (LF_{ij} - ES_{jk}) \\ &= LF_{ij} - EF_{ij} \\ &= TF_{ij} \end{aligned}$$

即

$$TF_{ij} = FF_{ij}^{\triangle} + IF_{ij}^{\triangle} \tag{2-2-3}$$

证毕。

从上面结论可以推出下面式子成立：

$$FF_{ij}^{\triangle} = TF_{ij} - IF_{ij}^{\triangle} \tag{2-2-4}$$
$$IF_{ij}^{\triangle} = TF_{ij} - FF_{ij}^{\triangle} \tag{2-2-5}$$

2.2.3　工序(i,j)的后共用时差的节点表达式

工序(i,j)的结束节点(j)的时差TF_j，即(j)的结束时间减去(j)的开始时间即为工序(i,j)的后共用时差。

由定义

$$IF_{ij}^{\triangle} = LF_{ij} - ES_{jk}$$
$$LF_{ij} = LF_j$$
$$ES_{jk} = ES_j$$

所以

$$IF_{ij}^{\triangle} = LF_j - ES_j = TF_j$$

2.3　相邻两工序间机动时间的关系与影响

本书在 CPM 网络中机动时间方面一共引入了 5 个时差概念，即总时差、前共用时差、前单时差、后共用时差和后单时差。既然这么多种时差都反映了工序机动时间的性质，那么它们之间有什么样的关系呢？机动时间还有哪些性质没有被发掘出来？针对这些问题，将机动时间分段，并做了以下的相关讨论。

2.3.1　相邻两工序间机动时间的关系

由图 2-3-1 可以看出：

(1) 工序(i,j)的前共用时差${}^{\triangle}IF_{ij}$先用，前单时差${}^{\triangle}FF_{ij}$后用。

(2) 工序(k,i)的后单时差$FF_{ki}^{\triangle}$先用，后共用时差$IF_{ki}^{\triangle}$后用。

(3) 节点(i)的时差$(LF_i - ES_i)$既是紧前工序(k,i)的后共用时差$IF_{ki}^{\triangle}$，也是紧

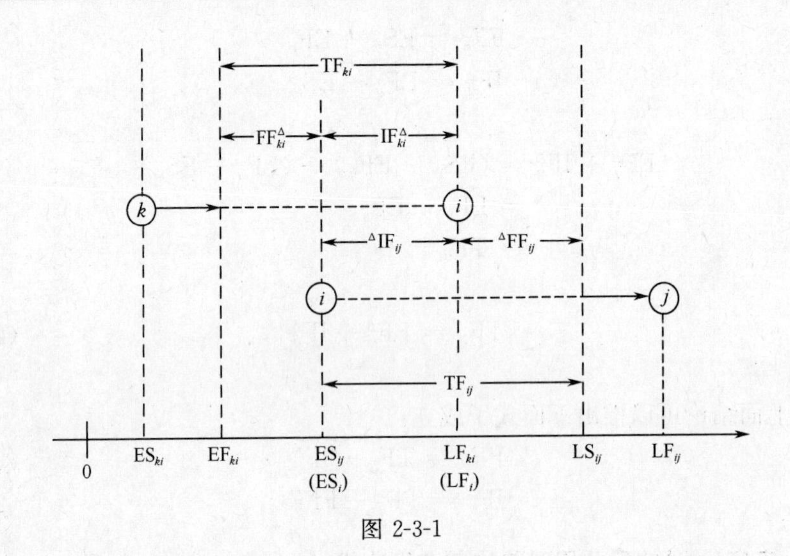

图 2-3-1

后工序(i,j)的前共用时差$^{\Delta}IF_{ij}$，即 $LF_i - ES_i = IF^{\Delta}_{ki} = {}^{\Delta}IF_{ij}$。从图 2-3-1 可以看出，这部分机动时间$(k,i)$使用完，则$(i,j)$就不能再使用；若$(k,i)$不使用，则$(i,j)$可以继续使用，所以称为共用时差。

推论 2.3.1 若 $EF_{ij} \geqslant EF_{k_n j}$，$n=1,2,3,\cdots$，则 $FF^{\Delta}_{ij}=0$，即共结束节点的工序中，最早结束时间最大的工序，其后单时差必定为零。

证明 因为

$$ES_j = \max\{EF_{k_1 j}, EF_{k_2 j}, \cdots, EF_{k_n j}, EF_{ij}\}$$

$$EF_{ij} \geqslant EF_{k_n j}$$

所以

$$ES_j = EF_{ij}$$

即

$$FF^{\Delta}_{ij} = ES_j - EF_{ij} = EF_{ij} - EF_{ij} = 0$$

证毕。

推论 2.3.2 若 $LS_{ij} \leqslant LS_{ir_n}$，$n=1,2,3,\cdots$，则$^{\Delta}FF_{ij}=0$，即共开始节点的工序中，最迟开始时间最小的工序其前单时差为零。

证明 因为

$$LF_i = \min\{LS_{ij}, LS_{ir_1}, LS_{ir_2}, LS_{ir_3}, \cdots\} = LS_{ij}$$

所以

$${}^{\Delta}FF_{ij} = LS_{ij} - LF_i = LS_{ij} - LS_{ij} = 0$$

证毕。

2.3.2　机动时间使用的方式

人们习惯上都认为，一个工序的机动时间是可以任意使用的。例如，某工序的机动时间是 10 天，则该工序的工期延长 7～8 天甚至 10 天都可以不管，只要不超过 10 天，都不对总工期造成影响，总工期都不会推迟。

事实上，总工期虽然不推迟，但该工序的某些后继工序的机动时间却要减少，尤其是当该工序的机动时间(10 天)全部用完以后，它的一系列的后继工序会因此而变成新的关键工序，从而大大地增加总工期推迟的危险性。

网络计划技术是系统工程的方法，研究问题是从全局出发，从局部与周围环境的联系中去把握事物。时间参数是一个局部的工序与周围的环境以及与全局联系的一种具体描述，因此，研究时间参数就是研究局部和整体的联系，下面就是从时间参数方面来研究机动时间的使用方式问题。

图 2-3-2 网络中的工序(4,9)，最早开始是第 5 天，工期 21 天，最早结束是第 26 天，最迟结束是第 38 天，总时差为(38－26)＝12(天)。

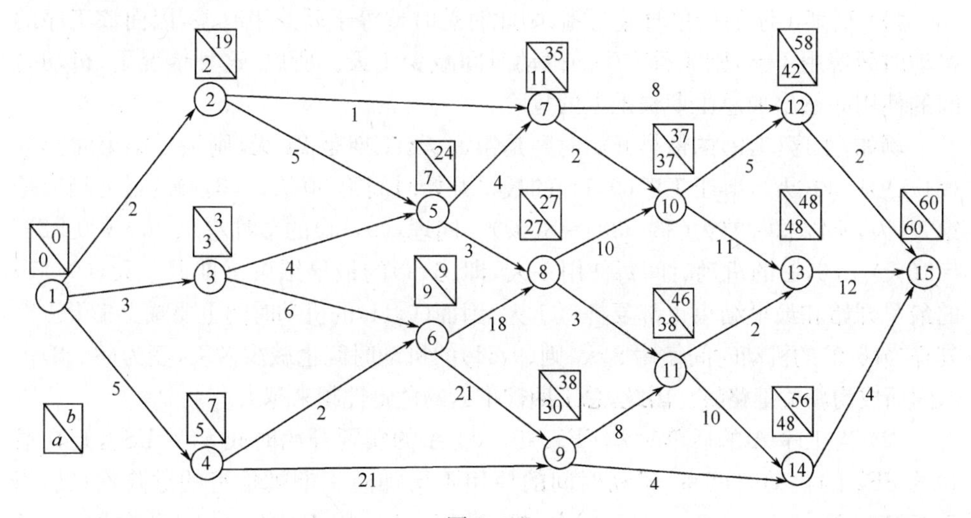

图 2-3-2

若工序(4,9)的机动时间全部用完，如工序(4,9)的工期延长 12 天，由 21 天变成 33 天，则(1)→(4)→(9)→(11)→$\frac{(13)}{(14)}$→(15)的路长就变为 60 天，因而成为新关键路线，所以工序(1,4)，(4,9)，(9,11)，(11,13)，(11,14)，(14,15)就变为新关键工序。而关键工序的工期每延长 1 天，总工期就要延长 1 天。因此，工程总工期被推迟的危险大大增加。

例如，工序(14,15)最早开始时间是第 48 天，最迟结束是第 60 天，工期 4 天，则最迟开始(60－4)＝56(天)，总时差为(56－48)＝8(天)。因此，在工序(4,9)的机动时间没有使用时，(14,15)的工期延长 5～6 天甚至 8 天，总工期都不推迟。

但是，当工序(4,9)的 12 天机动时间用完之后，如(4,9)的工期由 21 天延长到 33 天，此时(14,15)的工期每延长 1 天，总工期就延长 1 天，(14,15)的工期若再延长 8 天，总工期就延长 8 天。

因为路线(1)→(4)→(9)→(11)→(14)→(15)的长变成[5+33+8+10+(4+8)]=68(天)，比原来的关键路线(1)→(3)→(6)→(8)→(10)→(13)→(15)的 60 天还长 8 天，所以总工期推迟 8 天。

由此可见，机动时间的使用可能会大大增加总工期推迟的危险性，因而在对机动时间的管理上，绝不可能采取放任自流的方针，任其自由的使用。相反，在没有必要的情况下，尽管有机动时间，也不能随便使用。

在网络优化的资源均衡时，使用机动时间降低费用是应该的。其实质是增加总工期延期的危险，换取了费用的降低。

是否在所有的情况下，机动时间的使用都会引起总工期延期的危险呢？也不一定，下面分情况讨论这个问题。

(1) 当某工序的后单时差为零，则此时总时差等于后共用时差，因而该工序的机动时间使用 1 天，则紧后工序的机动时间减少 1 天。所以，这种情况下，机动时间的使用必然增加总工期被推迟的危险。

例如，工序(6,9)的最早开始时间是第 9 天，工期是 21 天，则最早结束时间为(21+9)=30(天)，等于工序(9,11)的最早开始时间第 30 天。(6,9)的最迟结束是第 38 天，所以总时差为(38−30)=8(天)。同理，(9,11)的总时差为[46−(30+8)]=8(天)。(6,9)的机动时间每使用 1 天，即(6,9)的最早结束每推迟 1 天，(9,11)的最早开始和最早结束也都要推迟 1 天，因而(9,11)的机动时间也要减少 1 天。尤其是当(6,9)的机动时间使用 8 天，则(9,11)的机动时间也减少 8 天，变为(8−8)=0，因而成为新关键路线。因此，总工期被推迟的危险性越来越大。

(2) 当工序 A 的后单时差 $FF_A^{\triangle}>0$。① A 的实际开始时间 $S_A=ES_A$，则在最初的 $FF_A^{\triangle}$ 的机动时间里，机动时间的使用不增加总工期被推迟的危险性；② 当 $S_A>ES_A$，则$[FF_A^{\triangle}-(S_A-ES_A)]$内，机动时间的使用不增加总工期被推迟的危险性。

例如，(1,4)如果在最迟结束时间第 7 天结束，而(4,9)实际上只能在第 7 天开始，而(4,9)的最早开始时间是第 5 天，所以(4,9)的最早开始时间被推迟(7−5)=2(天)，(4,9)的后单时差 $FF_{(4,9)}^{\triangle}=ES_9-EF_{(4,9)}=30-(21+5)=4$(天)。所以在(4−2)=2(天)时间内机动时间的使用不增加总工期被推迟的危险性，即(4,9)如果在第 8 天开始或者第 9 天开始，紧后工序的机动时间都不减少，因而总工期被推迟的危险性不增加。

因此就一般情况而言，机动时间的使用大都会减少紧后工序的机动时间，使总工期被推迟的危险性增大。所以对机动时间的使用必须加以控制,决不可采用放任自流的管理方式。

本章结合 CPM 网络中这 4 个新的时差概念,得出了它们之间的一些关系,并将机动时间分段,使网络图中紧前和紧后工序的时差关系变得更加清晰,可明确在工序使用机动时间时会对其他产生哪些类型的影响。这些研究结果有利于纠正人们认为机动时间可以随便使用的误区,更好地使用机动时间,对排序和资源分配进行优化,从而更好地服务于工程管理的实践,同时本章的研究在对机动时间特性的深入发掘上有一定的指导意义。

第3章 后单时差的特性

3.1 后单时差在一条路线上的分布规律

3.1.1 前主链定理

任意节点与源点之间的最长路线段的路长等于该节点的开始时间，这条最长路线段即是该节点的前主链。该节点前主链路长减去该节点与源点之间的任意路线段路长之差，等于该任意路线段上各工序后单时差之和。

证明 设任意节点(i)与源点(1)之间的任意路线为

$$\mu_{(1,i)} = (1) \to (a) \to (b) \to (c) \to \cdots \to (e) \to (f) \to (g) \to (i)$$

则

$$\mathrm{FF}^{\Delta}_{\mu_{(1,i)}} = \mathrm{FF}^{\Delta}_{1a} + \mathrm{FF}^{\Delta}_{ab} + \mathrm{FF}^{\Delta}_{bc} + \cdots + \mathrm{FF}^{\Delta}_{ef} + \mathrm{FF}^{\Delta}_{fg} + \mathrm{FF}^{\Delta}_{gi}$$

$$\begin{aligned}\mathrm{FF}^{\Delta}_{\mu_{(1,i)}} &= (\mathrm{ES}_a - \mathrm{ES}_1 - T_{1a}) + (\mathrm{ES}_b - \mathrm{ES}_a - T_{ab}) + (\mathrm{ES}_c - \mathrm{ES}_b - T_{bc}) + \cdots \\ &\quad + (\mathrm{ES}_f - \mathrm{ES}_e - T_{ef}) + (\mathrm{ES}_g - \mathrm{ES}_f - T_{fg}) + (\mathrm{ES}_i - \mathrm{ES}_g - T_{gi}) \\ &= \mathrm{ES}_i - \mathrm{ES}_1 - (T_{1a} + T_{ab} + T_{bc} + \cdots + T_{ef} + T_{fg} + T_{gi})\end{aligned}$$

在CPM网络中，$\mathrm{ES}_1=0$，同时

$$T_{1a} + T_{ab} + T_{bc} + \cdots + T_{ef} + T_{fg} + T_{gi} = |\mu_{(1,i)}|$$

所以

$$\mathrm{FF}^{\Delta}_{\mu_{(1,i)}} = \mathrm{ES}_i - |\mu_{(1,i)}|$$

即

$$|\mu_{(1,i)}| = \mathrm{ES}_i - \mathrm{FF}^{\Delta}_{\mu(1,i)} \tag{3-1-1}$$

当$\mathrm{FF}^{\Delta}_{\mu_{(1,i)}}=0$时，$|\mu_{(1,i)}|$取得最大值。

由前主链定义得

$$\mu_i^* = \max\{\mu_{(1,i)}\} \tag{3-1-2}$$

注：为了方便表达，用$\max\{\mu\}$表示最长的路线，$\min\{\mu\}$表示最短的路线，下同。

$$|\mu_i^*| = \mathrm{ES}_i \tag{3-1-3}$$

由式(3-1-1)、式(3-1-3)，知

$$|\mu_{(1,i)}| = |\mu_i^*| - \mathrm{FF}^{\Delta}_{\mu_{(1,i)}}$$

所以

$$\mathrm{FF}^{\Delta}_{\mu_{(1,i)}} = |\mu_i^*| - |\mu_{(1,i)}| \tag{3-1-4}$$

由式(3-1-2)～式(3-1-4)，该定理得证。

证毕。

由此可得出寻找任意节点的前主链的方法，即从该节点开始依次向前寻找后单时差为0的工序直到源点时所得路线。

3.1.2 路线后单时差与路长的关系

CPM网络中任意一条路线上，各工序的后单时差的和等于关键路线与该路线的路长之差。

证明 在前主链定理证明过程中，令$(i)=(w)$，由式(3-1-1)，得

$$|\mu| = \mathrm{ES}_w - \mathrm{FF}_\mu^\Delta$$

在CPM网络中

$$\mathrm{ES}_w = |\mu^\nabla|$$

所以

$$\mathrm{FF}_\mu^\Delta = |\mu^\nabla| - |\mu|$$

证毕。

3.2 单个工序的后单时差的特性

3.2.1 后单时差定理

设(i,j)为节点(j)的任意紧前工序，则节点(j)到源点(1)之间的最长路线段为μ_j^*，(i,j)到源点(1)之间的最长路线段为μ_{ij}^*，两者路长之差($|\mu_j^*|-|\mu_{ij}^*|$)等于该工序(i,j)的后单时差，即$\mathrm{FF}_{ij}^\Delta=|\mu_j^*|-|\mu_{ij}^*|$。

证明 由前主链定理

$$|\mu_i^*| = \max\{|\mu_{(1,i)}|\}$$

$$|\mu_{ij}^*| = \max\{|\mu_{(1,i)}|\} + T_{ij}$$

由式(3-1-3)知

$$|\mu_{ij}^*| = |\mu_i^*| + T_{ij} = \mathrm{ES}_i + T_{ij}$$

而

$$|\mu_j^*| = \mathrm{ES}_j$$

所以

$$|\mu_j^*| - |\mu_{ij}^*| = \mathrm{ES}_j - \mathrm{ES}_i - T_{ij} = \mathrm{FF}_{ij}^\Delta$$

即

$$\mathrm{FF}_{ij}^\Delta = |\mu_j^*| - |\mu_{ij}^*| \tag{3-2-1}$$

证毕。

3.2.2 后单时差特性与网络次关键路线的关系

经过关键节点紧前工序中后单时差最小的非关键工序的最长路线，必定是次

关键路线。

证明　作 CPM 网络简略图（如图 3-2-1 所示）。

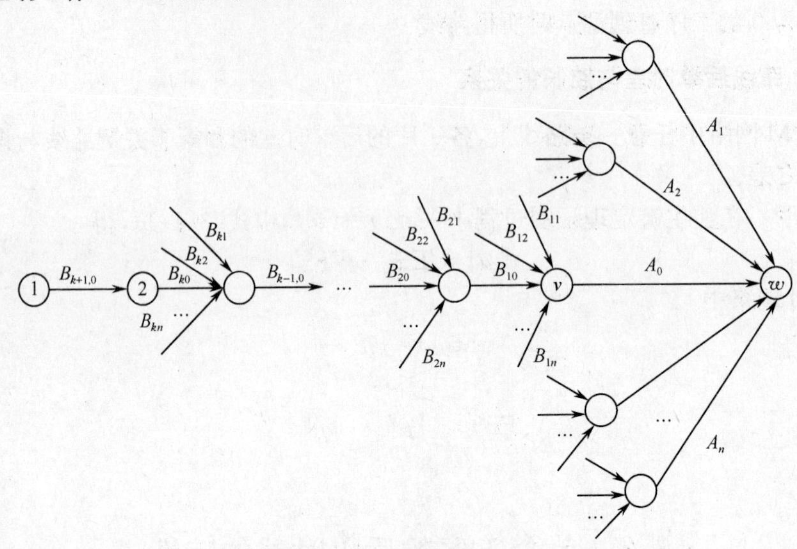

图 3-2-1　CPM 网络简略图

在图中，设仅有一条关键路线

$$\mu^{\nabla}=B_{k+1,0}\rightarrow B_{k0}\rightarrow\cdots\rightarrow B_{20}\rightarrow B_{10}\rightarrow A_0 \tag{3-2-2}$$

同时，设汇点(w)的紧前工序为 $A_m, m=0,1,2,3,\cdots,n$。

设除节点(1)，(2)，(w)之外的关键节点的紧前非关键工序为 $B_{ij}, i=1,2,\cdots,k; j=1,2,\cdots,n$，则

$$TF_{B_{i0}}=0, FF^{\Delta}_{B_{i0}}=0, i=1,2,3,\cdots,k;\text{同理 } TF_{A_0}=0, FF^{\Delta}_{A_0}=0 \tag{3-2-3}$$

假设 $B_{ij}=(u,v)$，因为 B_{ij} 是关键节点的紧前工序，显然节点(v)是关键节点，所以 $TF_v=0$；因为工序 B_{ij} 为非关键工序，所以 $TF_{B_{ij}}=TF_{uv}>0$；又 $TF_{uv}=FF^{\Delta}_{uv}+TF_v$，所以 $FF^{\Delta}_{uv}>0$，即

$$FF^{\Delta}_{B_{ij}}>0;\text{同理 } TF_{A_j}>0, FF^{\Delta}_{A_j}>0,\quad j=1,2,3,\cdots,n \tag{3-2-4}$$

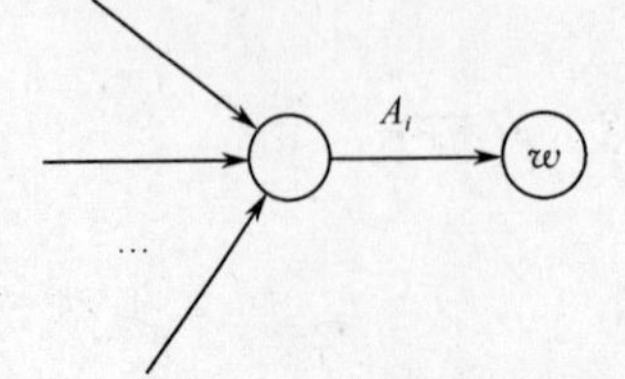

图 3-2-2　经过工序 A_i 的路线集合

将经过最后工序 A_i 的所有路线的集合表示为$\{\mu_{A_i}\}$，如图 3-2-2 所示。

显然

$$\{\mu_{A_0}\}\cap\{\mu_{A_1}\}\cap\{\mu_{A_2}\}\cap\cdots\cap\{\mu_{A_n}\}=\varnothing \tag{3-2-5}$$

设网络中所有路线的集合$\{\mu\}$，则

$$\{\mu\}=\{\mu_{A_0}\}+\{\mu_{A_1}\}+\cdots+\{\mu_{A_n}\} \tag{3-2-6}$$

由定义，关键路线 $\mu^{\nabla}=\max\{\mu\}$。

次关键路线

$$\mu^{[1]} = \max\{\{\mu\} - \mu^{\nabla}\} \tag{3-2-7}$$

由式(3-2-3)，$\mathrm{TF}_{A_0}=0, A_0 \in \mu^{\nabla}$，得

$$\mu^{\nabla} \in \{\mu_{A_0}\}$$

因为

$$\mathrm{FF}^{\Delta}_{A_k} > 0$$

所以

$$A_k \notin \mu^{\nabla}$$

$$\mu^{\nabla} \notin \{\mu_{A_k}\},\ k = 1,2,3,\cdots,n$$

$$\begin{aligned}\{\mu\} - \mu^{\nabla} &= \{\mu_{A_0}\} + \{\mu_{A_1}\} + \{\mu_{A_2}\} + \cdots + \{\mu_{A_n}\} - \mu^{\nabla} \\ &= (\{\mu_{A_0}\} - \mu^{\nabla}) + \{\mu_{A_1}\} + \{\mu_{A_2}\} + \cdots + \{\mu_{A_n}\}\end{aligned} \tag{3-2-8}$$

如图 3-2-3 所示，将所有通过工序 B_{ij} 后沿关键路线段直至汇点的路线集合表示为$\{\mu_{B_{ij}}\}$。

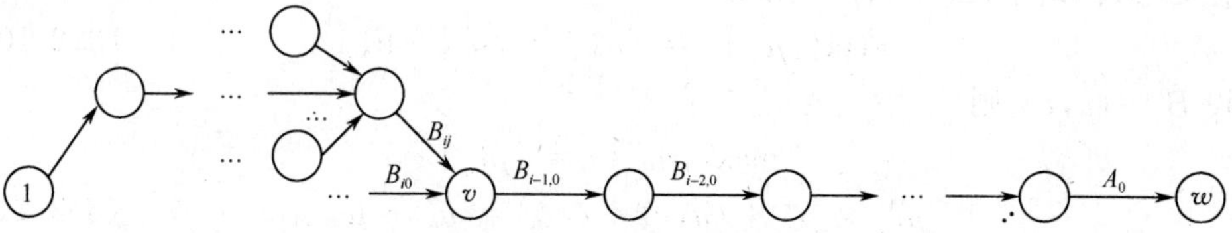

图 3-2-3　$\{\mu_{B_{ij}}\}(i=1,2,3,\cdots,k;j=1,2,3,\cdots,n)$

结合图 3-2-1，显然有

$$\{\mu_{A_0}\} = \{\mu_{B_{10}}\} + \{\mu_{B_{11}}\} + \{\mu_{B_{12}}\} + \cdots + \{\mu_{B_{1n}}\}$$

$$\{\mu_{B_{10}}\} = \{\mu_{B_{20}}\} + \{\mu_{B_{21}}\} + \{\mu_{B_{22}}\} + \cdots + \{\mu_{B_{2n}}\}$$

$$\vdots$$

$$\{\mu_{B_{k-1,0}}\} = \{\mu_{B_{k0}}\} + \{\mu_{B_{k1}}\} + \{\mu_{B_{k2}}\} + \cdots + \{\mu_{B_{kn}}\}$$

$$\{\mu_{B_{k0}}\} = \{\mu_{B_{k+1,0}}\} = \mu^{\nabla}$$

所以

$$\begin{aligned}\{\mu_{A_0}\} = &\{\mu_{B_{11}}\} + \{\mu_{B_{12}}\} + \cdots + \{\mu_{B_{1n}}\} + \{\mu_{B_{21}}\} + \{\mu_{B_{22}}\} + \cdots + \{\mu_{B_{2n}}\} \\ &+ \cdots + \{\mu_{B_{k1}}\} + \{\mu_{B_{k2}}\} + \cdots + \{\mu_{B_{kn}}\} + \mu^{\nabla}\end{aligned}$$

$$\begin{aligned}\{\mu_{A_0}\} - \mu^{\nabla} = &\{\mu_{B_{11}}\} + \{\mu_{B_{12}}\} + \cdots + \{\mu_{B_{1n}}\} + \{\mu_{B_{21}}\} + \{\mu_{B_{22}}\} + \cdots + \{\mu_{B_{2n}}\} + \cdots \\ &+ \{\mu_{B_{k1}}\} + \{\mu_{B_{k2}}\} + \cdots + \{\mu_{B_{kn}}\}\end{aligned} \tag{3-2-9}$$

把式(3-2-8)代入式(3-2-7)，得

$$\mu^{[1]} = \max\{\max\{\{\mu_{A_0}\} - \mu^{\nabla}\}, \max\{\mu_{A_1}\}, \max\{\mu_{A_2}\}, \cdots, \max\{\mu_{A_n}\}\}$$

将式(3-2-9)代入上式，得

$$\mu^{[1]}=\max\{\max\{\mu_{B_{11}}\},\max\{\mu_{B_{12}}\},\cdots,\max\{\mu_{B_{1n}}\},\max\{\mu_{B_{21}}\},\max\{\mu_{B_{22}}\},\cdots,\max\{\mu_{B_{2n}}\},\cdots,\max\{\mu_{B_{k1}}\},\max\{\mu_{B_{k2}}\},\cdots,\max\{\mu_{B_{kn}}\},\max\{\mu_{A_1}\},\max\{\mu_{A_2}\},\cdots,\max\{\mu_{A_n}\}\}$$

所以

$$|\mu^{[1]}|=\max\{\max\{|\mu_{B_{11}}|\},\max\{|\mu_{B_{12}}|\},\cdots,\max\{|\mu_{B_{1n}}|\},\max\{|\mu_{B_{21}}|\},\max\{|\mu_{B_{22}}|\},\cdots,\max\{|\mu_{B_{2n}}|\},\cdots,\max\{|\mu_{B_{k1}}|\},\max\{|\mu_{B_{k2}}|\},\cdots,\max\{|\mu_{B_{kn}}|\},\max\{|\mu_{A_1}|\},\max\{|\mu_{A_2}|\},\cdots,\max\{|\mu_{A_n}|\}\}$$

根据后单时差定理,即

$$|\mu_{ij}^*|=|\mu_j^*|-\mathrm{FF}_{ij}^{\vartriangle}$$

所以

$$\max\{|\mu_{A_i}|\}=|\mu_{A_i}^*|=|\mu_w^*|-\mathrm{FF}_{A_i}^{\vartriangle}$$

根据前主链定理,得

$$|\mu_w^*|=\mathrm{ES}_w$$

在 CPM 网络中,$\mathrm{ES}_w=|\mu^{\nabla}|$,所以

$$\max\{|\mu_{A_i}|\}=|\mu_{A_i}^*|=|\mu^{\nabla}|-\mathrm{FF}_{A_i}^{\vartriangle} \tag{3-2-10}$$

设 $B_{ij}=(u,v)$,则

$$\max\{|\mu_{B_{ij}}|\}=|\mu_{B_{ij}}^{\nabla}|$$

$$\mu_{B_{ij}}^{\nabla}=\mu_u^*+(u,v)+\mu_{(v,w)}=\mu_{uv}^*+\mu_{(v,w)} \tag{3-2-11}$$

所以

$$|\mu_{B_{ij}}^{\nabla}|=|\mu_{uv}^*|+|\mu_{(v,w)}| \tag{3-2-12}$$

根据后单时差定理,得

$$|\mu_{uv}^*|=|\mu_v^*|-\mathrm{FF}_{uv}^{\vartriangle} \tag{3-2-13}$$

根据假设,B_{ij} 是关键节点的紧前工序,又 $B_{ij}=(u,v)$,结合图 3-2-1 可知,B_{ij} 与 B_{i0} 结束节点都是节点(v)。而 $B_{i0}\in\mu^{\nabla}$,所以$(v)\in\mu^{\nabla}$,节点(v)是关键节点。

由前主链定理,μ_v^* 是源点(1)与关键节点(v)之间最长路线。所以 μ_v^* 是关键路线段,即

$$\mu_v^*\in\mu^{\nabla} \tag{3-2-14}$$

因为 $B_{ij}=(u,v)$,结合图 3-2-1,$\mu_{(v,w)}$ 如图 3-2-4 所示。

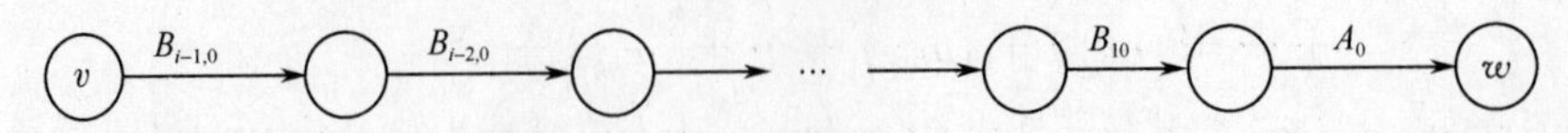

图 3-2-4　关键路线段 $\mu_{(v,w)}$

由式(3-2-2)可知

$$\mu_{(v,w)}\in\mu^{\nabla}$$

再由式(3-2-14)

$$\mu_v^* + \mu_{(v,w)} = \mu^{\nabla}$$

所以

$$|\mu_v^*| + |\mu_{(v,w)}| = |\mu^{\nabla}| \tag{3-2-15}$$

将式(3-2-13)代入式(3-2-12),得

$$|\mu_{B_{ij}}^{\nabla}| = (|\mu_v^*| + |\mu_{(v,w)}|) - \mathrm{FF}_{B_{ij}}^{\triangle}$$

由式(3-2-15)得

$$|\mu_{B_{ij}}^{\nabla}| = |\mu^{\nabla}| - \mathrm{FF}_{B_{ij}}^{\triangle} \tag{3-2-16}$$

因为

$$\max\{|\mu_{B_{ij}}|\} = |\mu_{B_{ij}}^{\nabla}|$$

所以

$$\max\{|\mu_{B_{ij}}|\} = |\mu^{\nabla}| - \mathrm{FF}_{B_{ij}}^{\triangle} \tag{3-2-17}$$

将式(3-2-10)、式(3-2-16)代入式(3-2-9),得

$$\begin{aligned} |\mu^{[1]}| = \max\{ & (|\mu^{\nabla}| - \mathrm{FF}_{B_{11}}^{\triangle}), (|\mu^{\nabla}| - \mathrm{FF}_{B_{12}}^{\triangle}), \cdots, (|\mu^{\nabla}| - \mathrm{FF}_{B_{1n}}^{\triangle}), \\ & (|\mu^{\nabla}| - \mathrm{FF}_{B_{21}}^{\triangle}), (|\mu^{\nabla}| - \mathrm{FF}_{B_{22}}^{\triangle}), \cdots, (|\mu^{\nabla}| - \mathrm{FF}_{B_{2n}}^{\triangle}), \cdots, \\ & (|\mu^{\nabla}| - \mathrm{FF}_{B_{k1}}^{\triangle}), (|\mu^{\nabla}| - \mathrm{FF}_{B_{k2}}^{\triangle}), \cdots, (|\mu^{\nabla}| - \mathrm{FF}_{B_{kn}}^{\triangle}), \\ & (|\mu^{\nabla}| - \mathrm{FF}_{A_1}^{\triangle}), (|\mu^{\nabla}| - \mathrm{FF}_{A_2}^{\triangle}), \cdots, (|\mu^{\nabla}| - \mathrm{FF}_{A_n}^{\triangle}) \} \end{aligned}$$

即

$$\begin{aligned} |\mu^{[1]}| = |\mu^{\nabla}| - \min\{ & \mathrm{FF}_{B_{11}}^{\triangle}, \mathrm{FF}_{B_{12}}^{\triangle}, \cdots, \mathrm{FF}_{B_{1n}}^{\triangle}, \mathrm{FF}_{B_{21}}^{\triangle}, \mathrm{FF}_{B_{22}}^{\triangle}, \cdots, \mathrm{FF}_{B_{2n}}^{\triangle}, \cdots, \\ & \mathrm{FF}_{B_{k1}}^{\triangle}, \mathrm{FF}_{B_{k2}}^{\triangle}, \cdots, \mathrm{FF}_{B_{kn}}^{\triangle}, \mathrm{FF}_{A_1}^{\triangle}, \mathrm{FF}_{A_2}^{\triangle}, \cdots, \mathrm{FF}_{A_n}^{\triangle} \} \end{aligned}$$

设

$$\begin{aligned} \mathrm{FF}_Z^{\triangle} = \min\{ & \mathrm{FF}_{B_{11}}^{\triangle}, \mathrm{FF}_{B_{12}}^{\triangle}, \cdots, \mathrm{FF}_{B_{1n}}^{\triangle}, \mathrm{FF}_{B_{21}}^{\triangle}, \mathrm{FF}_{B_{22}}^{\triangle}, \cdots, \mathrm{FF}_{B_{2n}}^{\triangle}, \cdots, \\ & \mathrm{FF}_{B_{k1}}^{\triangle}, \mathrm{FF}_{B_{k2}}^{\triangle}, \cdots, \mathrm{FF}_{B_{kn}}^{\triangle}, \mathrm{FF}_{A_1}^{\triangle}, \mathrm{FF}_{A_2}^{\triangle}, \cdots, \mathrm{FF}_{A_n}^{\triangle} \} \end{aligned} \tag{3-2-18}$$

所以

$$|\mu^{[1]}| = |\mu^{\nabla}| - \mathrm{FF}_Z^{\triangle} \tag{3-2-19}$$

由式(3-2-18),若 $Z=B_{ij}$,则由式(3-2-16)、式(3-2-19),可知

$$\mu^{[1]} = \mu_{B_{ij}}^{\nabla}$$

再由式(3-2-11)可得,$\mu^{[1]}=\mu_u^* + (u,v) + \mu_{(v,w)}$,其中

$$\mu_{(v,w)} \in \mu^{\nabla}, \quad (u,v) = B_{ij} \tag{3-2-20}$$

若 $Z=A_i$,由式(3-2-10)、式(3-2-19)可知

$$\mu^{[1]} = \mu_{A_i}^*$$

而根据前主链定理

$$|\mu_{A_i}^*| = \max\{|\mu_{A_i}|\}$$

设 $A_i=(a,w)$,则

$$\mu_{A_i}^* = \mu_{aw}^* = \mu_a^* + (a, w)$$

所以

$$\mu^{[1]} = \mu_a^* + (a, w), \quad (a, w) = A_i \tag{3-2-21}$$

由式(3-2-18)、式(3-2-20)、式(3-2-21),得证。

证毕。

同理可证 CPM 网络中存在多条关键路线的情况。

第 4 章　前单时差的特性

4.1　前单时差在一条路线上的分布规律

4.1.1　后主链定理

任意节点与汇点之间的最长路线段的路长等于关键路线路长减去该节点结束时间的差，这条最长路线段就是该节点的后主链。该节点与汇点间任意路线段与最长路线段的路长之差等于该任意路线段上各工序的前单时差的和。

证明　设任意节点(j)与汇点(w)之间的任意路线段为

$$\mu_{(j,w)} = (j) \to (k) \to (l) \to (m) \to \cdots \to (r) \to (s) \to (t) \to (w)$$

则

$$^{\Delta}FF_{\mu_{(j,w)}} = {}^{\Delta}FF_{jk} + {}^{\Delta}FF_{kl} + {}^{\Delta}FF_{lm} + \cdots + {}^{\Delta}FF_{rs} + {}^{\Delta}FF_{st} + {}^{\Delta}FF_{tw}$$

因为

$$\begin{aligned} ^{\Delta}FF_{\mu_{(j,w)}} &= (LF_k - LF_j - T_{jk}) + (LF_l - LF_k - T_{kl}) + (LF_m - LF_l - T_{lm}) + \cdots \\ &\quad + (LF_s - LF_r - T_{rs}) + (LF_t - LF_s - T_{st}) + (LF_w - LF_t - T_{tw}) \\ &= LF_w - LF_j - (T_{jk} + T_{kl} + T_{lm} + \cdots + T_{rs} + T_{st} + T_{tw}) \end{aligned}$$

在 CPM 网络中，$LF_w = |\mu^{\nabla}|$，同时

$$T_{jk} + T_{kl} + T_{lm} + \cdots + T_{rs} + T_{st} + T_{tw} = |\mu_{(j,w)}|$$

所以

$$^{\Delta}FF_{\mu_{(j,w)}} = |\mu^{\nabla}| - LF_j - |\mu_{(j,w)}|$$

即

$$|\mu_{(j,w)}| = |\mu^{\nabla}| - LF_j - {}^{\Delta}FF_{\mu_{(j,w)}} \tag{4-1-1}$$

当$^{\Delta}FF_{\mu_{(j,w)}} = 0$时，$|\mu_{(j,w)}|$取得最大值。

由后主链定义得

$$\mu_j^{\oplus} = \max\{\mu_{(j,w)}\} \tag{4-1-2}$$

$$|\mu_j^{\oplus}| = |\mu^{\nabla}| - LF_j \tag{4-1-3}$$

由式(4-1-1)、式(4-1-2)，知

$$|\mu_j^{\oplus}| - |\mu_{(j,w)}| = |\mu^{\nabla}| - LF_j - (|\mu^{\nabla}| - LF_j - {}^{\Delta}FF_{\mu_{(j,w)}}) = {}^{\Delta}FF_{\mu_{(j,w)}} \tag{4-1-4}$$

由式(4-1-2)～式(4-1-4)，得证。

证毕。

由此可得出寻找某节点后主链的方法，即从该节点出发，依次向后寻找前单时差为零的工序直至汇点，所得路线段即为该节点的后主链。

4.1.2 路线的前单时差与路长的关系

CPM 网络中任意一条路线上，各工序的前单时差的和等于关键路线与该路线的路长之差。

证明 在后主链定理证明中，令$(j)=(1)$，由式(4-1-1)，得

$$|\mu|=|\mu^{\nabla}|-\mathrm{LF}_1-{}^{\Delta}\mathrm{FF}_{\mu}$$

在 CPM 网络中，$\mathrm{LF}_1=0$，所以

$${}^{\Delta}\mathrm{FF}_{\mu}=|\mu^{\nabla}|-|\mu|$$

证毕。

4.2 单个工序的前单时差的特性

4.2.1 前单时差定理

任意工序(i,j)的开始节点(i)到汇点(w)之间的最长路线段路长，减去该工序到汇点间的最长路线段路长，二者之差等于该工序(i,j)的前单时差，即${}^{\Delta}\mathrm{FF}_{ij}=|\mu_i^{\oplus}|-|\mu_{ij}^{\oplus}|$。

证明 由式(4-1-3)，得

$$|\mu_{ij}^{\oplus}|=|\mu_{(j,w)}^{\oplus}|+T_{ij}=|\mu^{\nabla}|-\mathrm{LF}_j+T_{ij}$$

所以

$$\begin{aligned}|\mu_i^{\oplus}|-|\mu_{ij}^{\oplus}|&=(|\mu^{\nabla}|-\mathrm{LF}_i)-(|\mu^{\nabla}|-\mathrm{LF}_j+T_{ij})\\&=\mathrm{LF}_j-\mathrm{LF}_i-T_{ij}\\&={}^{\Delta}\mathrm{FF}_{ij}\end{aligned}$$

即

$${}^{\Delta}\mathrm{FF}_{ij}=|\mu_i^{\oplus}|-|\mu_{ij}^{\oplus}| \tag{4-2-1}$$

证毕。

4.2.2 前单时差特性与网络次关键路线的关系

过关键节点紧后工序中前单时差最小的非关键工序的最长路线是次关键路线。

证明 作 CPM 网络简略图如图 4-2-1 所示。

在图 4-2-1 中，设关键路线

$$\mu^{\nabla}=A_0\to B_{10}\to B_{20}\to\cdots\to B_{k0} \tag{4-2-2}$$

则 $\mathrm{TF}_{B_{i0}}=0$，所以${}^{\Delta}\mathrm{FF}_{B_{i0}}=0$，$i=1,2,3,\cdots,k$，同时

$$^{\Delta}\mathrm{FF}_{B_{i0}} = 0, \quad ^{\Delta}\mathrm{FF}_{A_0} = 0 \tag{4-2-3}$$

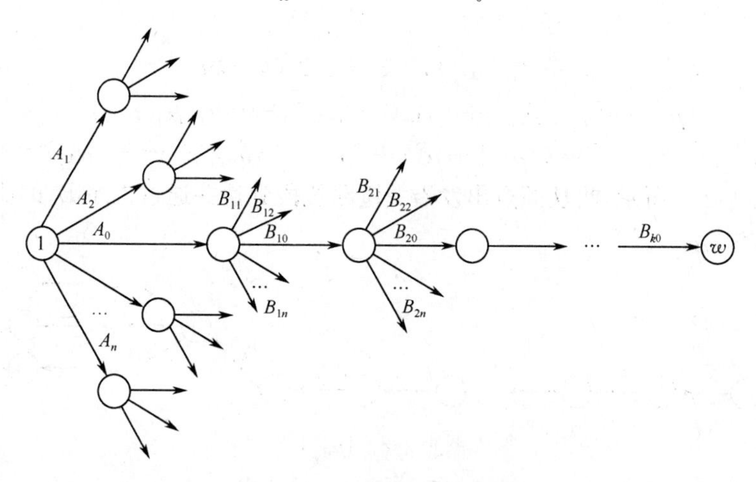

图 4-2-1　CPM 网络简略图

因为工序 B_{ij} 与关键节点相连而又不在关键路线上，所以

$$\mathrm{TF}_{B_{ij}} > 0, {}^{\Delta}\mathrm{FF}_{B_{ij}} > 0, \quad i = 1,2,3,\cdots,k; j = 1,2,3,\cdots,n$$

同理

$$\mathrm{TF}_{A_j} > 0, {}^{\Delta}\mathrm{FF}_{A_j} > 0, \quad j = 1,2,3,\cdots,n \tag{4-2-4}$$

设经过工序 A_i 的路线的集合为 $\{\mu_{A_i}\}$，如图 4-2-2 所示。

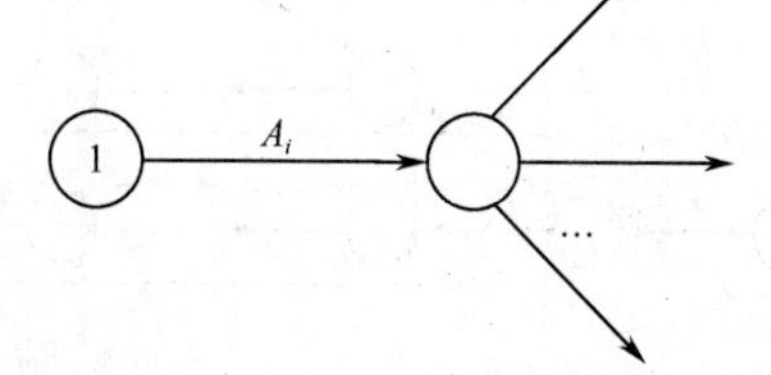

图 4-2-2　经过工序 A_i 的路线集合

显然

$$\{\mu_{A_0}\} \cap \{\mu_{A_1}\} \cap \{\mu_{A_2}\} \cap \cdots \cap \{\mu_{A_n}\} = \varnothing \tag{4-2-5}$$

设网络中所有路线的集合为 $\{\mu\}$，则

$$\{\mu\} = \{\mu_{A_0}\} + \{\mu_{A_1}\} + \cdots + \{\mu_{A_n}\} \tag{4-2-6}$$

由定义，关键路线

$$\mu^{\nabla} = \max\{\mu\}$$

次关键路线

$$\mu^{[1]} = \max\{\{\mu\} - \mu^{\nabla}\} \tag{4-2-7}$$

由式(4-2-2)，得

$$\mathrm{TF}_{A_0} = 0, \quad A_0 \in \mu^{\nabla}$$

所以

$$\mu^{\nabla} \in \{\mu_{A_0}\}$$

因为

$$^{\Delta}FF_{A_k} > 0, \quad A_k \notin \mu^{\nabla}$$

所以

$$\mu^{\nabla} \notin \{\mu_{A_k}\}, \quad k = 1,2,3,\cdots,n \tag{4-2-8}$$

$$\{\mu\} - \mu^{\nabla} = \{\mu_{A_0}\} + \{\mu_{A_1}\} + \{\mu_{A_2}\} + \cdots + \{\mu_{A_n}\} - \mu^{\nabla}$$
$$= (\{\mu_{A_0}\} - \mu^{\nabla}) + \{\mu_{A_1}\} + \{\mu_{A_2}\} + \cdots + \{\mu_{A_n}\}$$

如图 4-2-3 所示,将从源点出发沿关键路线段到达并通过工序 B_{ij} 的所有路线集合表示为$\{\mu_{B_{ij}}\}$。

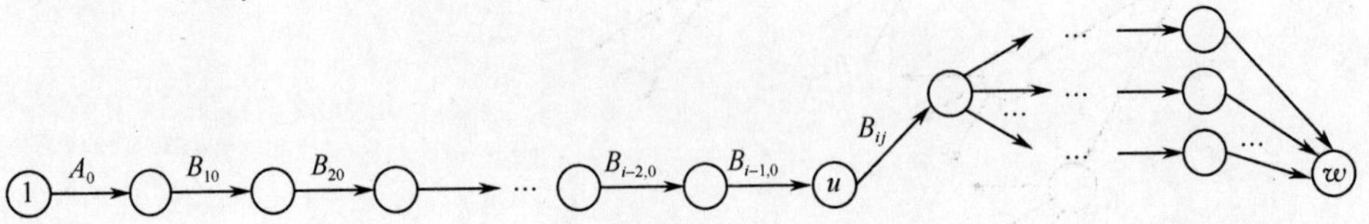

图 4-2-3 $\{\mu_{B_{ij}}\}$

显然

$$\{\mu^{\nabla}\} \cap \{\mu_{B_{11}}\} \cap \{\mu_{B_{12}}\} \cap \cdots \cap \{\mu_{B_{1n}}\} \cap \{\mu_{B_{21}}\} \cap \{\mu_{B_{22}}\} \cap \cdots \cap \{\mu_{B_{2n}}\} \cap \cdots$$
$$\cap \{\mu_{B_{k1}}\} \cap \{\mu_{B_{k2}}\} \cap \cdots \cap \{\mu_{B_{kn}}\} = \varnothing$$

如图 4-2-4 所示,将从源点出发沿关键路线段到达并通过工序 B_{1r} 的所有路线集合表示为$\{\mu_{B_{1r}}\}$。

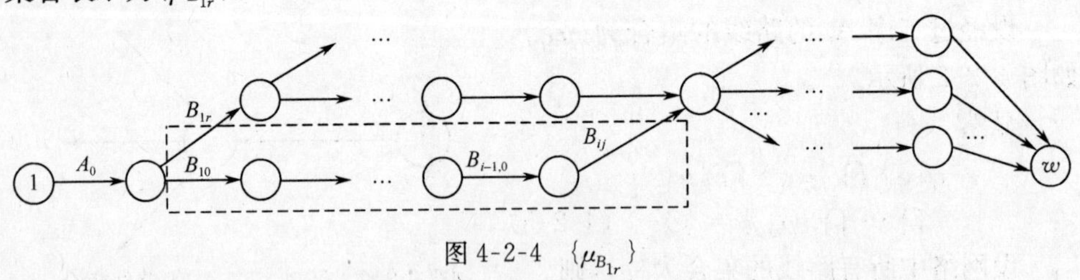

图 4-2-4 $\{\mu_{B_{1r}}\}$

则集合

$$\{\mu_{A_0}\} = \mu^{\nabla} + \{\mu_{B_{11}}\} + \{\mu_{B_{12}}\} + \cdots + \{\mu_{B_{1n}}\} + \{\mu_{B_{21}}\} + \{\mu_{B_{22}}\} + \cdots + \{\mu_{B_{2n}}\} + \cdots$$
$$+ \{\mu_{B_{k1}}\} + \{\mu_{B_{k2}}\} + \cdots + \{\mu_{B_{kn}}\}$$

所以

$$\{\mu_{A_0}\} - \mu^{\nabla} = \{\mu_{B_{11}}\} + \{\mu_{B_{12}}\} + \cdots + \{\mu_{B_{1n}}\} + \{\mu_{B_{21}}\} + \{\mu_{B_{22}}\} + \cdots + \{\mu_{B_{2n}}\} + \cdots$$
$$+ \{\mu_{B_{k1}}\} + \{\mu_{B_{k2}}\} + \cdots + \{\mu_{B_{kn}}\} \tag{4-2-9}$$

把式(4-2-8)代入式(4-2-7),得

$$\mu^{[1]} = \max\{\max\{\{\mu_{A_0}\} - \mu^{\nabla}\}, \max\{\mu_{A_1}\}, \max\{\mu_{A_2}\}, \cdots, \max\{\mu_{A_n}\}\}$$

将式(4-2-9)代入上式,得

$$\mu^{[1]} = \max\{\max\{\mu_{B_{11}}\}, \max\{\mu_{B_{12}}\}, \cdots, \max\{\mu_{B_{1n}}\}, \max\{\mu_{B_{21}}\}, \max\{\mu_{B_{22}}\}, \cdots,$$
$$\max\{\mu_{B_{2n}}\}, \cdots, \max\{\mu_{B_{k1}}\}, \max\{\mu_{B_{k2}}\}, \cdots, \max\{\mu_{B_{kn}}\}, \max\{\mu_{A_1}\},$$

$$\max\{\mu_{A_2}\},\cdots,\max\{\mu_{A_n}\}\}$$

所以

$$|\mu^{[1]}| = \max\{\max\{|\mu_{B_{11}}|\},\max\{|\mu_{B_{12}}|\},\cdots,\max\{|\mu_{B_{1n}}|\},\max\{|\mu_{B_{21}}|\},$$
$$\max\{|\mu_{B_{22}}|\},\cdots,\max\{|\mu_{B_{2n}}|\},\cdots,\max\{|\mu_{B_{k1}}|\},\max\{|\mu_{B_{k2}}|\},\cdots,$$
$$\max\{|\mu_{B_{kn}}|\},\max\{|\mu_{A_1}|\},\max\{|\mu_{A_2}|\},\cdots,\max\{|\mu_{A_n}|\}\} \quad (4\text{-}2\text{-}10)$$

根据前单时差定理式(4-2-1)

$$|\mu_{ij}^{\oplus}| = |\mu_i^{\oplus}| - {}^{\triangle}FF_{ij}$$

所以

$$\max\{|\mu_{A_i}|\} = |\mu_{A_i}^{\oplus}| = |\mu_1^{\oplus}| - {}^{\triangle}FF_{A_i}$$

根据前主链定理

$$|\mu_1^{\oplus}| = |\mu^{\nabla}| - LF_1$$

在 CPM 网络中，$LF_1=0$，所以$|\mu_1^{\oplus}|=|\mu^{\nabla}|$，得

$$\max\{|\mu_{A_i}|\} = |\mu_{A_i}^{\oplus}| = |\mu^{\nabla}| - {}^{\triangle}FF_{A_i} \quad (4\text{-}2\text{-}11)$$

设 $B_{ij}=(u,v)$，则

$$\max\{|\mu_{B_{ij}}|\} = |\mu_{B_{ij}}^{\nabla}|$$

因为

$$\mu_{B_{ij}}^{\nabla} = \mu_{(1,u)} + (u,v) + \mu_v^{\oplus} = \mu_{(1,u)} + \mu_{uv}^{\oplus} \quad (4\text{-}2\text{-}12)$$

所以

$$|\mu_{B_{ij}}^{\nabla}| = |\mu_{(1,u)}| + |\mu_{uv}^{\oplus}|$$

根据前单时差定理

$$|\mu_{uv}^{\oplus}| = |\mu_u^{\oplus}| - {}^{\triangle}FF_{uv} \quad (4\text{-}2\text{-}13)$$

由图 4-2-3 可知，B_{ij} 与 B_{i0} 开始节点相同，都是节点(u)。而 $B_{i0}\in\mu^{\nabla}$，所以$(u)\in\mu^{\nabla}$，节点(u)是关键节点。

由后主链定理，$\mu_u^{\oplus}$ 是关键节点(u)与汇点(w)之间最长路线。$\mu_u^{\oplus}$ 是关键路线段，即

$$\mu_u^{\oplus} \in \mu^{\nabla} \quad (4\text{-}2\text{-}14)$$

因为 $B_{ij}=(u,v)$，结合图 4-2-1，$\mu_{(1,u)}$如图 4-2-5 所示。

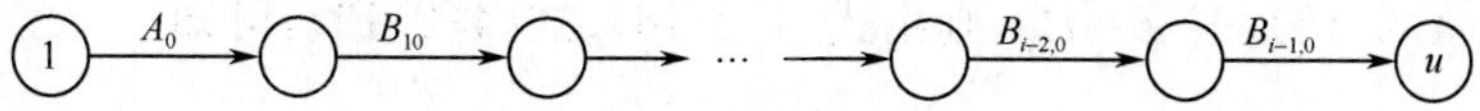

1 —A_0→ ○ —B_{10}→ ○ → … → ○ —$B_{i-2,0}$→ ○ —$B_{i-1,0}$→ u

图 4-2-5　$\mu_{(1,u)}$

由式(4-2-2)可知

$$\mu_{(1,u)} \in \mu^{\nabla}$$

再由式(4-2-14)

$$\mu_u^{\oplus} + \mu_{(1,u)} = \mu^{\nabla}$$

所以

$$|\mu_u^{\oplus}|+|\mu_{(1,u)}|=|\mu^{\nabla}| \tag{4-2-15}$$

将式(4-2-13)代入式(4-2-12),得

$$|\mu_{B_{ij}}^{\nabla}|=(|\mu_u^{\oplus}|+|\mu_{(1,u)}|)-{}^{\Delta}\mathrm{FF}_{B_{ij}}$$

由式(4-2-15)得

$$|\mu_{B_{ij}}^{\nabla}|=|\mu^{\nabla}|-{}^{\Delta}\mathrm{FF}_{B_{ij}} \tag{4-2-16}$$

因为

$$\max\{|\mu_{B_{ij}}|\}=|\mu_{B_{ij}}^{\nabla}|$$

所以

$$\max\{|\mu_{B_{ij}}|\}=|\mu^{\nabla}|-{}^{\Delta}\mathrm{FF}_{B_{ij}} \tag{4-2-17}$$

将式(4-2-11)、式(4-2-16)代入式(4-2-10),得

$$\begin{aligned}|\mu^{[1]}|=\max\Big\{&(|\mu^{\nabla}|-{}^{\Delta}\mathrm{FF}_{B_{11}}),(|\mu^{\nabla}|-{}^{\Delta}\mathrm{FF}_{B_{12}}),\cdots,(|\mu^{\nabla}|-{}^{\Delta}\mathrm{FF}_{B_{1n}}),\\&(|\mu^{\nabla}|-{}^{\Delta}\mathrm{FF}_{B_{21}}),(|\mu^{\nabla}|-{}^{\Delta}\mathrm{FF}_{B_{22}}),\cdots,(|\mu^{\nabla}|-{}^{\Delta}\mathrm{FF}_{B_{2n}}),\cdots,\\&(|\mu^{\nabla}|-{}^{\Delta}\mathrm{FF}_{B_{k1}}),(|\mu^{\nabla}|-{}^{\Delta}\mathrm{FF}_{B_{k2}}),\cdots,(|\mu^{\nabla}|-{}^{\Delta}\mathrm{FF}_{B_{kn}}),\\&(|\mu^{\nabla}|-{}^{\Delta}\mathrm{FF}_{A_1}),(|\mu^{\nabla}|-{}^{\Delta}\mathrm{FF}_{A_2}),\cdots,(|\mu^{\nabla}|-{}^{\Delta}\mathrm{FF}_{A_n})\Big\}\end{aligned}$$

即

$$\begin{aligned}|\mu^{[1]}|=|\mu^{\nabla}|-\min\Big\{&{}^{\Delta}\mathrm{FF}_{B_{11}},{}^{\Delta}\mathrm{FF}_{B_{12}},\cdots,{}^{\Delta}\mathrm{FF}_{B_{1n}},{}^{\Delta}\mathrm{FF}_{B_{21}},{}^{\Delta}\mathrm{FF}_{B_{22}},\cdots,{}^{\Delta}\mathrm{FF}_{B_{2n}},\cdots,\\&{}^{\Delta}\mathrm{FF}_{B_{k1}},{}^{\Delta}\mathrm{FF}_{B_{k2}},\cdots,{}^{\Delta}\mathrm{FF}_{B_{kn}},{}^{\Delta}\mathrm{FF}_{A_1},{}^{\Delta}\mathrm{FF}_{A_2},\cdots,{}^{\Delta}\mathrm{FF}_{A_n}\Big\}\end{aligned}$$

设

$$\begin{aligned}{}^{\Delta}\mathrm{FF}_Z=\min\Big\{&{}^{\Delta}\mathrm{FF}_{B_{11}},{}^{\Delta}\mathrm{FF}_{B_{12}},\cdots,{}^{\Delta}\mathrm{FF}_{B_{1n}},{}^{\Delta}\mathrm{FF}_{B_{21}},{}^{\Delta}\mathrm{FF}_{B_{22}},\cdots,{}^{\Delta}\mathrm{FF}_{B_{2n}},\cdots,\\&{}^{\Delta}\mathrm{FF}_{B_{k1}},{}^{\Delta}\mathrm{FF}_{B_{k2}},\cdots,{}^{\Delta}\mathrm{FF}_{B_{kn}},{}^{\Delta}\mathrm{FF}_{A_1},{}^{\Delta}\mathrm{FF}_{A_2},\cdots,{}^{\Delta}\mathrm{FF}_{A_n}\Big\}\end{aligned} \tag{4-2-18}$$

则

$$|\mu^{[1]}|=|\mu^{\nabla}|-{}^{\Delta}\mathrm{FF}_Z \tag{4-2-19}$$

由式(4-2-18),若 $Z=B_{ij}$,则由式(4-2-16)、式(4-2-19),可知

$$\mu^{[1]}=\mu_{B_{ij}}^{\nabla}$$

再由式(4-2-12),$\mu_{B_{ij}}^{\nabla}=\mu_{(1,u)}+(u,v)+\mu_v^{\oplus}$,其中

$$\mu_{(1,u)}\in\mu^{\nabla},\quad (u,v)=B_{ij} \tag{4-2-20}$$

若 $Z=A_i$ 由式(4-2-10)、式(4-2-19)可知

$$\mu^{[1]}=\mu_{A_i}^{\oplus}$$

而根据后主链定理

$$|\mu_{A_i}^{\oplus}| = \max\{|\mu_{A_i}|\}$$

设 $A_i=(1,a)$，则

$$\mu_{A_i}^{\oplus} = \mu_{1a}^{\oplus} = (1,a) + \mu_a^{\oplus}$$

所以

$$\mu^{[1]} = (1,a) + \mu_a^{\oplus}, \quad (1,a) = A_i \tag{4-2-21}$$

由式(4-2-18)、式(4-2-20)、式(4-2-21)，得证。

证毕。

第 5 章　总时差的特性

5.1　总时差与路长的关系——总时差定理

5.1.1　总时差定理

通过任意工序的路长最大的路线与关键路线的路长之差等于该工序的总时差，这条路长最大的路线就是通过该工序的特征路线。

证明　由特征路线定义

$$\mu_{ij}^{\nabla} = \mu_i^{*} + (i,j) + \mu_j^{\oplus}$$

由式(3-1-2)、式(4-1-2)可知，μ_{ij}^{∇}为经过工序(i,j)的路长最大的路线。
所以

$$|\mu_{ij}^{\nabla}| = |\mu_i^{*}| + T_{ij} + |\mu_j^{\oplus}|$$

由式(3-1-3)、式(4-1-3)，得

$$\begin{aligned} |\mu_{ij}^{\nabla}| &= \mathrm{ES}_i + T_{ij} + |\mu^{\nabla}| - \mathrm{LF}_j \\ &= \mathrm{ES}_{ij} + T_{ij} + |\mu^{\nabla}| - \mathrm{LF}_{ij} \\ &= |\mu^{\nabla}| + \mathrm{EF}_{ij} - \mathrm{LF}_{ij} \end{aligned}$$

所以

$$|\mu_{ij}^{\nabla}| = |\mu^{\nabla}| - \mathrm{TF}_{ij} \tag{5-1-1}$$

证毕。

5.1.2　关键工序与总时差的关系

关键路线上各工序的总时差都为零，反之，总时差为零的工序必定分布在关键路线上。

证明　由式(5-1-1)，$|\mu_{ij}^{\nabla}| = |\mu^{\nabla}| - \mathrm{TF}_{ij}$，若 μ_{ij}^{∇}是关键路线，即

$$|\mu_{ij}^{\nabla}| = |\mu^{\nabla}|$$

则 $\mathrm{TF}_{ij}=0$；反之，若 $\mathrm{TF}_{ij}=0$，则

$$|\mu_{ij}^{\nabla}| = |\mu^{\nabla}|$$

即 μ_{ij}^{∇}是关键路线，工序(i,j)在关键路线上。
证毕。

5.2　特征路线定理

特征路线定理　经过工序(i,j)的最长路线(特征路线)上，该工序(i,j)的总

时差最大。

前主链 μ_i^* 上，前面工序总时差都小于等于后面工序的总时差，而且任何工序的总时差都等于该工序结束节点的节点时差；后主链 $\mu_j^{\oplus}$ 上，后面工序总时差都小于等于前面工序的总时差，而且任何工序的总时差都等于该工序开始节点的节点时差。

证明　假设经过工序(i,j)的特征路线为

$$(1)\to(a)\to(b)\to(c)\to\cdots\to(g)\to(h)\to(i)\to(j)$$
$$\to(r)\to\cdots\to(s)\to(t)\to(w)$$

其中，(1)为源点；(w)为汇点；(i,j)为特征工序。

因为

$$\mathrm{TF}_{bc}=\mathrm{TF}_c+\mathrm{FF}_{bc}^{\Delta}$$

且(b)，$(c)\in\mu_i^*$，所以 $\mathrm{FF}_{bc}^{\Delta}=0$，即

$$\mathrm{TF}_{bc}=\mathrm{TF}_c \tag{5-2-1}$$

又因为

$$\mathrm{TF}_{bc}={}^{\Delta}\mathrm{FF}_{bc}+\mathrm{TF}_b$$

由以上两式得

$$\mathrm{TF}_c={}^{\Delta}\mathrm{FF}_{bc}+\mathrm{TF}_b$$

所以

$$\mathrm{TF}_b\leqslant\mathrm{TF}_c$$

同理可证

$$\mathrm{TF}_a\leqslant\mathrm{TF}_b\leqslant\mathrm{TF}_c\leqslant\cdots\leqslant\mathrm{TF}_g\leqslant\mathrm{TF}_h\leqslant\mathrm{TF}_i \tag{5-2-2}$$

$$\mathrm{TF}_{ij}={}^{\Delta}\mathrm{FF}_{ij}+\mathrm{TF}_i$$

$$\mathrm{TF}_{ij}\geqslant\mathrm{TF}_i \tag{5-2-3}$$

由式(5-2-1)～式(5-2-3)，得

$$\mathrm{TF}_{1a}\leqslant\mathrm{TF}_{ab}\leqslant\mathrm{TF}_{bc}\leqslant\cdots\leqslant\mathrm{TF}_{gh}\leqslant\mathrm{TF}_{hi}\leqslant\mathrm{TF}_{ij} \tag{5-2-4}$$

对于后主链 $\mu_j^{\oplus}$，有

$$\mathrm{TF}_{st}={}^{\Delta}\mathrm{FF}_{st}+\mathrm{TF}_s$$

$$(s),(t)\in\mu_i^{\oplus}$$

$${}^{\Delta}\mathrm{FF}_{st}=0$$

即

$$\mathrm{TF}_{st}=\mathrm{TF}_s \tag{5-2-5}$$

因为

$$\mathrm{TF}_{st}=\mathrm{TF}_t+\mathrm{FF}_{st}^{\Delta}$$

所以

$$\mathrm{TF}_s=\mathrm{TF}_t+\mathrm{FF}_{st}^{\Delta}$$

因为

$$FF_{st}^{\Delta} \geqslant 0$$

所以

$$TF_s \geqslant TF_t$$

同理可证

$$TF_w \leqslant TF_t \leqslant TF_s \leqslant TF_r \leqslant \cdots \leqslant TF_j \tag{5-2-6}$$

因为

$$TF_{ij} = FF_{ij}^{\Delta} + TF_j$$

所以

$$TF_{ij} \geqslant TF_j \tag{5-2-7}$$

由式(5-2-5)～式(5-2-7)，得

$$TF_{tw} \leqslant TF_{st} \leqslant \cdots \leqslant TF_{rs} \leqslant TF_{ij} \tag{5-2-8}$$

证毕。

5.3　最小总时差工序的分布特点

最小总时差工序分布定理　CPM网络中，总时差最小的非关键工序必定全部分布在与关键节点相连的最小总时差非关键工序的特征路线上，且它们的总时差相等。

证明　假设工序(i,j)是网络中总时差最小的非关键工序，即 $TF_{ij} = \min\{TF_{mn} \mid TF_{mn} > 0\}$；同时假设工序$(i,j)$不在与关键节点相连的时差最小的非关键工序的特征路线上，则必定可以找到工序(i,j)的特征路线，设

$$\mu_{ij}^{\nabla} = (1) \to (a) \to (b) \to (c) \to \cdots \to (g) \to (i) \to (j) \to (l) \to \cdots \to (r) \to (s) \to (t) \to (w)$$

(1) 对于前主链 μ_{ij}^{*}，由特征路线定理得

$$TF_{1a} \leqslant TF_{ab} \leqslant TF_{bc} \leqslant \cdots \leqslant TF_{gi} \leqslant TF_{ij}$$

① 假设 $TF_{1a} > 0$，即

$$TF_{ij} = \min\{TF_{mn} \mid TF_{mn} > 0\}$$

因为

$$TF_{1a} = TF_{ab} = \cdots = TF_{gi} = TF_{ij} = \min\{TF_{mn} \mid TF_{mn} > 0\} \tag{5-3-1}$$

$$TF_{ab} = TF_a + {}^{\Delta}FF_{ab}$$

由式(5-2-1)，得

$$TF_{1a} = TF_a$$

由式(5-3-1)，得

$$TF_{1a} = TF_{ab}$$

综合以上三式可得

$${}^{\Delta}FF_{ab} = 0$$

同理可证

$$^{\Delta}FF_{ab} = {}^{\Delta}FF_{bc} = \cdots = {}^{\Delta}FF_{gi} = {}^{\Delta}FF_{ij} = 0$$

所以

$$^{\Delta}FF_{\mu_{(a,j)}} = {}^{\Delta}FF_{ab} + {}^{\Delta}FF_{bc} + \cdots + {}^{\Delta}FF_{gi} + {}^{\Delta}FF_{ij} = 0$$

因为

$$\mu_{(j,w)} \in \mu_{ij}^{\oplus}$$

所以

$$^{\Delta}FF_{\mu_{(j,w)}} = 0$$

即

$$^{\Delta}FF_{\mu_{(a,w)}} = {}^{\Delta}FF_{\mu_{(a,j)}} + {}^{\Delta}FF_{\mu_{(j,w)}} = 0$$

由后主链定义得

$$\mu_{(a,w)} \in \mu_{1a}^{\oplus} \tag{5-3-2}$$

μ_{ij}^{∇}也是经过工序(1,a)的特征路线，即

$$\mu_{ij}^{\nabla} = \mu_{1a}^{\nabla}$$

而工序(1,a)与关键节点源点(1)相连，且 $TF_{1a} = \min\{TF_{mn} \mid TF_{mn} > 0\}$，即工序($i,j$)在与关键节点相连的时差最小的非关键工序(1,$a$)的特征路线上，与原假设矛盾。

② 假设 $TF_{1a} = 0$，而 $TF_{ab} > 0$，同理可证 μ_{ij}^{∇}是经过工序(a,b)的特征路线，即

$$\mu_{ij}^{\nabla} = \mu_{ab}^{\nabla}$$

而节点(b)与关键节点(a)相连，且

$$TF_{ab} = \min\{TF_{mn} \mid TF_{mn} > 0\}$$

与原假设矛盾。

以此类推，$TF_{c} > 0, \cdots, TF_{g} > 0$ 都与原假设矛盾。

③ 假设 $TF_{1a} = TF_{ab} = TF_{bc} = \cdots = TF_{gi} = TF_{ij} = 0$，则节点($a$)、($b$)、($c$)…($g$)、($i$)是关键节点，$\mu_{ij}^{\nabla}$就是与关键节点相连的时差最小的非关键工序($i,j$)的特征路线，与原假设矛盾。

(2) 对于后主链 $\mu_{j}^{\oplus}$，同理可证，$TF_{tw} > 0, TF_{st} > 0, TF_{rs} > 0, \cdots, TF_{jl} > 0$ 与原假设矛盾，以及 $TF_{tw} = TF_{st} = TF_{rs} = \cdots = TF_{jl} = 0$ 也与原假设矛盾。

由此可见，原假设不成立。所以，网络中总时差最小的非关键工序，必定全部分布在与关键节点相连的最小总时差非关键工序的特征路线上。同时，根据特征路线定理，它们的总时差相等。

因此，寻找整个网络中总时差最小的非关键工序，只需要在关键节点的紧前紧后工序中寻找出时差最小的非关键工序，并且找出其特征路线，则所有总时差最小的非关键工序都必定在这些特征路线上。

证毕。

推论 5.3.1 只包含一个关键节点的最小总时差非关键工序，其特征路线上必定至少存在另一个最小总时差非关键工序。

证明 假设工序(g_0,i)是网络中总时差最小的非关键工序，即 $TF_{g_0 i}=\min\{TF_{mn}\mid TF_{mn}>0\}$，其中节点$(g_0)$是关键节点，$(i)$是非关键节点，则必定可以找到工序$(g_0,i)$的后主链，设为 $\mu_i^{\oplus}=(i)\rightarrow(j)\rightarrow\cdots\rightarrow(s)\rightarrow(t)\rightarrow(w)$；假设在工序$(g_0,i)$的特征路线上只有一个最小总时差非关键工序，则在其后主链上也只存在这一个最小总时差非关键工序。

节点(i)是非关键节点，即

$$TF_i>0$$

由特征路线定理式(5-2-3)

$$TF_{ij}=TF_i\leqslant TF_{g_0 i}$$

而

$$TF_{g_0 i}=\min\{TF_{mn}\mid TF_{mn}>0\}$$

所以

$$TF_{ij}=TF_{g_0 i}=\min\{TF_{mn}\mid TF_{mn}>0\}$$

同理可证，网络中总时差最小的非关键工序(j,l_0)前主链中必然存在至少一个最小总时差非关键工序(其中，节点(l_0)是关键节点，(j)是非关键节点)。证毕。

5.4 最小总时差与网络次关键路线

最小总时差与网络次关键路线的关系：关键节点的紧前和紧后工序中总时差最小的非关键工序，其特征路线就是网络次关键路线。次关键路线与关键路线的路长之差等于该最小总时差非关键工序的总时差。

证明 设 CPM 网络路线集合为 $M=\{\mu\}$，所有工序都是关键工序的路线集合为 A，所有工序不全是关键工序的路线集合为 B，则 $A=\{\mu^{\nabla}\}$，$A+B=M$，网络次关键路线

$$\mu^{[1]}=\max\{\mu\mid\mu\in B\} \tag{5-4-1}$$

(1) 假设网络中只存在一条关键路线为

$$\mu_0=(1)\rightarrow(a_0)\rightarrow(b_0)\rightarrow\cdots\rightarrow(i_0)\rightarrow(j_0)\rightarrow\cdots\rightarrow(s_0)\rightarrow(t_0)\rightarrow(w)$$

由总时差定理推论，μ_0 路线上各工序的总时差都为零，网络中所有总时差为零的工序必定都在路线 μ_0 上。

设与关键节点相连工序中总时差最小的非关键工序为(i_0,j)，由最小总时差工序分布定理知，该工序为网络中最小总时差非关键工序，即 $TF_{i_0 j}=\min\{TF_{mn}\mid TF_{mn}>0\}$。

将经过网络中任意一个总时差不为零的工序(m,n)的所有路线集合表示为$\{\mu_{mn}\}$,则

$$B=\{\mu_{1a_1}\}\cup\{\mu_{1a_2}\}\cup\cdots\cup\{\mu_{1a_k}\}\cup\{\mu_{a_0b_1}\}\cup\{\mu_{a_0b_2}\}\cup\cdots\cup\{\mu_{a_0b_k}\}\\ \cup\{\mu_{a_1b_0}\}\cup\{\mu_{a_1b_1}\}\cup\cdots\cup\{\mu_{a_1b_k}\}\cup\cdots\cup\{\mu_{i_0j}\}\cup\cdots\\ \cup\{\mu_{t_1w}\}\cup\{\mu_{t_2w}\}\cup\cdots\cup\{\mu_{t_kw}\}$$

由总时差定理得

$$\mu_{1a_1}^{\nabla}=\max\{\mu_{1a_1}\}$$
$$\mu_{1a_2}^{\nabla}=\max\{\mu_{1a_2}\}$$
$$\vdots$$
$$\mu_{1a_k}^{\nabla}=\max\{\mu_{1a_k}\}$$
$$\vdots$$
$$\mu_{i_0j}^{\nabla}=\max\{\mu_{i_0j}\}$$
$$\mu_{t_kw}^{\nabla}=\max\{\mu_{t_kw}\}$$

因为

$$\mathrm{TF}_{i_0j}=\min\{\mathrm{TF}_{mn}\mid \mathrm{TF}_{mn}>0\}$$

由式(5-1-1),$|\mu_{i_0j}^{\nabla}|=|\mu^{\nabla}|-\mathrm{TF}_{i_0j}$,知

$$|\mu_{i_0j}^{\nabla}|=\max\{\mu_{1a_1}^{\nabla},\mu_{1a_2}^{\nabla},\cdots,\mu_{1a_k}^{\nabla},\mu_{a_0b_1}^{\nabla},\mu_{a_0b_2}^{\nabla},\cdots,\mu_{a_0b_k}^{\nabla},\mu_{a_1b_0}^{\nabla},\cdots,\\ \mu_{a_1b_k}^{\nabla},\cdots,\mu_{i_0j}^{\nabla},\cdots,\mu_{t_1w}^{\nabla},\cdots,\mu_{t_kw}^{\nabla}\} \tag{5-4-2}$$

因为

$$\begin{aligned}\mu^{[1]}&=\max\{\mu\mid\mu\in B\}\\ &=\max\{\{\mu_{1a_1}\}\cup\{\mu_{1a_2}\}\cup\cdots\cup\{\mu_{1a_k}\}\cup\{\mu_{a_0b_1}\}\cup\{\mu_{a_0b_2}\}\cup\cdots\cup\{\mu_{a_0b_k}\}\\ &\quad\cup\{\mu_{a_1b_0}\}\cup\{\mu_{a_1b_1}\}\cup\cdots\cup\{\mu_{a_1b_k}\}\cup\cdots\cup\{\mu_{i_0j}\}\cup\cdots\cup\{\mu_{t_1w}\}\cup\{\mu_{t_2w}\}\cup\cdots\cup\{\mu_{t_kw}\}\}\\ &=\max\{\max\{\mu_{1a_1}\}\cup\max\{\mu_{1a_2}\}\cup\cdots\cup\max\{\mu_{1a_k}\}\cup\max\{\mu_{a_0b_1}\}\cup\max\{\mu_{a_0b_2}\}\\ &\quad\cup\cdots\cup\max\{\mu_{a_0b_k}\}\cup\max\{\mu_{a_1b_0}\}\cup\max\{\mu_{a_1b_1}\}\cup\cdots\cup\max\{\mu_{a_1b_k}\}\cup\cdots\\ &\quad\cup\max\{\mu_{i_0j}\}\cup\cdots\cup\max\{\mu_{t_1w}\}\cup\max\{\mu_{t_2w}\}\cup\cdots\cup\max\{\mu_{t_kw}\}\}\\ &=\max\{\mu_{1a_1}^{\nabla},\mu_{1a_2}^{\nabla},\cdots,\mu_{1a_k}^{\nabla},\mu_{a_0b_1}^{\nabla},\mu_{a_0b_2}^{\nabla},\cdots,\mu_{a_0b_k}^{\nabla},\mu_{a_1b_0}^{\nabla},\cdots,\\ &\quad\mu_{a_1b_k}^{\nabla},\cdots,\mu_{i_0j}^{\nabla},\cdots,\mu_{t_1w}^{\nabla},\cdots,\mu_{t_kw}^{\nabla}\}\end{aligned}$$

由上式和式(5-4-2)得,$\mu^{[1]}=\mu_{i_0j}^{\nabla}$,且网络中总时差最小的非关键工序必然全部分布在路线$\mu_{i_0j}^{\nabla}$上。

同理,若与关键节点相连的工序中存在多个相等的最小总时差非关键工序,则会存在多条次关键路线。

(2) 假设网络中存在多条关键路线,证明与上相同。此时可能出现奇异工序(i_0,j_0),集合B中包含了奇异工序的路线集合$\{\mu_{i_0j_0}\}$,但证明与结论不受影响。证毕。

第6章　节点时差的特性

6.1　工序间节点时差的特性

节点时差是两个相邻工序的共用时差，即设工序(i,j)、(j,k)为两相邻工序，则

$$\mathrm{TF}_j = \mathrm{TF}_{ij} - \mathrm{FF}_{ij}^{\vartriangle} = \mathrm{TF}_{jk} - {}^{\vartriangle}\mathrm{FF}_{jk}$$

证明　因为

$$\begin{aligned}\mathrm{FF}_{ij}^{\vartriangle} &= \mathrm{ES}_j - \mathrm{ES}_i - T_{ij} \\ &= \mathrm{ES}_j - \mathrm{LF}_j + \mathrm{LF}_j - \mathrm{ES}_i - T_{ij} \\ &= [\mathrm{LF}_j - (\mathrm{ES}_i + T_{ij})] - (\mathrm{LF}_j - \mathrm{ES}_j) \\ &= [\mathrm{LF}_{ij} - (\mathrm{ES}_{ij} + T_{ij})] - (\mathrm{LF}_j - \mathrm{ES}_j) \\ &= (\mathrm{LF}_{ij} - \mathrm{EF}_{ij}) - (\mathrm{LF}_j - \mathrm{ES}_j)\end{aligned}$$

所以

$$\mathrm{FF}_{ij}^{\vartriangle} = \mathrm{TF}_{ij} - \mathrm{TF}_j \tag{6-1-1}$$

$$\mathrm{TF}_j = \mathrm{TF}_{ij} - \mathrm{FF}_{ij}^{\vartriangle}$$

因为

$$\begin{aligned}{}^{\vartriangle}\mathrm{FF}_{jk} &= \mathrm{LF}_k - \mathrm{LF}_j - T_{jk} \\ &= \mathrm{LF}_k - T_{jk} - \mathrm{ES}_j + \mathrm{ES}_j - \mathrm{LF}_j \\ &= [\mathrm{LF}_k - (\mathrm{ES}_j + T_{jk})] - (\mathrm{LF}_j - \mathrm{ES}_j) \\ &= [\mathrm{LF}_{jk} - (\mathrm{ES}_{jk} + T_{jk})] - (\mathrm{LF}_j - \mathrm{ES}_j) \\ &= (\mathrm{LF}_{jk} - \mathrm{EF}_{jk}) - (\mathrm{LF}_j - \mathrm{ES}_j)\end{aligned}$$

所以

$${}^{\vartriangle}\mathrm{FF}_{jk} = \mathrm{TF}_{jk} - \mathrm{TF}_j \tag{6-1-2}$$

$$\mathrm{TF}_j = \mathrm{TF}_{jk} - {}^{\vartriangle}\mathrm{FF}_{jk}$$

证毕。

6.2　路线段节点时差的特性

任意路线上两个节点的节点时差之差等于这两个节点间路线段的前单时差与后单时差之差。

证明　令 $\mu_{(i,j)} = (i) \to (a) \to (b) \to (c) \to \cdots \to (e) \to (f) \to (g) \to (j)$，则

$$
\begin{aligned}
\mathrm{FF}^{\Delta}_{\mu_{(i,j)}} &= \mathrm{FF}^{\Delta}_{ia} + \mathrm{FF}^{\Delta}_{ab} + \mathrm{FF}^{\Delta}_{bc} + \cdots + \mathrm{FF}^{\Delta}_{ef} + \mathrm{FF}^{\Delta}_{fg} + \mathrm{FF}^{\Delta}_{gj} \\
&= (\mathrm{ES}_a - \mathrm{ES}_i - T_{ia}) + (\mathrm{ES}_b - \mathrm{ES}_a - T_{ab}) + (\mathrm{ES}_c - \mathrm{ES}_b - T_{bc}) + \cdots \\
&\quad + (\mathrm{ES}_f - \mathrm{ES}_e - T_{ef}) + (\mathrm{ES}_g - \mathrm{ES}_f - T_{fg}) + (\mathrm{ES}_j - \mathrm{ES}_g - T_{gj}) \\
&= \mathrm{ES}_j - \mathrm{ES}_i - (T_{ia} + T_{ab} + T_{bc} + \cdots + T_{ef} + T_{fg} + T_{gj})
\end{aligned}
$$

$$\mathrm{FF}^{\Delta}_{\mu_{(i,j)}} = \mathrm{ES}_j - \mathrm{ES}_i - |\mu_{(i,j)}| \tag{6-2-1}$$

$$
\begin{aligned}
{}^{\Delta}\mathrm{FF}_{\mu_{(i,j)}} &= {}^{\Delta}\mathrm{FF}_{ia} + {}^{\Delta}\mathrm{FF}_{ab} + {}^{\Delta}\mathrm{FF}_{bc} + \cdots + {}^{\Delta}\mathrm{FF}_{ef} + {}^{\Delta}\mathrm{FF}_{fg} + {}^{\Delta}\mathrm{FF}_{gj} \\
&= (\mathrm{LF}_a - \mathrm{LF}_i - T_{ia}) + (\mathrm{LF}_b - \mathrm{LF}_a - T_{ab}) + (\mathrm{LF}_c - \mathrm{LF}_b - T_{bc}) + \cdots \\
&\quad + (\mathrm{LF}_f - \mathrm{LF}_e - T_{ef}) + (\mathrm{LF}_g - \mathrm{LF}_f - T_{fg}) + (\mathrm{LF}_j - \mathrm{LF}_g - T_{gj}) \\
&= \mathrm{LF}_j - \mathrm{LF}_i - (T_{ia} + T_{ab} + T_{bc} + \cdots + T_{ef} + T_{fg} + T_{gj})
\end{aligned}
$$

$${}^{\Delta}\mathrm{FF}_{\mu_{(i,j)}} = \mathrm{LF}_j - \mathrm{LF}_i - |\mu_{(i,j)}| \tag{6-2-2}$$

$$
\begin{aligned}
{}^{\Delta}\mathrm{FF}_{\mu_{(i,j)}} - \mathrm{FF}^{\Delta}_{\mu_{(i,j)}} &= (\mathrm{LF}_j - \mathrm{LF}_i - |\mu_{(i,j)}|) - (\mathrm{ES}_j - \mathrm{ES}_i - |\mu_{(i,j)}|) \\
&= (\mathrm{LF}_j - \mathrm{ES}_j) - (\mathrm{LF}_i - \mathrm{ES}_i) = \mathrm{TF}_j - \mathrm{TF}_i
\end{aligned}
$$

即

$$\mathrm{TF}_j - \mathrm{TF}_i = {}^{\Delta}\mathrm{FF}_{\mu_{(i,j)}} - \mathrm{FF}^{\Delta}_{\mu_{(i,j)}} \tag{6-2-3}$$

证毕。

推论 6.2.1 任意节点到源点之间的路线段上，前单时差之和大于等于后单时差之和；任意节点到汇点之间的路线段上，后单时差之和大于等于前单时差之和。

证明 上述证明中，令$(i)=(1)$，在CPM网络中，$\mathrm{TF}_1=0$，由式(6-2-3)有

$$\mathrm{TF}_j - 0 = {}^{\Delta}\mathrm{FF}_{\mu_{(1,j)}} - \mathrm{FF}^{\Delta}_{\mu_{(1,j)}}$$

$$\mathrm{TF}_j \geqslant 0, \quad {}^{\Delta}\mathrm{FF}_{\mu_{(1,j)}} \geqslant \mathrm{FF}^{\Delta}_{\mu_{(1,j)}}$$

同理，令节点(j)为汇点，即$(j)=(w)$，在CPM网络中，$\mathrm{TF}_w=0$，由式(6-2-3)有

$$\mathrm{TF}_i = \mathrm{FF}^{\Delta}_{\mu_{(i,w)}} - {}^{\Delta}\mathrm{FF}_{\mu_{(i,w)}}$$

$$\mathrm{TF}_i \geqslant 0, \quad {}^{\Delta}\mathrm{FF}_{\mu_{(i,w)}} \leqslant \mathrm{FF}^{\Delta}_{\mu_{(i,w)}}$$

证毕。

推论 6.2.2 任意节点的节点时差等于该节点到源点间最长路线的前单时差（即前主链的前单时差），也等于该节点到汇点间最长路线的后单时差（即后主链的后单时差）。

证明 在推论6.2.1证明中令$(i)=(1)$，则$\mathrm{TF}_i=0$，再令$\mathrm{FF}^{\Delta}_{\mu_{(1,j)}}=0$，由前主链定义可得

$$\mu_{(1,j)} = \mu_j^*$$

由式(6-2-3)得

$$\mathrm{TF}_j = {}^{\Delta}\mathrm{FF}_{\mu_{(1,j)}} = {}^{\Delta}\mathrm{FF}_{\mu_j^*}$$

同理，在推论6.2.1证明中，令$(j)=(w)$，则

$$\mathrm{TF}_j = 0$$

再令${}^{\Delta}\mathrm{FF}_{\mu_{(i,w)}} = 0$,由后主链定义可知

$$\mu_{(i,w)} = \mu_i^{\oplus}$$

由式(6-2-3)得

$$\mathrm{TF}_i = {}^{\Delta}\mathrm{FF}_{\mu_{(i,w)}} = {}^{\Delta}\mathrm{FF}_{\mu_i^{\oplus}}$$

证毕。

6.3 路线节点时差的特性

经过任意节点的最长路线与关键路线的路长之差等于该节点的节点时差,这条最长路线就是该节点的特征路线,即对于任意节点(k),有

$$\mu_k^{\nabla} = \max\{\mu_k\}$$

$$|\mu_k^{\nabla}| = |\mu^{\nabla}| - \mathrm{TF}_k$$

证明 在推论 6.2.1 证明中,令$(i)=(1)$,则在 CPM 网络中 $\mathrm{ES}_1=0$,由式(6-2-1)知

$$\mathrm{FF}^{\Delta}_{\mu_{(1,j)}} = \mathrm{ES}_j - |\mu_{(1,j)}|$$

所以

$$|\mu_{(1,j)}| = \mathrm{ES}_j - \mathrm{FF}^{\Delta}_{\mu_{(1,j)}}$$

当 $\mathrm{FF}^{\Delta}_{\mu_{(1,j)}}=0$ 时,有

$$|\mu_j^*| = \mathrm{ES}_j = \max\{|\mu_{(1,j)}|\} \tag{6-3-1}$$

所以

$$|\mu_j^*| \geqslant |\mu_{(1,j)}| \tag{6-3-2}$$

即任意节点到源点之间最长路线是其前主链,路长等于该节点的最早开始时间。

同样,在推论 6.2.1 证明中,令节点(j)为汇点,即$(j)=(w)$,由式(6-2-2)得

$${}^{\Delta}\mathrm{FF}_{\mu_{(i,w)}} = \mathrm{LF}_w - \mathrm{LF}_i - |\mu_{(i,w)}|$$

在 CPM 网络中,因为

$$\mathrm{LF}_w = |\mu^{\nabla}|$$

所以

$$|\mu_{(i,w)}| = |\mu^{\nabla}| - \mathrm{LF}_i - {}^{\Delta}\mathrm{FF}_{\mu_{(i,w)}}$$

当${}^{\Delta}\mathrm{FF}_{\mu_{(i,w)}} = 0$ 时,有

$$|\mu_i^{\oplus}| = |\mu^{\nabla}| - \mathrm{LF}_i = \max\{|\mu_{(i,w)}|\} \tag{6-3-3}$$

所以

$$|\mu_i^{\oplus}| \geqslant |\mu_{(i,w)}| \tag{6-3-4}$$

即任意节点到汇点之间的最长路线是其后主链,其路长等于关键路线路长减去节点结束时间的差。

对于经过节点(k)的特征路线 μ_k^{∇}，有$|\mu_k^{\nabla}|=|\mu_k^{*}|+|\mu_k^{\oplus}|$。

由式(6-3-1)、式(6-3-3) 有

$$|\mu_k^{\nabla}| = ES_k + |\mu^{\nabla}| - LF_k = |\mu^{\nabla}| - (LF_k - ES_k)$$

$$|\mu_k^{\nabla}| = |\mu^{\nabla}| - TF_k \qquad (6\text{-}3\text{-}5)$$

由式(6-3-2)、式(6-3-4)有

$$|\mu_k^{\nabla}| = |\mu_k^{*}| + |\mu_k^{\oplus}| \geqslant |\mu_{(1,k)}| + |\mu_{(k,w)}| = |\mu_k|$$

$$\mu_k^{\nabla} = \max\{\mu_k\} \qquad (6\text{-}3\text{-}6)$$

证毕。

推论 6.3.1　关键节点的节点时差必定为零，反之，节点时差为零的节点必定在关键路线上。

证明　若节点(k)是关键节点，则

$$|\mu_k^{\nabla}| = |\mu^{\nabla}|$$

由式(6-3-5)可知，$TF_k=0$。

同理，当 $TF_k=0$，$|\mu_k^{\nabla}|=|\mu^{\nabla}|$，由式(6-3-5)，节点$(k)$必是关键节点，$(k)$必定处于关键路线。

证毕。

6.4　最小节点时差分布的特点

节点时差最小的非关键节点必定全部分布在与关键节点相连的时差最小的节点的特征路线上，且它们的节点时差相等。

证明　令 Ω 为所有关键节点的集合，即 $\Omega=\{(i)\mid TF_i=0\}$。

假设节点(j)是网络中节点时差最小的非关键节点，$TF_j=\min\{TF_k\mid k\in\overline{\Omega}\}$；同时，假设节点$(j)$不在与关键节点相连的时差最小的非关键节点的特征路线上，则必定可以找到过节点(j)的特征路线，设

$$\mu_j^{\nabla} = (1)\rightarrow(a)\rightarrow(b)\rightarrow(c)\rightarrow\cdots\rightarrow(g)\rightarrow(j)$$
$$\rightarrow(l)\rightarrow\cdots\rightarrow(r)\rightarrow(s)\rightarrow(t)\rightarrow(w)$$

(1) 对于前主链 μ_j^{*}，由式(5-2-2)得

$$TF_a \leqslant TF_b \leqslant TF_c \leqslant \cdots \leqslant TF_g \leqslant TF_j$$

① 假设 $TF_a>0$，由于

$$TF_j = \min\{TF_k \mid k \in \overline{\Omega}\}$$

所以

$$TF_a = TF_b = TF_c = \cdots = TF_g = TF_j = \min\{TF_k \mid k \in \overline{\Omega}\} \quad (6\text{-}4\text{-}1)$$

由工序间节点时差特性得

$${}^{\Delta}FF_{\mu_{(a,j)}} = TF_a - TF_j + FF^{\Delta}_{\mu_{(a,j)}}$$

因为

$$\mu_{(a,j)} \in \mu_j^*$$

所以

$$FF^{\Delta}_{\mu_{(a,j)}} = 0$$

由式(6-4-1)有

$$TF_a = TF_j$$

所以

$$^{\Delta}FF_{\mu_{(a,j)}} = TF_a - TF_j + FF^{\Delta}_{\mu_{(a,j)}} = 0$$

因为

$$\mu_{(j,w)} \in \mu_j^{\oplus}$$

所以

$$^{\Delta}FF_{\mu_{(j,w)}} = 0$$

即

$$^{\Delta}FF_{\mu_{(a,w)}} = {}^{\Delta}FF_{\mu_{(a,j)}} + {}^{\Delta}FF_{\mu_{(j,w)}} = 0$$

由后主链定义得

$$\mu_{(a,w)} \in \mu_a^{\oplus} \tag{6-4-2}$$

因为

$$\mu_{(1,a)} \in \mu_j^*$$

所以

$$FF^{\Delta}_{\mu_{(1,a)}} = 0$$

由前主链定义得

$$\mu_{(1,a)} \in \mu_a^* \tag{6-4-3}$$

由式(6-4-2)、式(6-4-3)知，μ_j^{∇}也是经过节点(a)的特征路线，即

$$\mu_j^{\nabla} = \mu_a^{\nabla}$$

而节点(a)与关键节点源点(1)相连，且 $TF_a = \min\{TF_k \mid k \in \overline{\Omega}\}$，即节点($j$)在与关键节点相连的时差最小的非关键节点($a$)的特征路线上，与原假设矛盾。

② 假设 $TF_a = 0$，而 $TF_b > 0$，同理可证 μ_j^{∇}是经过节点(b)的特征路线，即

$$\mu_j^{\nabla} = \mu_b^{\nabla}$$

而节点(b)与关键节点(a)相连，且

$$TF_b = \min\{TF_k \mid k \in \overline{\Omega}\}$$

与原假设矛盾。

以此类推，$TF_c > 0, \cdots, TF_g > 0$ 都与原假设矛盾。

③ 假设 $TF_a = TF_b = TF_c = \cdots = TF_g = 0$，则节点($a$)、($b$)、($c$)…($g$)是关键节点，$\mu_j^{\nabla}$就是与关键节点相连的时差最小的非关键节点($j$)的特征路线，与原假设矛盾。

(2) 对于后主链 $\mu_j^{\oplus}$，同理可证，$TF_t>0$，$TF_s>0$，$TF_r>0$，…，$TF_l>0$ 与原假设矛盾。而若 $TF_t=TF_s=TF_r=\cdots=TF_l=0$，则节点 $(l)\cdots(r)$、(s)、(t) 是关键节点，μ_j^{∇} 就是与关键节点相连的时差最小的非关键节点 (j) 的特征路线，也与原假设矛盾。由此可见原假设不成立。

所以节点时差最小的非关键节点，必定分布在与关键节点相连的时差最小的节点的特征路线上，且它们的节点时差都等于网络中最小节点时差。因此，寻找整个网络中节点时差最小的非关键节点，只需要在关键节点的紧前紧后节点中寻找出时差最小的非关键节点，并且找出其特征路线，则所有时差最小的非关键节点都必定在这些特征路线上。

证毕。

第 7 章　机动时间发生顺序的研究

CPM 网络计划中，工序对机动时间的使用有三种基本方式：① 工序前移；② 工序后移；③ 工序工期延长。若对这三种基本方式进行综合分析，可以将工序对机动时间的使用方式划分为两种：① 工序结束时间从它的最早结束时间开始推迟；② 工序开始时间从它的最迟开始时间开始提前。下面分别介绍工序对机动时间使用的不同方式对各种时差发生先后顺序的不同影响。

7.1　工序前移，各时差发生的顺序

7.1.1　工序前移

工序前移是指某工序的工期不变，它的结束时间从最迟结束时间开始提前一定量。例如，由于某种原因，工序(i,j)的实际最迟结束时间不能迟到 LF_{ij}，而最多能迟到比 LF_{ij} 小的值 LF'_{ij}，即工序(i,j)最迟只能在 LF'_{ij} 结束，相当于工序(i,j)前移了 $\Delta T = LF_{ij} - LF'_{ij}$，对它的机动时间也使用了 $\Delta T = LF_{ij} - LF'_{ij}$。由于假设工序的工期不变，并且 $LS_{ij} = LF_{ij} - T_{ij}$，因此，工序前移也可以描述成工序的开始时间从最迟开始时间开始提前一定量。

7.1.2　工序前单时差、前共用时差的发生顺序

若工序(i,j)前移，则该工序的前单时差先发生，前共用时差后发生，即

$$^{\Delta}FF_{ij} \Rightarrow {}^{\Delta}IF_{ij}$$

分析说明　若工序(i,j)前移，并设前移量为 $0 < \Delta T \leqslant TF_{ij}$，则它的开始时间从最迟开始时间开始提前 ΔT，记为 $LS'_{ij} = LS_{ij} - \Delta T$。此时，该工序机动时间 TF_{ij} 发生的变化为

$$\begin{aligned} TF'_{ij} &= LS'_{ij} - ES_{ij} \\ &= (LS_{ij} - \Delta T) - ES_{ij} \\ &= (LS_{ij} - ES_{ij}) - \Delta T \\ &= TF_{ij} - \Delta T \end{aligned}$$

可见，该工序的机动时间减少了 ΔT。

(1) 根据工序(i,j)机动时间的组成，$TF_{ij} = {}^{\Delta}IF_{ij} + {}^{\Delta}FF_{ij}$，且根据工序前单时差的计算公式$^{\Delta}FF_{ij} = LS_{ij} - LF_{ki} = LS_{ij} - LF_i$，可得，当 LS_{ij} 减小时，若$^{\Delta}FF_{ij} > 0$，则$^{\Delta}FF_{ij}$也减小。当工序(i,j)前移 ΔT 时，它的前单时差$^{\Delta}FF_{ij}$发生的变化为

$$\begin{aligned} {}^{\Delta}FF'_{ij} &= LS'_{ij} - LF_i \\ &= (LS_{ij} - \Delta T) - LF_i \\ &= (LS_{ij} - LF_i) - \Delta T \\ &= {}^{\Delta}FF_{ij} - \Delta T \end{aligned}$$

所以，若${}^{\Delta}FF_{ij}-\Delta T\geqslant 0\Rightarrow {}^{\Delta}FF_{ij}\geqslant \Delta T$，则${}^{\Delta}FF'_{ij}\geqslant 0$。因此，当$0<\Delta T\leqslant {}^{\Delta}FF_{ij}$时，工序$(i,j)$的前单时差${}^{\Delta}FF_{ij}$发生。

(2) 当${}^{\Delta}FF_{ij}<\Delta T\leqslant TF_{ij}$时，

$$\begin{aligned} {}^{\Delta}FF_{ij} - \Delta T < 0 &\Rightarrow (LS_{ij} - LF_i) - \Delta T < 0 \\ &\Rightarrow LF_i > LS_{ij} - \Delta T \\ &\Rightarrow LF_i > LS'_{ij} \end{aligned}$$

根据 CPM 网络计划的规则

$$\begin{aligned} LF'_i &= \min\{LS_{ij_1}, LS_{ij_2}, \cdots, LS_{ij_k}, LS'_{ij}\} \\ &= \min\{LF_i, LS'_{ij}\} \\ &= LS'_{ij} \end{aligned}$$

因此，我们认为 LF_i 减小到 LF'_i。设 LF_i 的减少量为 $\Delta T'$，即 $LF'_i=LF_i-\Delta T'=LS'_{ij}$，可得

$$\begin{aligned} \Delta T' &= LF_i - LS'_{ij} \\ &= LF_i - (LS_{ij} - \Delta T) \\ &= \Delta T - (LS_{ij} - LF_i) \\ &= \Delta T - {}^{\Delta}FF_{ij} \end{aligned}$$

则 LF_i 的减少量为 $\Delta T-{}^{\Delta}FF_{ij}$，即 $LF'_i=LF_i-(\Delta T-{}^{\Delta}FF_{ij})$。再根据工序$(i,j)$前共用时差的计算公式${}^{\Delta}IF_{ij}=LF_{ki}-ES_{ij}=LF_i-ES_i$，可得

$$\begin{aligned} {}^{\Delta}IF'_{ij} &= LF'_i - ES_i \\ &= LF_i - (\Delta T - {}^{\Delta}FF_{ij}) - ES_i \\ &= (LF_i - ES_i) - (\Delta T - {}^{\Delta}FF_{ij}) \\ &= {}^{\Delta}IF_{ij} - (\Delta T - {}^{\Delta}FF_{ij}) \end{aligned}$$

又由于 $TF_{ij}={}^{\Delta}IF_{ij}+{}^{\Delta}FF_{ij}$，所以可得，${}^{\Delta}IF'_{ij}=({}^{\Delta}IF_{ij}+{}^{\Delta}FF_{ij})-\Delta T=TF_{ij}-\Delta T$。由于 $\Delta T\leqslant TF_{ij}$，所以${}^{\Delta}IF'_{ij}\geqslant 0$。因此，当${}^{\Delta}FF_{ij}<\Delta T\leqslant TF_{ij}$时，该工序的前共用时差${}^{\Delta}IF_{ij}$发生。

所以，若工序(i,j)前移，则该工序的前单时差先发生，前共用时差后发生，即

$$ {}^{\Delta}FF_{ij} \Rightarrow {}^{\Delta}IF_{ij} $$

7.2　工序后移，各时差发生的顺序

7.2.1　工序后移

工序后移是指某工序的工期不变，它的开始时间从最早开始时间开始推迟一

定量。例如，由于某种原因，工序(i,j)的实际最早开始时间不能早到ES_{ij}，而最早能达到比ES_{ij}大的值ES'_{ij}，即工序(i,j)最早只能在ES'_{ij}开始，相当于工序(i,j)后移了$\Delta T=\mathrm{ES}'_{ij}-\mathrm{ES}_{ij}$，对它的机动时间也使用了$\Delta T=\mathrm{ES}'_{ij}-\mathrm{ES}_{ij}$。由于假设工序的工期不变，并且$\mathrm{EF}_{ij}=\mathrm{ES}_{ij}+T_{ij}$，因此，工序后移也可以描述成工序的结束时间从最早结束时间开始推迟一定量。

7.2.2 工序后单时差、后共用时差的发生顺序

若工序(i,j)后移，则该工序的后单时差先发生，后共用时差后发生，即

$$\mathrm{FF}_{ij}^{\triangle}\Rightarrow\mathrm{IF}_{ij}^{\triangle}$$

分析说明 若工序(i,j)后移，并设后移量为$0<\Delta T\leqslant\mathrm{TF}_{ij}$，则它的结束时间从最早结束时间开始推迟$\Delta T$，记为$\mathrm{EF}'_{ij}=\mathrm{EF}_{ij}+\Delta T$。此时，该工序机动时间$\mathrm{TF}_{ij}$发生的变化为

$$\begin{aligned}\mathrm{TF}'_{ij}&=\mathrm{LF}_{ij}-\mathrm{EF}'_{ij}\\&=\mathrm{LF}_{ij}-(\mathrm{EF}_{ij}+\Delta T)\\&=(\mathrm{LF}_{ij}-\mathrm{EF}_{ij})-\Delta T\\&=\mathrm{TF}_{ij}-\Delta T\end{aligned}$$

可见，该工序的机动时间减少了ΔT。

(1) 根据工序(i,j)机动时间的组成，$\mathrm{TF}_{ij}=\mathrm{FF}_{ij}^{\triangle}+\mathrm{IF}_{ij}^{\triangle}$，且根据工序后单时差的计算公式$\mathrm{FF}_{ij}^{\triangle}=\mathrm{ES}_{jr}-\mathrm{EF}_{ij}=\mathrm{ES}_{j}-\mathrm{EF}_{ij}$，可得，当$\mathrm{EF}_{ij}$增大时，若$\mathrm{FF}_{ij}^{\triangle}>0$，则$\mathrm{FF}_{ij}^{\triangle}$也减小。当工序$(i,j)$后移$\Delta T$时，它的后单时差$\mathrm{FF}_{ij}^{\triangle}$发生的变化为

$$\begin{aligned}\mathrm{FF}_{ij}^{\triangle\prime}&=\mathrm{ES}_{j}-\mathrm{EF}'_{ij}\\&=\mathrm{ES}_{j}-(\mathrm{EF}_{ij}+\Delta T)\\&=(\mathrm{ES}_{j}-\mathrm{EF}_{ij})-\Delta T\\&=\mathrm{FF}_{ij}^{\triangle}-\Delta T\end{aligned}$$

所以，若$\mathrm{FF}_{ij}^{\triangle}-\Delta T\geqslant0\Rightarrow\mathrm{FF}_{ij}^{\triangle}\geqslant\Delta T$，则$\mathrm{FF}_{ij}^{\triangle\prime}\geqslant0$。因此，当$0<\Delta T\leqslant\mathrm{FF}_{ij}^{\triangle}$时，工序$(i,j)$的后单时差$\mathrm{FF}_{ij}^{\triangle}$发生。

(2) 当$\mathrm{FF}_{ij}^{\triangle}<\Delta T\leqslant\mathrm{TF}_{ij}$时，

$$\begin{aligned}\mathrm{FF}_{ij}^{\triangle}-\Delta T<0&\Rightarrow(\mathrm{ES}_{j}-\mathrm{EF}_{ij})-\Delta T<0\\&\Rightarrow\mathrm{ES}_{j}<\mathrm{EF}_{ij}+\Delta T\\&\Rightarrow\mathrm{ES}_{j}<\mathrm{EF}'_{ij}\end{aligned}$$

根据CPM网络计划的规则

$$\begin{aligned}\mathrm{ES}'_{j}&=\max\{\mathrm{EF}_{i_1j},\mathrm{EF}_{i_2j},\cdots,\mathrm{EF}_{i_kj},\mathrm{EF}'_{ij}\}\\&=\max\{\mathrm{ES}_{j},\mathrm{EF}'_{ij}\}\\&=\mathrm{EF}'_{ij}\end{aligned}$$

因此，我们认为ES_{j}增大到ES'_{j}。设ES_{j}的增大量为$\Delta T'$，即$\mathrm{ES}'_{j}=\mathrm{ES}_{j}+\Delta T'=$

EF'_{ij}，可得

$$\begin{aligned}\Delta T' &= EF'_{ij} - ES_j \\ &= (EF_{ij} + \Delta T) - ES_j \\ &= \Delta T - (ES_j - EF_{ij}) \\ &= \Delta T - FF^{\triangle}_{ij}\end{aligned}$$

则 ES_j 的增大量为 $\Delta T - FF^{\triangle}_{ij}$，即 $ES'_j = ES_j + (\Delta T - FF^{\triangle}_{ij})$。再根据工序$(i,j)$后共用时差的计算公式 $IF^{\triangle}_{ij} = LF_{ij} - ES_{jr} = LF_j - ES_j$，可得

$$\begin{aligned}IF^{\triangle\prime}_{ij} &= LF_j - ES'_j \\ &= LF_j - [ES_j + (\Delta T - FF^{\triangle}_{ij})] \\ &= (LF_j - ES_j) - (\Delta T - FF^{\triangle}_{ij}) \\ &= IF^{\triangle}_{ij} - (\Delta T - FF^{\triangle}_{ij})\end{aligned}$$

又由于 $TF_{ij} = FF^{\triangle}_{ij} + IF^{\triangle}_{ij}$，所以可得，$IF^{\triangle\prime}_{ij} = (IF^{\triangle}_{ij} + FF^{\triangle}_{ij}) - \Delta T = TF_{ij} - \Delta T$。由于 $\Delta T \leqslant TF_{ij}$，所以 $IF^{\triangle\prime}_{ij} \geqslant 0$。因此，当 $FF^{\triangle}_{ij} < \Delta T \leqslant TF_{ij}$ 时，该工序的后共用时差 $IF^{\triangle}_{ij}$ 发生。

所以，若工序(i,j)后移，则该工序的后单时差先发生，后共用时差后发生，即

$$FF^{\triangle}_{ij} \Rightarrow IF^{\triangle}_{ij}$$

7.3　工序工期延长，各时差发生的顺序

7.3.1　工序工期延长

工序工期延长是指在原有时间参数基础上不对工序的开始时间和结束时间作规定，但要求工序的工期比原来延长一定量。如果将该工序的开始时间看作定值，那么，该工序工期的延长就表现为该工序结束时间的推迟；如果将该工序的结束时间看作定值，那么，该工序工期的延长就表现为该工序开始时间的提前。

7.3.2　工序后单时差、后共用时差的发生顺序

若工序(i,j)的工期延长，则该工序的后单时差先发生，后共用时差后发生，即

$$FF^{\triangle}_{ij} \Rightarrow IF^{\triangle}_{ij}$$

分析说明　若工序(i,j)的工期延长，设其延长量为 ΔT，记为 $T'_{ij} = T_{ij} + \Delta T$。此时，该工序机动时间 TF_{ij} 发生的变化为

$$\begin{aligned}TF'_{ij} &= LF_j - ES_i - T'_{ij} \\ &= LF_j - ES_i - (T_{ij} + \Delta T) \\ &= (LF_j - ES_i - T_{ij}) - \Delta T \\ &= TF_{ij} - \Delta T\end{aligned}$$

可见，该工序的机动时间减少了 ΔT。

(1) 根据工序(i,j)机动时间的组成，$TF_{ij}=FF_{ij}^{\triangle}+IF_{ij}^{\triangle}$，且根据工序后单时差的计算公式$FF_{ij}^{\triangle}=ES_{jr}-EF_{ij}=ES_j-ES_i-T_{ij}$，可得，当$T_{ij}$增大时，若$FF_{ij}^{\triangle}>0$，则$FF_{ij}^{\triangle}$减小。当$T_{ij}$增大$\Delta T$时，它的后单时差$FF_{ij}^{\triangle}$发生的变化为

$$\begin{aligned} FF_{ij}^{\triangle\prime} &= ES_j-ES_i-T'_{ij} \\ &= ES_j-ES_i-(T_{ij}+\Delta T) \\ &= (ES_j-ES_i-T_{ij})-\Delta T \\ &= FF_{ij}^{\triangle}-\Delta T \end{aligned}$$

所以，若$FF_{ij}^{\triangle}-\Delta T\geqslant 0\Rightarrow FF_{ij}^{\triangle}\geqslant\Delta T$，则$FF_{ij}^{\triangle\prime}\geqslant 0$。因此，当$0<\Delta T\leqslant FF_{ij}^{\triangle}$时，工序$(i,j)$的后单时差$FF_{ij}^{\triangle}$发生。

(2) 当$FF_{ij}^{\triangle}<\Delta T\leqslant TF_{ij}$时，

$$\begin{aligned} FF_{ij}^{\triangle}-\Delta T<0 &\Rightarrow (ES_j-ES_i-T_{ij})-\Delta T<0 \\ &\Rightarrow ES_j<ES_i+T_{ij}+\Delta T \\ &\Rightarrow ES_j<ES_i+T'_{ij} \\ &\Rightarrow ES_j<EF'_{ij} \end{aligned}$$

根据CPM网络计划的规则

$$\begin{aligned} ES'_j &= \max\{EF_{i_1j},EF_{i_2j},\cdots,EF_{i_kj},EF'_{ij}\} \\ &= \max\{ES_j,EF'_{ij}\} \\ &= EF'_{ij} \end{aligned}$$

因此，我们认为ES_j增大到ES'_j，设ES_j的增大量为$\Delta T'$，即$ES'_j=ES_j+\Delta T'=EF'_{ij}$，可得

$$\begin{aligned} \Delta T' &= EF'_{ij}-ES_j \\ &= (ES_i+T_{ij}+\Delta T)-ES_j \\ &= \Delta T-(ES_j-ES_i-T_{ij}) \\ &= \Delta T-FF_{ij}^{\triangle} \end{aligned}$$

则ES_j的增大量为$\Delta T-FF_{ij}^{\triangle}$，即$ES'_j=ES_j+(\Delta T-FF_{ij}^{\triangle})$，再根据工序$(i,j)$后共用时差的计算公式$IF_{ij}^{\triangle}=LF_{ij}-ES_{jr}=LF_j-ES_j$，可得

$$\begin{aligned} IF_{ij}^{\triangle\prime} &= LF_j-ES'_j \\ &= LF_j-[ES_j+(\Delta T-FF_{ij}^{\triangle})] \\ &= (LF_j-ES_j)-(\Delta T-FF_{ij}^{\triangle}) \\ &= IF_{ij}^{\triangle}-(\Delta T-FF_{ij}^{\triangle}) \end{aligned}$$

又由于$TF_{ij}=FF_{ij}^{\triangle}+IF_{ij}^{\triangle}$，所以可得，$IF_{ij}^{\triangle\prime}=(IF_{ij}^{\triangle}+FF_{ij}^{\triangle})-\Delta T=TF_{ij}-\Delta T$，由于$\Delta T\leqslant TF_{ij}$，所以$IF_{ij}^{\triangle\prime}\geqslant 0$。因此，当$FF_{ij}^{\triangle}<\Delta T\leqslant TF_{ij}$时，该工序的后共用时差$IF_{ij}^{\triangle}$发生。

所以，若工序(i,j)的工期T_{ij}延长，则该工序的后单时差先发生，后共用时差后发生，即

$$\mathrm{FF}_{ij}^{\Delta} \Rightarrow \mathrm{IF}_{ij}^{\Delta}$$

7.3.3　工序前单时差、前共用时差的发生顺序

若工序(i,j)的工期延长，则该工序的前单时差先发生，前共用时差后发生，即

$$^{\Delta}\mathrm{FF}_{ij} \Rightarrow {}^{\Delta}\mathrm{IF}_{ij}$$

分析说明　若工序(i,j)的工期延长，设其延长量为ΔT，记为$T'_{ij}=T_{ij}+\Delta T$。由 7.3.2 节的分析说明可知，该工序的机动时间减少了ΔT。

(1) 根据工序(i,j)机动时间的组成，$\mathrm{TF}_{ij}={}^{\Delta}\mathrm{IF}_{ij}+{}^{\Delta}\mathrm{FF}_{ij}$，且根据工序前单时差的计算公式${}^{\Delta}\mathrm{FF}_{ij}=\mathrm{LS}_{ij}-\mathrm{LF}_{ki}=\mathrm{LF}_j-\mathrm{LF}_i-T_{ij}$可知，当$T_{ij}$增大时，若${}^{\Delta}\mathrm{FF}_{ij}>0$，则${}^{\Delta}\mathrm{FF}_{ij}$减小。当$T_{ij}$增大$\Delta T$时，它的前单时差${}^{\Delta}\mathrm{FF}_{ij}$发生的变化为

$$\begin{aligned}
{}^{\Delta}\mathrm{FF}'_{ij} &= \mathrm{LF}_j-\mathrm{LF}_i-T'_{ij}\\
&= \mathrm{LF}_j-\mathrm{LF}_i-(T_{ij}+\Delta T)\\
&= (\mathrm{LF}_j-\mathrm{LF}_i-T_{ij})-\Delta T\\
&= {}^{\Delta}\mathrm{FF}_{ij}-\Delta T
\end{aligned}$$

所以，若${}^{\Delta}\mathrm{FF}_{ij}-\Delta T\geqslant 0\Rightarrow{}^{\Delta}\mathrm{FF}_{ij}\geqslant\Delta T$，则${}^{\Delta}\mathrm{FF}'_{ij}\geqslant 0$。因此，当$0<\Delta T\leqslant{}^{\Delta}\mathrm{FF}_{ij}$时，工序$(i,j)$的前单时差${}^{\Delta}\mathrm{FF}_{ij}$发生。

(2) 当${}^{\Delta}\mathrm{FF}_{ij}<\Delta T\leqslant\mathrm{TF}_{ij}$时，

$$\begin{aligned}
{}^{\Delta}\mathrm{FF}_{ij}-\Delta T<0 &\Rightarrow(\mathrm{LF}_j-\mathrm{LF}_i-T_{ij})-\Delta T<0\\
&\Rightarrow\mathrm{LF}_i>\mathrm{LF}_j-T_{ij}-\Delta T\\
&\Rightarrow\mathrm{LF}_i>\mathrm{LF}_j-T'_{ij}\\
&\Rightarrow\mathrm{LF}_i>\mathrm{LS}'_{ij}
\end{aligned}$$

根据 CPM 网络计划的规则

$$\begin{aligned}
\mathrm{LF}'_i &= \min\{\mathrm{LS}_{ij_1},\mathrm{LS}_{ij_2},\cdots,\mathrm{LS}_{ij_k},\mathrm{LS}'_{ij}\}\\
&= \min\{\mathrm{LF}_i,\mathrm{LS}'_{ij}\}\\
&= \mathrm{LS}'_{ij}
\end{aligned}$$

因此，我们认为LF_i减小到LF'_i。设LF_i的减少量为$\Delta T'$，即$\mathrm{LF}'_i=\mathrm{LF}_i-\Delta T'=\mathrm{LS}'_{ij}$，可得

$$\begin{aligned}
\Delta T' &= \mathrm{LF}_i-\mathrm{LS}'_{ij}\\
&= \mathrm{LF}_i-(\mathrm{LF}_j-T_{ij}-\Delta T)\\
&= \Delta T-(\mathrm{LF}_j-\mathrm{LF}_i-T_{ij})\\
&= \Delta T-{}^{\Delta}\mathrm{FF}_{ij}
\end{aligned}$$

则LF_i的减少量为$\Delta T-{}^{\Delta}\mathrm{FF}_{ij}$，即$\mathrm{LF}'_i=\mathrm{LF}_i-(\Delta T-{}^{\Delta}\mathrm{FF}_{ij})$。再根据工序$(i,j)$前共用时差的计算公式${}^{\Delta}\mathrm{IF}_{ij}=\mathrm{LF}_{ki}-\mathrm{ES}_{ij}=\mathrm{LF}_i-\mathrm{ES}_i$，可得

$$\begin{aligned}
{}^{\Delta}\mathrm{IF}'_{ij} &= \mathrm{LF}'_i-\mathrm{ES}_i\\
&= \mathrm{LF}_i-(\Delta T-{}^{\Delta}\mathrm{FF}_{ij})-\mathrm{ES}_i
\end{aligned}$$

$$= (LF_i - ES_i) - (\Delta T - {}^{\Delta}FF_{ij})$$
$$= {}^{\Delta}IF_{ij} - (\Delta T - {}^{\Delta}FF_{ij})$$

又由于 $TF_{ij} = {}^{\Delta}IF_{ij} + {}^{\Delta}FF_{ij}$，所以可得

$$\begin{aligned} {}^{\Delta}IF'_{ij} &= {}^{\Delta}IF_{ij} - (\Delta T - {}^{\Delta}FF_{ij}) \\ &= ({}^{\Delta}IF_{ij} + {}^{\Delta}FF_{ij}) - \Delta T \\ &= TF_{ij} - \Delta T \end{aligned}$$

由于 $\Delta T \leqslant TF_{ij}$，所以 ${}^{\Delta}IF'_{ij} \geqslant 0$。因此，当 ${}^{\Delta}FF_{ij} < \Delta T \leqslant TF_{ij}$ 时，该工序的前共用时差 ${}^{\Delta}IF_{ij}$ 发生。

所以，若工序 (i,j) 的工期 T_{ij} 延长，则该工序的前单时差先发生，前共用时差后发生，即

$${}^{\Delta}FF_{ij} \Rightarrow {}^{\Delta}IF_{ij}$$

7.4 工序使用机动时间方式的综合分析以及各时差的发生顺序

7.4.1 工序使用机动时间的综合分析

7.1～7.3 节提到，工序使用机动时间有三种基本方式：工序前移、工序后移和工序工期延长。但前提条件是这三种方式只能单独发生，不能结合起来同时发生。实际中，工序对机动时间的使用不可能只局限于单独使用这三种方式的情况，很多情况下是这三种情况的复合。例如，工序对机动时间的使用很可能会是这样的：工序的开始时间推迟，同时该工序的工期也延长，即工序后移和工序工期延长的复合等。这样，不能仅对上述三种基本方式进行分析，还需要对各基本方式之间的复合进行分析。我们发现，工序后移、工序工期延长，以及工序后移和工序工期延长的复合都可以表示为工序的结束时间从它的最早结束时间开始推迟，工序前移、工序工期延长，以及工序前移和工序工期延长的复合都可以表示为工序的开始时间从它的最迟开始时间开始提前。因此，工序对机动时间的使用也可以划分为以下两种方式：① 工序结束时间从它的最早结束时间开始推迟；② 工序的开始时间从它的最迟开始时间开始提前。以下分析工序在这两种使用机动时间的方式下对各时差发生顺序的不同影响。

7.4.2 工序结束时间从自身最早结束时间开始推迟，各时差发生的顺序

若工序 (i,j) 的结束时间从自身最早结束时间 EF_{ij} 开始推迟，则该工序的后单时差 FF_{ij}^{Δ} 先发生，后共用时差 IF_{ij}^{Δ} 后发生，即

$$FF_{ij}^{\Delta} \Rightarrow IF_{ij}^{\Delta}$$

分析说明 由于工序结束时间从自身最早结束时间开始推迟的方式可归结为

工序后移和工序工期延长这两种方式的结合，并且对其分析的重点是该工序在这种方式下对它的紧后工序的影响，因此，主要应分析工序在这种使用机动时间的方式下，它的后单时差和后共用时差发生的顺序。根据 7.2.2 节工序后移和 7.3.2 节工序工期延长情况下工序使用机动时间时各时差的发生顺序可知，若工序的结束时间从自身最早结束时间开始推迟，则该工序的后单时差先发生，后共用时差后发生。具体分析过程省略。

7.4.3　工序开始时间从自身最迟开始时间开始提前，各时差发生的顺序

若工序(i,j)的开始时间从自身最迟开始时间 LS_{ij} 开始提前，则该工序的前单时差${}^{\Delta}FF_{ij}$先发生，前共用时差${}^{\Delta}IF_{ij}$后发生，即

$${}^{\Delta}FF_{ij} \Rightarrow {}^{\Delta}IF_{ij}$$

分析说明　由于工序开始时间从自身最迟开始时间开始提前的方式可归结为工序前移和工序工期延长这两种方式的结合，并且对其分析的重点是该工序在这种方式下对它的紧前工序的影响，因此，主要应分析工序在这种使用机动时间的方式下，它的前单时差和前共用时差发生的顺序。根据 7.1.2 节工序前移和 7.3.3 节工序工期延长情况下工序使用机动时间时各时差的发生顺序可知，若工序的开始时间从自身最迟开始时间开始提前，则该工序的前单时差先发生，前共用时差后发生。具体分析过程省略。

第8章　工序机动时间传递性和稳定性分析

在CPM网络计划中，由于机动时间中共用时差的存在，当一个工序使用了自身的机动时间后，它的紧前工序或紧后工序可能会因此而受影响，主要表现为自身的机动时间减少等。那么，工序对机动时间的使用是否可能会使它的其他前继工序或后继工序也受影响，如果会，受影响工序的数量是多少，以及分别会受到多大程度的影响等，这就是机动时间传递性问题。

一个工序使用自身机动时间后，它的前继工序或后继工序中受影响的工序可能很多，也可能很少，并且各工序受影响的程度也是不一样的。可见，工序机动时间的传递性问题是涉及工序与网络整体关系的关键性问题。如果解决了机动时间传递性问题，必然会促使对机动时间的认识和利用从局部上升到整体。但迄今为止，仍然缺少对该问题系统的研究，并得出合理的结论。这方面理论的空缺会导致对机动时间特性认识的局限性，对项目工序间相互关系的掌握不全面，实际中在项目进度控制上难免会出现失控的局面。本章主要对工序机动时间的传递性和稳定性问题及特点进行分析和研究。

8.1　相关概念

(1) 机动时间稳定量是一个工序的前单时差和后单时差的交叉部分，即是该工序专用而紧前和紧后工序都不可利用的机动时间。工序在该范围内是稳定的，既不影响紧前工序，也不影响紧后工序的机动时间。工序(i,j)机动时间稳定量$(F|F)_{ij}$的计算公式如下：

$$(F|F)_{ij}=\max\{{}^{\Delta}\mathrm{FF}_{ij}+\mathrm{FF}_{ij}^{\Delta}-\mathrm{TF}_{ij},0\}=\max\{\mathrm{ES}_j-\mathrm{LF}_i-T_{ij},0\}$$

(2) 机动时间传递量是一个工序的前共用时差和后共用时差的交叉部分。工序在该范围内是具有机动时间传递性的，既影响紧前工序，又影响紧后工序的机动时间。工序(i,j)机动时间传递量$(I|I)_{ij}$的计算公式如下：

$$(I|I)_{ij}=\max\{{}^{\Delta}\mathrm{IF}_{ij}+\mathrm{IF}_{ij}^{\Delta}-\mathrm{TF}_{ij},0\}=\max\{\mathrm{LF}_i-\mathrm{ES}_j+T_{ij},0\}$$

8.2　工序机动时间传递性分析

8.2.1　工序机动时间传递性特点描述

在CPM网络计划中，可能存在这样一些工序，当该工序的紧前工序使用机动时间时，不但可能使该工序的机动时间减少，而且可能使该工序的紧后工序的机动时间也减少，即这样的工序可以把它的紧前工序使用机动时间的影响作用传递给它的紧后工序，反之亦然。

8.2.2 单个工序机动时间传递性分析

1. 单个工序具有机动时间传递性的充分必要条件

工序具有机动时间传递性的充分必要条件是该工序拥有机动时间传递量。

证明　(1) 先证明该条件的充分性。

根据时差的概念可知，具有紧前紧后关系的两工序之间相互影响的范围是它们的共用时差。再根据机动时间传递量的概念可知，若工序拥有机动时间传递量，则该工序在机动时间传递量范围内既受紧前工序影响，又影响紧后工序；既受紧后工序影响，又影响紧前工序。所以，若该工序的紧前(后)工序对共用时差的使用使该工序被迫使用自身的机动时间，当使用到机动时间传递量时，它的紧后(前)工序也开始被迫使用自身的机动时间。可见，若工序没有机动时间传递量，即它的前共用时差和后共用时差没有交叉部分，该工序的紧前(后)工序对该工序前(后)共用时差的使用不会使该工序被迫使用自身的后(前)共用时差，那么该工序也不会使它的紧后(前)工序被迫使用自身的机动时间。所以，工序拥有机动时间传递量是该工序具有机动时间传递性的充分条件。

(2) 再证明该条件的必要性。

由(1)的证明可知，若工序具有机动时间传递性，说明该工序的紧前工序和紧后工序的机动时间有交叉部分，根据机动时间传递量的概念，说明该工序有机动时间传递量。所以，工序拥有机动时间传递量也是该工序具有机动时间传递性的必要条件。

上述证明可知，工序具有机动时间传递性的充分必要条件是该工序拥有机动时间传递量。

证毕。

2. 机动时间传递量存在的充分必要条件

工序机动时间传递量存在与否直接决定了该工序是否具备机动时间传递性，那么在什么情况下工序机动时间传递量才会存在呢？机动时间传递量存在的充分必要条件有以下 4 个，并且相互等价：

(1) ${}^{\triangle}\mathrm{IF}_{ij} > \mathrm{FF}_{ij}^{\triangle}$。

(2) $\mathrm{IF}_{ij}^{\triangle} > {}^{\triangle}\mathrm{FF}_{ij}$。

(3) $\mathrm{TF}_{ij} < \mathrm{TF}_{i} + \mathrm{TF}_{j}$。

(4) $TF_{ij} > {}^{\Delta}FF_{ij} + FF_{ij}^{\Delta}$。

证明　条件(1)。

(1) 条件的充分性。

已知工序(i,j)的${}^{\Delta}IF_{ij} > FF_{ij}^{\Delta}$,欲证工序$(i,j)$的$(I|I)_{ij}$存在。根据$(I|I)_{ij}$的定义,有

$$\begin{aligned}(I|I)_{ij} &= \max\{{}^{\Delta}IF_{ij} + IF_{ij}^{\Delta} - TF_{ij}, 0\} \\ &= \max\{{}^{\Delta}IF_{ij} + IF_{ij}^{\Delta} + FF_{ij}^{\Delta} - FF_{ij}^{\Delta} - TF_{ij}, 0\} \\ &= \max\{{}^{\Delta}IF_{ij} + TF_{ij} - FF_{ij}^{\Delta} - TF_{ij}, 0\} \\ &= \max\{{}^{\Delta}IF_{ij} - FF_{ij}^{\Delta}, 0\}\end{aligned}$$

因为${}^{\Delta}IF_{ij} > FF_{ij}^{\Delta}$,所以${}^{\Delta}IF_{ij} - FF_{ij}^{\Delta} > 0$,故

$$(I|I)_{ij} = \max\{{}^{\Delta}IF_{ij} - FF_{ij}^{\Delta}, 0\} = {}^{\Delta}IF_{ij} - FF_{ij}^{\Delta} > 0$$

由此,工序(i,j)的$(I|I)_{ij}$存在。

(2) 条件的必要性。

已知工序(i,j)的$(I|I)_{ij}$存在,欲证${}^{\Delta}IF_{ij} > FF_{ij}^{\Delta}$。因为工序$(i,j)$的$(I|I)_{ij}$存在,故$(I|I)_{ij} > 0$,所以

$$(I|I)_{ij} = \max\{{}^{\Delta}IF_{ij} - FF_{ij}^{\Delta}, 0\} = {}^{\Delta}IF_{ij} - FF_{ij}^{\Delta} > 0$$

所以,${}^{\Delta}IF_{ij} > FF_{ij}^{\Delta}$。

证毕。

证明　条件(2)。

(1) 条件的充分性。

已知工序(i,j)的$IF_{ij}^{\Delta} > {}^{\Delta}FF_{ij}$,欲证工序$(i,j)$的$(I|I)_{ij}$存在。

根据$(I|I)_{ij}$的定义,有

$$\begin{aligned}(I|I)_{ij} &= \max\{{}^{\Delta}IF_{ij} + IF_{ij}^{\Delta} - TF_{ij}, 0\} \\ &= \max\{{}^{\Delta}IF_{ij} + {}^{\Delta}FF_{ij} - {}^{\Delta}FF_{ij} + IF_{ij}^{\Delta} - TF_{ij}, 0\} \\ &= \max\{TF_{ij} + IF_{ij}^{\Delta} - {}^{\Delta}FF_{ij} - TF_{ij}, 0\} \\ &= \max\{IF_{ij}^{\Delta} - {}^{\Delta}FF_{ij}, 0\}\end{aligned}$$

因为$IF_{ij}^{\Delta} > {}^{\Delta}FF_{ij}$,所以$IF_{ij}^{\Delta} - {}^{\Delta}FF_{ij} > 0$,故

$$(I|I)_{ij} = \max\{IF_{ij}^{\Delta} - {}^{\Delta}FF_{ij}, 0\} = IF_{ij}^{\Delta} - {}^{\Delta}FF_{ij} > 0$$

由此,工序(i,j)的$(I|I)_{ij}$存在。

(2) 条件的必要性。

已知工序(i,j)的$(I|I)_{ij}$存在,欲证$IF_{ij}^{\Delta} > {}^{\Delta}FF_{ij}$。因为工序$(i,j)$的$(I|I)_{ij}$存在,故$(I|I)_{ij} > 0$,所以

$$(I|I)_{ij} = \max\{IF_{ij}^{\Delta} - {}^{\Delta}FF_{ij}, 0\} = IF_{ij}^{\Delta} - {}^{\Delta}FF_{ij} > 0$$

所以,$IF_{ij}^{\Delta} > {}^{\Delta}FF_{ij}$。

证毕。

证明　条件(3)。

(1) 条件的充分性。

已知 $TF_{ij} < TF_i + TF_j$，欲证工序(i,j)的$(I|I)_{ij}$存在。根据$(I|I)_{ij}$的定义，有

$$
\begin{aligned}
(I|I)_{ij} &= \max\{{}^{\Delta}IF_{ij} + IF_{ij}^{\Delta} - TF_{ij}, 0\} \\
&= \max\{TF_i + TF_j - TF_{ij}, 0\}
\end{aligned}
$$

因为 $TF_{ij} < TF_i + TF_j$，所以$(TF_i + TF_j) - TF_{ij} > 0$，故

$$(I|I)_{ij} = \max\{TF_i + TF_j - TF_{ij}, 0\} = TF_i + TF_j - TF_{ij} > 0$$

由此，工序(i,j)的$(I|I)_{ij}$存在。

(2) 条件的必要性。

已知工序(i,j)的$(I|I)_{ij}$存在，欲证 $TF_{ij} < TF_i + TF_j$。因为工序(i,j)的$(I|I)_{ij}$存在，故$(I|I)_{ij} > 0$，所以

$$(I|I)_{ij} = \max\{TF_i + TF_j - TF_{ij}, 0\} = TF_i + TF_j - TF_{ij} > 0$$

所以，$TF_{ij} < TF_i + TF_j$。

证毕。

证明　条件(4)。

(1) 条件的充分性。

已知 $TF_{ij} > {}^{\Delta}FF_{ij} + FF_{ij}^{\Delta}$，欲证工序$(i,j)$的$(I|I)_{ij}$存在。根据$(I|I)_{ij}$的定义，有

$$
\begin{aligned}
(I|I)_{ij} &= \max\{{}^{\Delta}IF_{ij} + IF_{ij}^{\Delta} - TF_{ij}, 0\} \\
&= \max\{{}^{\Delta}IF_{ij} + {}^{\Delta}FF_{ij} - {}^{\Delta}FF_{ij} + IF_{ij}^{\Delta} + FF_{ij}^{\Delta} - FF_{ij}^{\Delta} - TF_{ij}, 0\} \\
&= \max\{({}^{\Delta}IF_{ij} + {}^{\Delta}FF_{ij}) - {}^{\Delta}FF_{ij} + (IF_{ij}^{\Delta} + FF_{ij}^{\Delta}) - FF_{ij}^{\Delta} - TF_{ij}, 0\} \\
&= \max\{TF_{ij} - {}^{\Delta}FF_{ij} + TF_{ij} - FF_{ij}^{\Delta} - TF_{ij}, 0\} \\
&= \max\{TF_{ij} - {}^{\Delta}FF_{ij} - FF_{ij}^{\Delta}, 0\}
\end{aligned}
$$

因为 $TF_{ij} > {}^{\Delta}FF_{ij} + FF_{ij}^{\Delta}$，所以 $TF_{ij} - ({}^{\Delta}FF_{ij} + FF_{ij}^{\Delta}) > 0$，故

$$(I|I)_{ij} = \max\{TF_{ij} - ({}^{\Delta}FF_{ij} + FF_{ij}^{\Delta}), 0\} = TF_{ij} - ({}^{\Delta}FF_{ij} + FF_{ij}^{\Delta}) > 0$$

由此，工序(i,j)的$(I|I)_{ij}$存在。

(2) 条件的必要性。

已知工序(i,j)的$(I|I)_{ij}$存在，欲证 $TF_{ij} > {}^{\Delta}FF_{ij} + FF_{ij}^{\Delta}$。因为工序$(i,j)$的$(I|I)_{ij}$存在，故$(I|I)_{ij} > 0$，所以

$$(I|I)_{ij} = \max\{TF_{ij} - ({}^{\Delta}FF_{ij} + FF_{ij}^{\Delta}), 0\} = TF_{ij} - ({}^{\Delta}FF_{ij} + FF_{ij}^{\Delta}) > 0$$

所以，$TF_{ij} > ({}^{\Delta}FF_{ij} + FF_{ij}^{\Delta})$。

证毕。

上面已经证明了条件(1)～(4)是成立的，接下来，我们将证明这 4 个条件是等价的。

只需证明(1)⇒(2)⇒(3)⇒(4)⇒(1)，即可证明这 4 个条件的等价性。

(1)⇒(2)，即已知 ${}^{\Delta}IF_{ij} > FF_{ij}^{\Delta}$，欲证 $IF_{ij}^{\Delta} > {}^{\Delta}FF_{ij}$。

因为$^{\Delta}IF_{ij} > FF_{ij}^{\Delta}$，故

$$TF_{ij} - FF_{ij}^{\Delta} > TF_{ij} - {}^{\Delta}IF_{ij}$$

即

$$IF_{ij}^{\Delta} > {}^{\Delta}FF_{ij}$$

(2)⇒(3)，即已知 $IF_{ij}^{\Delta} > {}^{\Delta}FF_{ij}$，欲证 $TF_{ij} < TF_i + TF_j$。

因为 $IF_{ij}^{\Delta} > {}^{\Delta}FF_{ij}$，故

$${}^{\Delta}IF_{ij} + IF_{ij}^{\Delta} > {}^{\Delta}FF_{ij} + {}^{\Delta}IF_{ij}$$

即

$$TF_i + TF_j > TF_{ij}$$

(3)⇒(4)，即已知 $TF_{ij} < TF_i + TF_j$，欲证 $TF_{ij} > {}^{\Delta}FF_{ij} + FF_{ij}^{\Delta}$。

因为 $TF_{ij} < TF_i + TF_j$，故

$$({}^{\Delta}FF_{ij} + FF_{ij}^{\Delta}) + TF_{ij} < (TF_i + TF_j) + ({}^{\Delta}FF_{ij} + FF_{ij}^{\Delta})$$

即

$$({}^{\Delta}FF_{ij} + FF_{ij}^{\Delta}) + TF_{ij} < 2TF_{ij}$$

故

$$TF_{ij} > {}^{\Delta}FF_{ij} + FF_{ij}^{\Delta}$$

(4)⇒(1)，即已知 $TF_{ij} > {}^{\Delta}FF_{ij} + FF_{ij}^{\Delta}$，欲证$^{\Delta}IF_{ij} > FF_{ij}^{\Delta}$。

因为 $TF_{ij} > {}^{\Delta}FF_{ij} + FF_{ij}^{\Delta}$，故

$$TF_{ij} - {}^{\Delta}FF_{ij} > ({}^{\Delta}FF_{ij} + FF_{ij}^{\Delta}) - {}^{\Delta}FF_{ij}$$

即

$${}^{\Delta}IF_{ij} > FF_{ij}^{\Delta}$$

由上述证明可知，条件(1)～(4)是等价的。

8.2.3 多个工序机动时间传递性分析

1. 多个具有机动时间传递量的工序机动时间传递性分析

设路线

$$\mu = (1) \to \cdots \to (i) \xrightarrow{A} (j) \xrightarrow{B_1} (a) \xrightarrow{B_2} (b) \xrightarrow{B_3} (c) \to \cdots$$
$$\to (d) \xrightarrow{B_k} (e) \xrightarrow{C} (f) \to \cdots \to (w)$$

其中，$A, B_1, B_2, \cdots, B_k, C$ 皆为具有机动时间传递量的工序，那么，机动时间在它们之间如何传递？我们可以得到该种情况下机动时间传递性特点的以下 6 个方面结论：

(1) 当 $IF_A^{\Delta} > FF_{B_1}^{\Delta} + FF_{B_2}^{\Delta} + FF_{B_3}^{\Delta} + \cdots + FF_{B_k}^{\Delta}$，则当 IF_A^{Δ} 使用完后，不但 B_1，$B_2, \cdots, B_k$ 的机动时间减少，而且 C 的机动时间也要减少，即 A 使用机动时间的影

响通过 $B_1, B_2, \cdots, B_k$ 的传递作用，使 C 的机动时间也减少。

(2) 当 $\mathrm{FF}_{B_1}^{\triangle}+\mathrm{FF}_{B_2}^{\triangle}+\cdots+\mathrm{FF}_{B_{k-1}}^{\triangle}<\mathrm{IF}_A^{\triangle}\leqslant\mathrm{FF}_{B_1}^{\triangle}+\mathrm{FF}_{B_2}^{\triangle}+\cdots+\mathrm{FF}_{B_k}^{\triangle}$，则当 $\mathrm{IF}_A^{\triangle}$ 使用完后，$B_1, B_2, \cdots, B_k$ 的机动时间减少，但工序 C 的机动时间不受影响。

(3) 当 ${}^{\triangle}\mathrm{IF}_C>{}^{\triangle}\mathrm{FF}_{B_1}+{}^{\triangle}\mathrm{FF}_{B_2}+\cdots+{}^{\triangle}\mathrm{FF}_{B_k}$，则当 ${}^{\triangle}\mathrm{IF}_C$ 使用完后，不但 B_1，$B_2, \cdots, B_k$ 的机动时间要减少，而且 A 的机动时间也要减少，即 C 使用机动时间的影响，通过 $B_1, B_2, \cdots, B_k$ 的传递作用使 A 的机动时间也减少。

(4) 当 ${}^{\triangle}\mathrm{FF}_{B_1}+{}^{\triangle}\mathrm{FF}_{B_2}+\cdots+{}^{\triangle}\mathrm{FF}_{B_{k-1}}<{}^{\triangle}\mathrm{IF}_C\leqslant{}^{\triangle}\mathrm{FF}_{B_1}+{}^{\triangle}\mathrm{FF}_{B_2}+\cdots+{}^{\triangle}\mathrm{FF}_{B_k}$，则当 ${}^{\triangle}\mathrm{IF}_C$ 使用完后，$B_1, B_2, \cdots, B_k$ 的机动时间减少，但工序 A 的机动时间不受影响。

(5) 当 $\mathrm{TF}_{B_1}+\mathrm{TF}_{B_2}+\cdots+\mathrm{TF}_{B_k}<\mathrm{TF}_j+\mathrm{TF}_a+\mathrm{TF}_b+\mathrm{TF}_c+\cdots+\mathrm{TF}_d+\mathrm{TF}_e$，则当 A 的机动时间用完后，C 的机动时间要减少；反之，C 的机动时间用完后，A 的机动时间要减少，即 A 与 C 是相互影响的。

(6) 当 $\mathrm{TF}_{B_1}+\mathrm{TF}_{B_2}+\cdots+\mathrm{TF}_{B_k}\geqslant\mathrm{TF}_j+\mathrm{TF}_a+\mathrm{TF}_b+\mathrm{TF}_c+\cdots+\mathrm{TF}_d+\mathrm{TF}_e$，则当 A 的机动时间用完后不影响 C；C 的机动时间用完后，也不影响 A。

2. 机动时间传递性特点正确性分析

下面依次对上述 8.2.3 节中的 6 个机动时间传递性特点的正确性进行分析。

特点(1)。由假设可知，设任意路线为

$$\mu=(1)\rightarrow\cdots\rightarrow(i)\xrightarrow{A}(j)\xrightarrow{B_1}(a)\xrightarrow{B_2}(b)\xrightarrow{B_3}(c)\rightarrow\cdots$$
$$\rightarrow(d)\xrightarrow{B_k}(e)\xrightarrow{C}(f)\rightarrow\cdots\rightarrow(w)$$

因为 $A, B_1, B_2, \cdots, B_k, C$ 都是具有机动时间传递量的工序，所以它们都具备机动时间传递性特点。根据 8.2.2 节中分析的单个工序机动时间传递性特点，当 $\mathrm{IF}_A^{\triangle}>\mathrm{FF}_{B_1}^{\triangle}$ 时，

$$\mathrm{IF}_A^{\triangle}-\mathrm{FF}_{B_1}^{\triangle}={}^{\triangle}\mathrm{IF}_{B_1}-\mathrm{FF}_{B_1}^{\triangle}=(I\mid I)_{B_1}$$

$\mathrm{IF}_A^{\triangle}$ 使用完后，即使用量 $\mathrm{IF}_A^{\triangle\prime}=\mathrm{IF}_A^{\triangle}$，工序 B_1 的机动时间减少，并且正好使用完了自身的机动时间传递量。

根据机动时间传递量的概念，工序 B_1 使用了自身的后共用时差 $\mathrm{IF}_{B_1}^{\triangle}$，并且使用量等于它的机动时间传递量，即

$$\mathrm{IF}_{B_1}^{\triangle\prime}=(I\mid I)_{B_1}$$

此时，它的紧后工序 B_2 也被迫使用自身的机动时间，即自身机动时间减少。

当 $\mathrm{IF}_A^{\triangle}>\mathrm{FF}_{B_1}^{\triangle}+\mathrm{FF}_{B_2}^{\triangle}$ 时，即 $\mathrm{IF}_A^{\triangle}-\mathrm{FF}_{B_1}^{\triangle}=\mathrm{IF}_{B_1}^{\triangle\prime}>\mathrm{FF}_{B_2}^{\triangle}$，可知，当 $\mathrm{IF}_A^{\triangle}$ 使用完后

$$\mathrm{IF}_{B_1}^{\triangle\prime}>\mathrm{FF}_{B_2}^{\triangle}$$

因此，工序 B_2 也使用完了自身的后单时差，开始使用自身的机动时间传递量。由上述可知，此时，工序 B_2 的紧后工序 B_3 也被迫使用自身的机动时间，即自身的机

动时间减少。

以此类推，假设当 $IF^{\triangle}_{A} > FF^{\triangle}_{B_1} + FF^{\triangle}_{B_2} + FF^{\triangle}_{B_3} + \cdots + FF^{\triangle}_{B_{k-1}}$ 时，当 $IF^{\triangle}_{A}$ 使用完后

$$IF^{\triangle\prime}_{B_{k-2}} > FF^{\triangle}_{B_{k-1}}$$

工序 B_{k-1} 也使用完了自身的后单时差，开始使用自身的机动时间传递量。此时，工序 B_{k-1} 的紧后工序 B_k 也被迫使用自身的机动时间，即自身的机动时间减少。

当 $IF^{\triangle}_{A} > FF^{\triangle}_{B_1} + FF^{\triangle}_{B_2} + FF^{\triangle}_{B_3} + \cdots + FF^{\triangle}_{B_{k-1}} + FF^{\triangle}_{B_k}$ 时，当 $IF^{\triangle}_{A}$ 使用完后

$$IF^{\triangle\prime}_{B_{k-2}} > FF^{\triangle}_{B_{k-1}} + FF^{\triangle}_{B_k}$$

因此

$$IF^{\triangle\prime}_{B_k} = IF^{\triangle\prime}_{B_{k-2}} - FF^{\triangle}_{B_{k-1}} > FF^{\triangle}_{B_k}$$

由上述可知，工序 B_k 也使用完了自身的后单时差，开始使用自身的机动时间传递量。此时，工序 B_k 的紧后工序 C 也被迫使用自身的机动时间，即自身的机动时间减少，即 A 使用机动时间的影响通过 $B_1, B_2, \cdots, B_k$ 的传递作用，使 C 的机动时间也减少。

特点(2)。由特点(1)的说明可以看出，若

$$FF^{\triangle}_{B_1} + FF^{\triangle}_{B_2} + \cdots + FF^{\triangle}_{B_{k-1}} < IF^{\triangle}_{A} \leqslant FF^{\triangle}_{B_1} + FF^{\triangle}_{B_2} + \cdots + FF^{\triangle}_{B_k}$$

说明当 $IF^{\triangle}_{A}$ 使用完后，工序 $B_1, B_2, \cdots, B_{k-1}$ 的机动时间都减少，同时工序 B_{k-1} 使用了自身的机动时间传递量，它的紧后工序 B_k 的机动时间也减少，因此工序 B_1，$B_2, \cdots, B_k$ 的机动时间减少。但是

$$IF^{\triangle}_{A} - (FF^{\triangle}_{B_1} + FF^{\triangle}_{B_2} + \cdots + FF^{\triangle}_{B_{k-1}}) \leqslant FF^{\triangle}_{B_k}$$

说明工序 B_k 的后单时差没有使用完，或刚好使用完，根据工序机动时间的组成以及工序结束时间推迟对机动时间的使用顺序可知，工序 B_k 没有使用自身的机动时间传递量，由于机动时间传递量是该工序后共用时差的一部分，也就是说，工序 B_k 没有使用自身的后共用时差，因此，该工序的紧后工序 C 不会受其影响而使用自身的机动时间。

特点(3)和特点(4)与特点(1)和特点(2)类似，省略。

特点(5)。由于路线 μ 为

$$\mu = (1) \rightarrow \cdots \rightarrow (i) \xrightarrow{A} (j) \xrightarrow{B_1} (a) \xrightarrow{B_2} (b) \xrightarrow{B_3} (c) \rightarrow \cdots$$
$$\rightarrow (d) \xrightarrow{B_k} (e) \xrightarrow{C} (f) \rightarrow \cdots \rightarrow (w)$$

根据各时差的计算公式可得

$$\begin{aligned} TF_{B_1} + TF_{B_2} + \cdots + TF_{B_k} &= (FF^{\triangle}_{B_1} + IF^{\triangle}_{B_1}) + (FF^{\triangle}_{B_2} + IF^{\triangle}_{B_2}) + \cdots + (FF^{\triangle}_{B_k} + IF^{\triangle}_{B_k}) \\ &= (FF^{\triangle}_{B_1} + TF_a) + (FF^{\triangle}_{B_2} + TF_b) + \cdots + (FF^{\triangle}_{B_k} + TF_e) \\ &= (FF^{\triangle}_{B_1} + FF^{\triangle}_{B_2} + \cdots + FF^{\triangle}_{B_k}) + (TF_a + TF_b + \cdots + TF_e) \end{aligned} \tag{8-2-1}$$

所以，已知条件 $TF_{B_1} + TF_{B_2} + \cdots + TF_{B_k} < TF_j + TF_a + TF_b + TF_c + \cdots + TF_d +$

TF_e，即为

$$(FF_{B_1}^{\Delta}+FF_{B_2}^{\Delta}+\cdots+FF_{B_k}^{\Delta})+(TF_a+TF_b+\cdots+TF_e)$$
$$<TF_j+TF_a+TF_b+TF_c+\cdots+TF_d+TF_e$$
$$\Rightarrow FF_{B_1}^{\Delta}+FF_{B_2}^{\Delta}+\cdots+FF_{B_k}^{\Delta}<TF_j$$
$$\Rightarrow IF_A^{\Delta}>FF_{B_1}^{\Delta}+FF_{B_2}^{\Delta}+\cdots+FF_{B_k}^{\Delta} \tag{8-2-2}$$

由特点(1)的结论可知，当 A 的机动时间用完后，C 的机动时间要减少。

又由于

$$TF_{B_1}+TF_{B_2}+\cdots+TF_{B_k}$$
$$=({}^{\Delta}IF_{B_1}+{}^{\Delta}FF_{B_1})+({}^{\Delta}IF_{B_2}+{}^{\Delta}FF_{B_2})+\cdots+({}^{\Delta}IF_{B_k}+{}^{\Delta}FF_{B_k})$$
$$=(TF_j+{}^{\Delta}FF_{B_1})+(TF_a+{}^{\Delta}FF_{B_2})+\cdots+(TF_d+{}^{\Delta}FF_{B_k})$$
$$=({}^{\Delta}FF_{B_1}+{}^{\Delta}FF_{B_2}+\cdots+{}^{\Delta}FF_{B_k})+(TF_j+TF_a+\cdots+TF_d) \tag{8-2-3}$$

所以，已知条件 $TF_{B_1}+TF_{B_2}+\cdots+TF_{B_k}<TF_j+TF_a+TF_b+TF_c+\cdots+TF_d+TF_e$，即为

$$({}^{\Delta}FF_{B_1}+{}^{\Delta}FF_{B_2}+\cdots+{}^{\Delta}FF_{B_k})+(TF_j+TF_a+\cdots+TF_d)$$
$$<TF_j+TF_a+TF_b+TF_c+\cdots+TF_d+TF_e$$
$$\Rightarrow {}^{\Delta}FF_{B_1}+{}^{\Delta}FF_{B_2}+\cdots+{}^{\Delta}FF_{B_k}<TF_e$$
$$\Rightarrow {}^{\Delta}IF_C>{}^{\Delta}FF_{B_1}+{}^{\Delta}FF_{B_2}+\cdots+{}^{\Delta}FF_{B_k} \tag{8-2-4}$$

由特点(3)的结论可知，当 C 的机动时间用完后，A 的机动时间要减少。所以，A 和 C 是相互影响的。

特点(6)。由特点(5)的说明可知，当

$$TF_{B_1}+TF_{B_2}+\cdots+TF_{B_k}<TF_j+TF_a+TF_b+TF_c+\cdots+TF_d+TF_e$$

可得

$$IF_A^{\Delta}>FF_{B_1}^{\Delta}+FF_{B_2}^{\Delta}+\cdots+FF_{B_k}^{\Delta}$$
$${}^{\Delta}IF_C>{}^{\Delta}FF_{B_1}+{}^{\Delta}FF_{B_2}+\cdots+{}^{\Delta}FF_{B_k}$$

因此，由式(8-2-1)、式(8-2-2)可以推出，当

$$TF_{B_1}+TF_{B_2}+\cdots+TF_{B_k}\geqslant TF_j+TF_a+TF_b+TF_c+\cdots+TF_d+TF_e$$

可得

$$IF_A^{\Delta}\leqslant FF_{B_1}^{\Delta}+FF_{B_2}^{\Delta}+\cdots+FF_{B_k}^{\Delta}$$

由特点(2)可知，当 A 的机动时间用完后，C 的机动时间不受影响。

再由式(8-2-3)、式(8-2-4)可以推出，当

$$TF_{B_1}+TF_{B_2}+\cdots+TF_{B_k}\geqslant TF_j+TF_a+TF_b+TF_c+\cdots+TF_d+TF_e$$

可得

$${}^{\Delta}IF_C\leqslant {}^{\Delta}FF_{B_1}+{}^{\Delta}FF_{B_2}+\cdots+{}^{\Delta}FF_{B_k}$$

由特点(4)可知，当 C 的机动时间用完后，A 的机动时间不受影响。

8.2.4 工序机动时间传递性的量化分析

1. 对工序机动时间传递性进行量化分析的意义

在CPM网络计划中,由于机动时间中共用时差的存在,工序对机动时间的使用可能会影响它的紧前工序或紧后工序;又由于有的工序的紧前工序或紧后工序具有机动时间传递量,工序对机动时间的使用可能会影响它的紧前工序的紧前工序,或紧后工序的紧后工序;如果某工序的前继工序中,从它的紧前工序开始往前连续多个工序都具有机动时间传递量,或它的后继工序中,从它的紧后工序开始往后连续多个工序都具有机动时间传递量,那么该工序对机动时间的使用可能会影响这一连串的多个工序。如果工序对其机动时间的使用量不同,那么它的前继工序或后继工序中受影响的数量就可能不同,并且每个工序受影响的程度也不同。因此,如果对该问题进行量化,那么工序机动时间的传递性特点就能更直观地展现在我们面前,并且对该问题的分析和研究必然会实现新的突破。可见,对工序机动时间传递性进行量化分析具有重要意义。

CPM网络常见的有单代号网络和双代号网络。本节在双代号网络基础上对工序机动时间传递性问题进行量化分析。首先提出基于双代号网络的标值算法,严格证明其正确性,然后运用该算法将任意工序使用机动时间时对整个网络的影响进行量化,并对其进行系统分析。

2. 基于双代号网络的标值算法

1) 标值算法1——用于工序机动时间后向传递的量化分析

该算法用于分析当某工序的结束时间从它的最早结束时间开始推迟的时候,它的后继工序中受它影响的数量和程度。

(1) 算法描述。

设任意工序(i,j)($\mathrm{TF}_j>0$)的结束时间从EF_{ij}开始推迟ΔT_{ij},且$\mathrm{FF}_{ij}^{\triangle}<\Delta T_{ij}\leqslant \mathrm{TF}_{ij}$,记$\Delta T_{ij}'=\Delta T_{ij}-\mathrm{FF}_{ij}^{\triangle}$,定义$\Delta T_{ij}^{*}=\mathrm{FF}_{ij}^{\triangle}$为后阈值,以下为标值法计算过程:

① 从节点(j)开始标值,$H_j^i=\mathrm{TF}_j-\Delta T_{ij}'=\mathrm{TF}_j-(\Delta T_{ij}-\mathrm{FF}_{ij}^{\triangle})$。

② 若工序$(r_1,s),(r_2,s),\cdots,(r_n,s)$是$(i,j)$的后继工序,$\forall(r_i)$已标值$H_{r_i}^{(\cdots)}$、$H_{r_i}'$或$H_{r_i}$,得

a. $H_s^{(r_1,r_2,\cdots,r_l)}=\mathrm{TF}_s-(\mathrm{TF}_{r_1}-H_{r_1}^{(\cdots)}-\mathrm{FF}_{r_1s}^{\Delta})$,$\exists H_{r_i}^{(\cdots)}$,$\exists \mathrm{TF}_{r_i}-H_{r_i}^{(\cdots)}>\mathrm{FF}_{r_is}^{\Delta}$,$i=1,2,\cdots,l$。

b. $H_s'=\mathrm{TF}_s$,$\exists H_{r_j}^{(\cdots)}$,$\forall \mathrm{TF}_{r_j}-H_{r_j}^{(\cdots)}\leqslant \mathrm{FF}_{r_js}^{\Delta}$,$j=1,2,\cdots,m$。

c. $H_s=\mathrm{TF}_s$,$\forall r_k$已标值H_{r_k}或H_{r_k}',$k=1,2,\cdots,n$。

a中

$$\mathrm{TF}_{r_1}-H_{r_1}^{(\cdots)}-\mathrm{FF}_{r_1 s}^{\Delta}=\max\{\mathrm{TF}_{r_i}-H_{r_i}^{(\cdots)}-\mathrm{FF}_{r_i s}^{\Delta},i=1,2,\cdots,l\}$$
$$\mathrm{TF}_{r_2}-H_{r_2}^{(\cdots)}-\mathrm{FF}_{r_2 s}^{\Delta}=2^{\mathrm{nd}}\max\{\mathrm{TF}_{r_i}-H_{r_i}^{(\cdots)}-\mathrm{FF}_{r_i s}^{\Delta},i=1,2,\cdots,l\}$$
$$\cdots\cdots$$

若存在 h_i 个(r_i)，$i=1,2,\cdots,l$，则标值记为 $H_s^{((r_1^1,\cdots,r_1^{h_1}),(r_2^1,\cdots,r_2^{h_2}),\cdots,(r_l^1,\cdots,r_l^{h_l}))}$。

③ 若(t_1,u)，(t_2,u)，$\cdots$，(t_n,u)是(i,j)的后继工序，$\exists(t_i)$未标值 $H_{t_i}^{(\cdots)}$、H'_{t_i}或H_{t_i}，搜索满足②中条件的点(s)，转②。

④ 重复②、③直到(j)的后继节点都标值了为止，转⑤。

⑤ 从标值为 H'_w的节点(w)开始向前搜寻，由 $H_s^{(r_1,r_2,\cdots,r_l)}$ 上标中的节点(r_1)，或 $H_s^{((r_1^1,\cdots,r_1^{h_1}),(r_2^1,\cdots,r_2^{h_2}),\cdots,(r_l^1,\cdots,r_l^{h_l}))}$ 上标$(r_1^1,r_1^2,\cdots,r_1^{h_1})$中的节点$(r_1^i)$连接成的链源点为$(j)$的工序链称为工序$(i,j)$的机动时间后向传递性主链，记为 $\mu_{\mathrm{TF}_{ij}}^{\oplus}$。

(2) 算法的正确性分析。

由机动时间传递性的定义，节点时差即工序共用时差的变化是问题的关键。

① 工序(i,j)的结束时间从 EF_{ij} 开始推迟 ΔT_{ij}，使用了自身 $\Delta T'_{ij}$ 的后共用时差(即节点(j)的节点时差)，可假设该推迟源于(i)，记

$$H_j^i=\mathrm{IF}_{ij}^{\Delta}-\Delta T'_{ij}=\mathrm{TF}_j-\Delta T'_{ij}=\mathrm{TF}_j-(\Delta T_{ij}-\mathrm{FF}_{ij}^{\Delta})$$

所以步骤①正确。

②若工序(r_1,s)，(r_2,s)，$\cdots$，(r_n,s)是(i,j)的后继工序，$\forall(r_i)$已标值 $H_{r_i}^{(\cdots)}$、H'_{r_i}或H_{r_i}。

a. 若$\exists H_{r_i}^{(\cdots)}$，$\exists\,\mathrm{TF}_{r_i}-H_{r_i}^{(\cdots)}>\mathrm{FF}_{r_i s}^{\Delta}$，说明工序$(i,j)$结束时间的推迟导致某些工序$(r_i,s)$后移。设$(r_i,s)$中 l 个工序的后移量超过 $\mathrm{FF}_{r_i s}^{\Delta}$，节点$(s)$的节点时差剩余量取决于这 l 个工序中使用该节点时差最多工序，记为(r_1,s)，即 $\mathrm{TF}_{r_1}-H_{r_1}^{(\cdots)}-\mathrm{FF}_{r_1 s}^{\Delta}=\max\{\mathrm{TF}_{r_i}-H_{r_i}^{(\cdots)}-\mathrm{FF}_{r_i s}^{\Delta},i=1,2,\cdots,l\}$，且记工序$(r_2,s)$，$(r_3,s)$，$\cdots$，$(r_l,s)$对该节点时差的使用量依次减小。此时，节点$(s)$剩余的节点时差 $\mathrm{TF}'_s=\mathrm{TF}_s-(\mathrm{TF}_{r_1}-H_{r_1}^{(\cdots)}-\mathrm{FF}_{r_1 s}^{\Delta})$，所以其标值记为

$$H_s^{(r_1,r_2,\cdots,r_l)}=\mathrm{TF}_s-(\mathrm{TF}_{r_1}-H_{r_1}^{(\cdots)}-\mathrm{FF}_{r_1 s}^{\Delta})$$

假设有 h_1 个工序都是使用(s)节点时差最多的工序，记为(r_1^1,s)，(r_1^2,s)，$\cdots$，$(r_1^{h_1},s)$，且(r_2^1,s)，(r_2^2,s)，$\cdots$，$(r_2^{h_2},s)$是 h_2 个使用(s)节点时差次多的工序，以此类推，则节点(s)剩余的节点时差为 $\mathrm{TF}'_s=\mathrm{TF}_s-(\mathrm{TF}_{r_1^j}-H_{r_1^j}^{(\cdots)}-\mathrm{FF}_{r_1^j s}^{\Delta})$，$j=1,2,\cdots,h_1$，所以其标值记为

$$H_s^{((r_1^1,\cdots,r_1^{h_1}),(r_2^1,\cdots,r_2^{h_2}),\cdots,(r_l^1,\cdots,r_l^{h_l}))}=\mathrm{TF}_s-(\mathrm{TF}_{r_1^j}-H_{r_1^j}^{(\cdots)}-\mathrm{FF}_{r_1^j s}^{\Delta}),j=1,2,\cdots,h_1$$

b. 若$\exists H_{r_j}^{(\cdots)}$，$\forall\,\mathrm{TF}_{r_j}-H_{r_j}^{(\cdots)}\leqslant\mathrm{FF}_{r_j s}^{\Delta}$，说明$(i,j)$结束时间的推迟导致某些$(r_i,s)$后移，但后移量均未超过 $\mathrm{FF}_{r_j s}^{\Delta}$，$(s)$的节点时差未受影响，所以标值记为 $H'_s=\mathrm{TF}_s$。

c. 若$\forall r_k$已标值H_{r_k}或H'_{r_k}，所有(r_k)的节点时差未改变，说明(i,j)结束时间

的推迟未导致(r_i,s)后移，(s)的节点时差未受影响，为了与 b 区别开，所以标值记为 $H_s=\mathrm{TF}_s$。步骤②正确。

③ 若$(t_1,u),(t_2,u),\cdots,(t_n,u)$是$(i,j)$的后继工序，$\exists(t_i)$未标值 $H_{t_i}^{(\cdots)}$、H'_{t_i}或 H_{t_i}，根据步骤②，此时无法得知所有(t_i,u)结束时间的推迟量对节点(u)的影响效果，所以暂不能对(u)标值，应先搜索满足步骤②条件的节点(s)，运用步骤②对其标值。步骤③正确。

④ 因为步骤②和③涵盖了任意情况下节点时差的计算法，所以需重复这两步直到节点(j)的后继节点全部被标值。步骤④正确。

⑤ 标值结束后，寻找(i,j)的机动时间后向传递性主链 $\mu_{\mathrm{TF}_{ij}}^{\oplus}$，该链各个工序的后移直接导致了各自箭头节点的节点时差由初始值变为当前标出的值。因为任意 $H_s^{(r_1,r_2,\cdots,r_l)}$ 或 $H_s^{((r_1^1,\cdots,r_1^{h_1}),(r_2^1,\cdots,r_2^{h_2}),\cdots,(r_l^1,\cdots,r_l^{h_l}))}$ 的值取决于(r_1,s)或(r_1^1,s)的后移量，这些工序((i,j)除外)组成的工序链就是工序(i,j)的机动时间后向传递性主链 $\mu_{\mathrm{TF}_{ij}}^{\oplus}$，所以该链是从$(j)$开始，由标值 $H_s^{(r_1,r_2,\cdots,r_l)}$ 上标中第一个节点(或 $H_s^{((r_1^1,\cdots,r_1^{h_1}),(r_2^1,\cdots,r_2^{h_2}),\cdots,(r_l^1,\cdots,r_l^{h_l}))}$ 上标中第一个括号中的节点)连接而成的。因为标值为 H'_w的节点(w)表示传递的终止，所以从(w)开始向前搜寻，以(j)为链原点，将标值 $H_s^{(r_1,r_2,\cdots,r_l)}$ 上标中第一个节点(或 $H_s^{((r_1^1,\cdots,r_1^{h_1}),(r_2^1,\cdots,r_2^{h_2}),\cdots,(r_l^1,\cdots,r_l^{h_l}))}$ 上标中第一个括号中的节点)连接成一条链，该链就是 $\mu_{\mathrm{TF}_{ij}}^{\oplus}$。步骤⑤正确。

通过该算法的过程可知，网络中节点(j)的所有后继节点都被正确标值，标值算法 1 正确。

2) 标值算法 2——用于工序机动时间前向传递的量化分析

该算法用于分析当某工序的开始时间从它的最迟开始时间开始提前时，它的前继工序中受它影响的数量和程度。

(1) 算法描述。

设任意工序$(i,j)(\mathrm{TF}_i>0)$的开始时间从 LS_{ij} 开始提前 ΔT_{ij}，且${}^{\Delta}\mathrm{FF}_{ij}<\Delta T_{ij}\leqslant\mathrm{TF}_{ij}$，记 $\Delta T'_{ij}=\Delta T_{ij}-{}^{\Delta}\mathrm{FF}_{ij}$，定义${}^{*}\Delta T_{ij}={}^{\Delta}\mathrm{FF}_{ij}$为前阈值，以下为标值法计算过程：

① 节点从(i)开始标值，$Q_i^j=\mathrm{TF}_i-\Delta T'_{ij}=\mathrm{TF}_i-(\Delta T_{ij}-{}^{\Delta}\mathrm{FF}_{ij})$。

② 若工序$(r,s_1),(r,s_2),\cdots,(r,s_n)$是$(i,j)$的前继工序，$\forall(s_i)$已标值 $Q_{s_i}^{(\cdots)}$、Q'_{s_i}或 Q_{s_i}，得

a. $Q_r^{(s_1,s_2,\cdots,s_r)}=\mathrm{TF}_r-(\mathrm{TF}_{s_1}-Q_{s_1}^{(\cdots)}-{}^{\Delta}\mathrm{FF}_{rs_1})$，$\exists Q_{s_1}^{(\cdots)}$，$\exists\,\mathrm{TF}_{s_i}-Q_{s_i}^{(\cdots)}>{}^{\Delta}\mathrm{FF}_{rs_i}$，$i=1,2,\cdots,l$。

b. $Q_r=\mathrm{TF}_r$，$\forall Q_{s_j}$，$\forall\,\mathrm{TF}_{s_j}-Q_{s_j}^{(\cdots)}\leqslant{}^{\Delta}\mathrm{FF}_{rs_j}$，$j=1,2,\cdots,m$。

c. $Q_r=\mathrm{TF}_r$，$\forall s_k$ 已标值 Q_{s_k} 或 Q'_{s_k}，$k=1,2,\cdots,n$。

a 中

$$\mathrm{TF}_{s_1}-Q_{s_1}^{(\cdots)}-{}^{\Delta}\mathrm{FF}_{rs_1}=\max\{\mathrm{TF}_{s_i}-Q_{s_i}^{(\cdots)}-{}^{\Delta}\mathrm{FF}_{rs_i},i=1,2,\cdots,l\}$$

$$\mathrm{TF}_{s_2} - Q_{s_2}^{(\cdots)} - {}^{\Delta}\mathrm{FF}_{rs_2} = 2^{\mathrm{nd}}\max\{\mathrm{TF}_{s_i} - Q_{s_i}^{(\cdots)} - {}^{\Delta}\mathrm{FF}_{rs_i}, i = 1,2,\cdots,l\}$$

……

若存在 h_i 个 (s_i)，$i=1,2,\cdots,l$，则标值记为 $Q_r^{((s_1^1,\cdots,s_1^{h_1}),(s_2^1,\cdots,s_2^{h_2}),\cdots,(s_l^1,\cdots,s_l^{h_l}))}$。

③ 工序若 $(t,u_1),(t,u_2),\cdots,(t,u_n)$ 是 (i,j) 的前继工序，$\exists(u_i)$ 未标值 $Q_{u_i}^{(\cdots)}$、Q'_{u_i} 或 Q_{u_i}，搜索满足②中条件的点 (r)，转②。

④ 重复②、③直到 (i) 的前继节点都标值了为止，转⑤。

⑤ 从标值为 Q'_w 的节点 (w) 开始向后搜寻，由 $Q_r^{(s_1,s_2,\cdots,s_l)}$ 上标中的节点 (s_1)，或 $Q_r^{((s_1^1,\cdots,s_1^{h_1}),(s_2^1,\cdots,s_2^{h_2}),\cdots,(s_l^1,\cdots,s_l^{h_l}))}$ 上标 $(s_1^1,s_1^2,\cdots,s_1^{h_1})$ 中的节点 (s_1^i) 连接成链尾点为 (i) 的工序链称为工序 (i,j) 的机动时间前向传递性主链，记为 $\mu_{\mathrm{TF}_{ij}}^{*}$。

(2) 算法的正确行分析。

与标值算法 1 的证明相似。(略)

3) 标值算法 3——用于工序机动时间双向传递的量化分析

工序使用机动时间的两种基本方式：① 工序的结束时间从它的最早结束时间推迟；② 工序的开始时间从它的最迟开始时间提前。这里包含一种较为特殊的情况，当某工序的工期延长时，它对机动时间的使用可能会表现为最早结束时间推迟并且最迟开始时间提前，这时候才可能会出现该工序的前继工序和后继工序的机动时间同时受影响的情况，即工序机动时间的双向传递。该算法用于分析在这种情况下该工序的前继工序和后继工序中受影响的数量和程度。

设任意工序 (i,j) $(\mathrm{TF}_i>0,\mathrm{TF}_j>0)$ 的工期延长 ΔT_{ij} $(\Delta T_{ij}\leqslant \mathrm{TF}_{ij})$，它的最早开始时间和最迟结束时间不变，再设 ${}^{\Delta}\mathrm{FF}_{ij}\geqslant \mathrm{FF}_{ij}^{\Delta}$，则

(1) 当 $\mathrm{FF}\Delta_{ij}<\Delta T_{ij}\leqslant {}^{\Delta}\mathrm{FF}_{ij}$ 时，工序 (i,j) 只对后继工序的机动时间有影响。

(2) 当 ${}^{\Delta}T_{ij}>{}^{\Delta}\mathrm{FF}_{ij}$ 时，工序 (i,j) 对前、后继工序的机动时间都有影响。

反之亦然。所以，定义，${}^{*}\Delta T_{ij}^{*}=\min\{{}^{\Delta}\mathrm{FF}_{ij},\mathrm{FF}_{ij}^{\Delta}\}$ 为双向阈值。

分析工序 (i,j) 机动时间双向传递的标值算法 3 是标值算法 1 和标值算法 2 的结合，即先进行标值算法 1，再进行标值算法 2，就是标值算法 3。由 (i,j) 的机动时间前向传递性主链 $\mu_{\mathrm{TF}_{ij}}^{*}$、工序 (i,j) 及其机动时间后向传递性主链 $\mu_{\mathrm{TF}_{ij}}^{\oplus}$ 组成的工序链称为工序 (i,j) 的机动时间特征传递链，记为 $\mu_{\mathrm{TF}_{ij}}^{\nabla}$。

3. 基于标值算法的工序机动时间传递性量化分析

1) 工序机动时间后向传递性量化分析

(1) 工序机动时间后向传递性的鉴定。

若 $\mathrm{IF}_{ij}^{\Delta}>0$，$\Delta T_{ij}=\mathrm{TF}_{ij}$，即 $\Delta T'_{ij}=\mathrm{TF}_j=\mathrm{IF}_{ij}^{\Delta}$，$H_j^i=0$，则

① 若工序 (i,j) 的后向传递性主链中，某条链上标值为 $H_s^{(\cdots)}$ 的节点最多，共 k_1 个(若该链有 h_1 个虚工序，则记 $k'_1=k_1-h_1$)，称 (i,j) 具有 $k_1(k'_1)$ 阶机动时间

纵后向传递性。

② 若工序(i,j)有 m_1 条机动时间后向传递性主链,称(i,j)具有 m_1 阶机动时间横后向传递性。

③ 若标值为 $H_s^{(\cdots)}$ 的节点间、$H_s^{(\cdots)}$ 与 H'_w的节点间共包含了 n_1 个实工序,称(i,j)具有 n_1 阶机动时间后向传递性。

(2) 工序在机动时间后向传递性影响下其机动时间的变化。

工序(i,j)的结束时间从最早结束时间推迟,在它的后继工序中,对于任意箭尾节点标值为 $H_r^{(\cdots)}$,箭头节点标值为 $H_s^{(\cdots)}$、H'_s或 H_s 的工序(r,s)来说,其最早开始时间和机动时间的变化规律如下:

最早开始时间 ES'_{rs}

$$\mathrm{ES}'_{rs} = \mathrm{ES}_{rs} + ({}^{\Delta}\mathrm{IF}_{rs} - H_r^{(\cdots)})$$

总时差 TF'_{rs}

$$\mathrm{TF}'_{rs} = \mathrm{TF}_{rs} - ({}^{\Delta}\mathrm{IF}_{rs} - H_r^{(\cdots)})$$

前共用时差${}^{\Delta}\mathrm{IF}'_{rs}$

$${}^{\Delta}\mathrm{IF}'_{rs} = H_r^{(\cdots)}$$

后共用时差 $\mathrm{IF}_{rs}^{\Delta\prime}$

$$\mathrm{IF}_{rs}^{\Delta\prime} = H_s^{(\cdots)}、H'_s \text{ 或 } H_s$$

前单时差${}^{\Delta}\mathrm{FF}'_{rs}$

$${}^{\Delta}\mathrm{FF}'_{rs} = {}^{\Delta}\mathrm{FF}_{rs}$$

后单时差 $\mathrm{FF}_{rs}^{\Delta\prime}$

$$\mathrm{FF}_{rs}^{\Delta\prime} = \mathrm{FF}_{rs}^{\Delta}$$

2) 工序机动时间前向传递性量化分析

(1) 工序机动时间前向传递性的鉴定。

若${}^{\Delta}\mathrm{IF}_{ij}>0$,$\Delta T_{ij}=\mathrm{TF}_{ij}$,即 $\Delta T'_{ij}=\mathrm{TF}_i={}^{\Delta}\mathrm{IF}_{ij}$,$Q_i^j=0$,则

① 若(i,j)的前向传递性主链中,某条链上标值为 $Q_r^{(\cdots)}$ 的节点最多,共 k_2 个(若该链有 h_2 个虚工序,则记 $k'_2=k_2-h_2$),称(i,j)具有 $k_2(k'_2)$阶机动时间纵前向传递性。

② 若(i,j)有 m_2 条机动时间前向传递性主链,称(i,j)具有 m_2 阶机动时间横前向传递性。

③ 若标值为 $Q_r^{(\cdots)}$ 的节点间、Q'_w与 $Q_r^{(\cdots)}$ 的节点间共包含了 n_2 个实工序,称(i,j)具有 n_2 阶机动时间前向传递性。

(2) 工序在机动时间前向传递性影响下其机动时间的变化。

工序(i,j)的开始时间从最迟开始时间提前,在它的前继工序中,对于任意箭尾节点标值为 $Q_r^{(\cdots)}$、Q'_r或 Q_r,箭头节点标值为 $Q_s^{(\cdots)}$ 的工序(r,s)来说,其最迟结束时间和机动时间的变化规律如下:

最迟结束时间 LF'_{rs}

$$LF'_{rs} = LF_{rs} - (IF^{\Delta}_{rs} - Q^{(\cdots)}_{s})$$

总时差 TF'_{rs}

$$TF'_{rs} = TF_{rs} - (IF^{\Delta}_{rs} - Q^{(\cdots)}_{s})$$

前共用时差 $^{\Delta}IF'_{rs}$

$$^{\Delta}IF'_{rs} = Q^{(\cdots)}_{r}\text{、}Q'_{r}\text{ 或 }Q_{r}$$

后共用时差 $IF^{\Delta\prime}_{rs}$

$$IF^{\Delta\prime}_{rs} = Q^{(\cdots)}_{s}$$

前单时差 $^{\Delta}FF'_{rs}$

$$^{\Delta}FF'_{rs} = {}^{\Delta}FF_{rs}$$

后单时差 $FF^{\Delta\prime}_{rs}$

$$FF^{\Delta\prime}_{rs} = FF^{\Delta}_{rs}$$

3) 工序机动时间双向传递性量化分析

(1) 工序机动时间双向传递性的鉴定。

若 $^{\Delta}IF_{ij}>0$ 或 $IF^{\Delta}_{ij}>0$，$\Delta T_{ij}=TF_{ij}$，即 $Q^{(\cdots)}_{i}=0$，$H^{(\cdots)}_{j}=0$，称：

① 工序 (i,j) 具有 k 阶机动时间纵双向传递性。

$$k = k_1(k'_1) + k_2(k'_2)$$

② 工序 (i,j) 具有 m 阶机动时间横双向传递性。

$$m = \max\{m_1, m_2\}$$

③ 工序 (i,j) 具有 n 阶机动时间双向传递性。

$$n = n_1 + n_2$$

(2) 工序在机动时间双向传递性影响下其机动时间的变化。

延长工序 (i,j) 的工期，它的前、后继工序的机动时间变化规律与 1)中(2)和 2)中(2)相似。

4. 应用举例

根据某项目的流程，绘制出相应的 CPM 双代号网络图(图 8-2-1)，运用标值算法进行工序 (C_3, D_2) 机动时间传递性的量化分析。

解　(1) 用基于双代号网络的标值算法给节点标值。

要分析工序 (C_3, D_2) 机动时间传递性，可假设该工序使用机动时间的方式为工序工期延长 $\Delta T_{C_3D_2}=TF_{C_3D_2}$，网络总工期不变。

因为 $TF_{C_3D_2}=12$，$^{\Delta}IF_{C_3D_2}=4$，$^{\Delta}FF_{C_3D_2}=8$，$IF^{\Delta}_{C_3D_2}=8$，$FF^{\Delta}_{C_3D_2}=4$，所以 $^{*}\Delta T^{*}_{C_3D_2}={}^{\Delta}FF_{C_3D_2}=8$ 为双向阈值。(C_3, D_2) 的后继节点有 (E_1)、(E_2)、(F)，前继节点有 (B_2)、(B_3)、(B_4)、(A)。

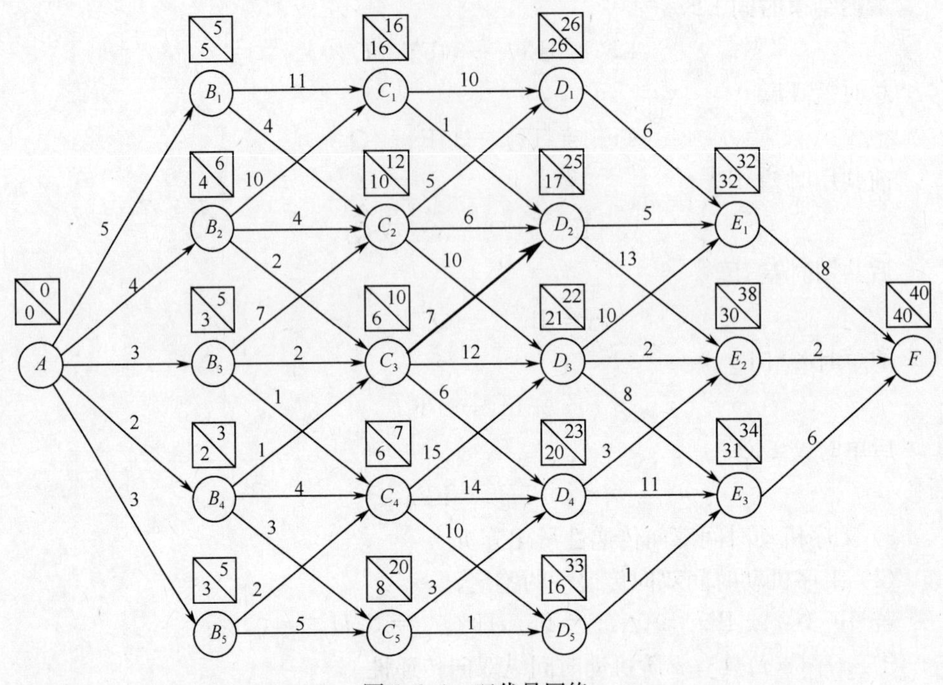

图 8-2-1　双代号网络

根据标值算法 3,先给工序(C_3,D_2)的箭头节点和后继节点标值。

第 1 步:节点(D_2),$H_{D_2}^{C_3}=0$。

第 2 步:节点(E_1),$H'_{E_1}=\mathrm{TF}_{E_1}=0$;

节点(E_2),$H_{E_2}^{D_2}=\mathrm{TF}_{E_2}-(\mathrm{TF}_{D_2}-H_{D_2}^{C_3}-\mathrm{FF}_{D_2E_2}^{\Delta})=0$。

第 3 步:节点(F),$H'_F=\mathrm{TF}_F=0$,(C_3,D_2)后继节点的标值结束。

再给工序(C_3,D_2)的箭尾节点和前继节点标值。

第 1 步:节点(C_3),$Q_{C_3}^{D_2}=0$。

第 2 步:节点(B_2),$Q_{B_2}^{C_3}=\mathrm{TF}_{B_2}-(\mathrm{TF}_{C_3}-Q_{C_3}^{D_2}-{}^{\Delta}\mathrm{FF}_{B_2C_3})=0$;

节点(B_3),$Q_{B_3}^{C_3}=\mathrm{TF}_{B_3}-(\mathrm{TF}_{C_3}-Q_{C_3}^{D_2}-{}^{\Delta}\mathrm{FF}_{B_3C_3})=1$;

节点(B_4),$Q'_{B_4}=\mathrm{TF}_{B_4}=1$。

第 3 步:节点(A),$Q'_A=\mathrm{TF}_A=0$,(C_3,D_2)前继节点的标值结束。

标值结果在网络图中表示如图 8-2-2 所示。

根据(C_3,D_2)前、后继节点标值的上标得出该工序机动时间前向传递性主链$\mu_{\mathrm{TF}_{ij}}^{*}$和后向传递性主链$\mu_{\mathrm{TF}_{ij}}^{\oplus}$,图 8-2-2 中粗箭线连成的链是工序$(C_3,D_2)$机动时间特征传递链$\mu_{\mathrm{TF}_{C_3D_2}}^{\nabla}$,它由$\mu_{\mathrm{TF}_{ij}}^{*}$、$(C_3,D_2)$和$\mu_{\mathrm{TF}_{ij}}^{\oplus}$组成。

(2) 分析工序(C_3,D_2)机动时间传递性。

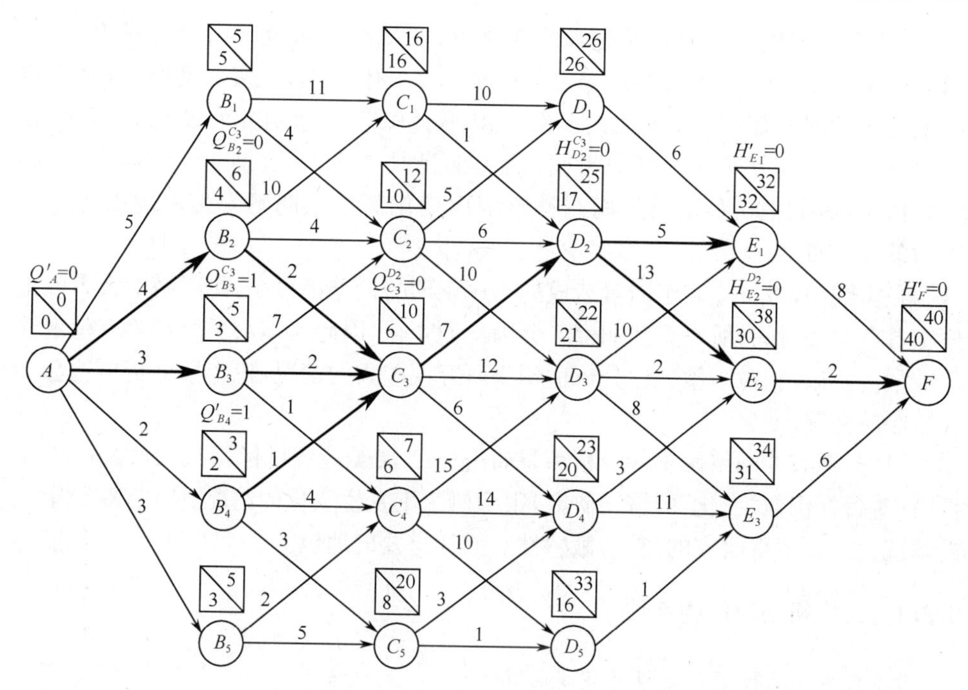

图 8-2-2　标值后的双代号网络

由图 8-2-2 可知，工序(C_3, D_2)具有

① 2 阶机动时间纵前向传递性和 2 阶机动时间纵后向传递性。

② 3 阶机动时间横前向传递性和 2 阶机动时间横后向传递性。

③ 5 阶机动时间前向传递性，即工序(A, B_2)和(B_2, C_3)的总时差变为 0，(B_3, C_3)和(A, B_3)的总时差变为 1，(B_4, C_3)的总时差变为 3，且共用时差变为相应节点的标值。

④ 3 阶机动时间后向传递性，即工序(D_2, E_1)的总时差变为 2，(D_2, E_2)和(E_2, F)的总时差变为 0，且共用时差为相应节点的标值。

⑤ 4 阶机动时间纵双向传递性。

⑥ 3 阶机动时间横双向传递性。

⑦ 8 阶机动时间双向传递性。

8.3　工序机动时间稳定性研究

在网络计划技术中，通常的敏感性分析都是研究从一个或多个因素的变化而引起的目标函数的变化。例如，Elmaghraby 的研究表明：在大多数情况下，自变量的变化会导致因变量的变化。当然，有的情况下，自变量的变化也不一定会导致因变量的变化，如总工期非减(或非增)的情况。但已有文献都没有说明在什么情况下，自变量的变化不会引起因变量的变化，自变量在什么范围内因变量不变化，即因变量不变化的充要条件和变化范围是什么？事实上，在多数情况下，不确定因素造成的误差都很小，而且大多数情况不会引起目标函数的变化。例如，在CPM网络中，工序有5天机动时间，而工期延长一天，总工期肯定不会受到影响。这里，我们把这种工序工期在小范围内变化而总工期不受影响的情况称为工序的稳定性。

在实践中，由于不确定因素造成的工序工期的误差都很小，而网络中大多数工序都具有机动时间，所以总工期都不会因此而变化，因此大多数工序都具有稳定性的特征。所以，相对于敏感性分析适用于研究误差大的情况，稳定性分析更适合于误差小的情况。

总之，现有的网络敏感性分析都是研究自变量误差对目标函数的改变的规律性，针对目标函数"变化"的情况研究，很少研究不发生变化的情况，所以，对稳定性的情况是非常值得研究的，它与敏感性有同样重要的地位。

8.3.1 工序机动时间稳定性

1. 工序机动时间稳定性的定义

工序机动时间稳定性是指在CPM网络计划中，当某工序(i,j)的紧前工序(h,i)使用了机动时间，则工序(i,j)可使用的机动时间可能会受到影响，但其紧后工序(j,k)可使用的机动时间不会受到影响；或者当某工序(i,j)的紧后工序(j,k)使用了机动时间，则工序(i,j)可使用的机动时间可能会受到影响，但其紧前工序(h,i)可使用的机动时间也不会受到影响。也就是说，工序(i,j)的紧前工序(h,i)使用机动时间后产生的影响不会通过工序(i,j)传递给其紧后工序(j,k)，并且工序(i,j)的紧后工序(j,k)使用机动时间后产生的影响也不会通过工序(i,j)传递给其紧前工序(h,i)。

若工序工期的微小变动既不会影响它的紧前工序和紧后工序，也不会影响总工期，则称该工序具有机动时间稳定性。

2. 机动时间稳定量的定义

工序(i,j)的前单时差和后单时差的交叉部分称为该工序机动时间稳定量，记为$(F|F)_{ij}$。它是该工序专用而紧前和紧后工序都不可利用的机动时间，它的使用既不影响紧前工序的机动时间，也不影响紧后工序的机动时间，同时它在任何情况下也不受紧前和紧后工序的影响。

$$\begin{aligned}(F \mid F)_{ij} &= \max\{{}^{\triangle}\mathrm{FF}_{ij} + \mathrm{FF}_{ij}^{\triangle} - \mathrm{TF}_{ij}, 0\} \\ &= \{{}^{\triangle}\mathrm{FF}_{ij}\} \cap \{\mathrm{FF}_{ij}^{\triangle}\}\end{aligned}$$

$$= \max\{ES_j - LF_i - T_{ij}, 0\} \quad (8\text{-}3\text{-}1)$$

证明　因为

$$\begin{aligned} {}^{\Delta}FF_{ij} + FF_{ij}^{\Delta} - TF_{ij} &= (LS_{ij} - LF_i) + (ES_j - EF_{ij}) - (LF_{ij} - EF_{ij}) \\ &= (LS_{ij} + T_{ij}) - T_{ij} - LF_i + ES_j - LF_{ij} \\ &= ES_j - LF_i - T_{ij} \end{aligned}$$

所以

$$\begin{aligned} (F \mid F)_{ij} &= \max\{ {}^{\Delta}FF_{ij} + FF_{ij}^{\Delta} - TF_{ij}, 0\} \\ &= \max\{ES_j - LF_i - T_{ij}, 0\} \end{aligned}$$

证毕。

3. 机动时间稳定量的图示说明

在图 8-3-1 中，由定义得出。

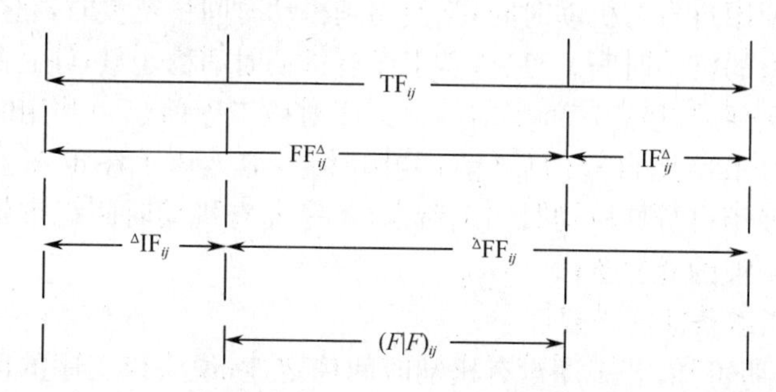

图 8-3-1　机动时间稳定量的图示

由机动时间稳定量的定义，$(F|F)_{ij} = \max\{ {}^{\Delta}FF_{ij} + FF_{ij}^{\Delta} - TF_{ij}, 0\} = \max\{ES_j - LF_i - T_{ij}, 0\}$，由定义 $TF_{ij} = FF_{ij}^{\Delta} + IF_{ij}^{\Delta} = {}^{\Delta}FF_{ij} + {}^{\Delta}IF_{ij}$，得

$$\begin{aligned} (F|F)_{ij} &= \max\{ {}^{\Delta}FF_{ij} + FF_{ij}^{\Delta} - TF_{ij}, 0\} \\ &= \max\{ {}^{\Delta}FF_{ij} + FF_{ij}^{\Delta} - FF_{ij}^{\Delta} - IF_{ij}^{\Delta}, 0\} \\ &= \max\{ {}^{\Delta}FF_{ij} - IF_{ij}^{\Delta}, 0\} \end{aligned}$$

所以如果 $(F|F)_{ij}$ 存在，则 ${}^{\Delta}FF_{ij} > IF_{ij}^{\Delta}$，而 ${}^{\Delta}FF_{ij}$ 的使用不影响紧前工序的机动时间，IF_{ij}^{Δ} 的使用影响紧后工序的机动时间，而 $(F|F)_{ij}$ 为 ${}^{\Delta}FF_{ij}$ 与 IF_{ij}^{Δ} 的差，所以 $(F|F)_{ij}$ 使用的是 ${}^{\Delta}FF_{ij}$ 中不影响紧后工序的机动时间，所以 $(F|F)_{ij}$ 的使用不影响紧后工序，也不影响紧前工序。

$$\begin{aligned} (F|F)_{ij} &= \max\{ {}^{\Delta}FF_{ij} + FF_{ij}^{\Delta} - TF_{ij}, 0\} \\ &= \max\{ {}^{\Delta}FF_{ij} + FF_{ij}^{\Delta} - {}^{\Delta}FF_{ij} - {}^{\Delta}IF_{ij}, 0\} \\ &= \max\{ FF_{ij}^{\Delta} - {}^{\Delta}IF_{ij}, 0\} \end{aligned}$$

所以如果 $(F|F)_{ij}$ 存在，则 $FF_{ij}^{\Delta} > {}^{\Delta}IF_{ij}$，而 FF_{ij}^{Δ} 的使用不影响紧后工序的机动时间，${}^{\Delta}IF_{ij}$ 的使用影响紧前工序的机动时间，而 $(F|F)_{ij}$ 为 FF_{ij}^{Δ} 与 ${}^{\Delta}IF_{ij}$ 的差，所以

$(F|F)_{ij}$使用的是$FF_{ij}^{\triangle}$中不影响紧前工序的机动时间，所以$(F|F)_{ij}$的使用不影响紧后工序，也不影响紧前工序。

得出结论：工序(i,j)使用机动时间稳定量$(F|F)_{ij}$既不影响紧前工序，也不影响紧后工序。

4. 工序具有机动时间稳定性的充要条件

工序具有机动时间稳定性的充分必要条件：该工序拥有机动时间稳定量。

证明 (1) 先证明该条件的充分性。

根据时差的概念可知，具有紧前紧后关系的两工序之间相互影响的范围是它们的共用时差。再根据机动时间稳定量的概念可知，若工序拥有机动时间稳定量，则该工序在该稳定量范围内既不受紧前工序影响，又不影响紧后工序；既不受紧后工序影响，又不影响紧前工序。所以，若该工序的紧前(后)工序对共用时差的使用使该工序被迫使用自身的机动时间，当使用到机动时间稳定量时，它的紧后(前)工序并不使用自身的机动时间。可见，若工序有机动时间稳定量，即它的前单时差和后单时差有交叉部分，该工序的紧前(后)工序对该工序前(后)共用时差的使用就不会使该工序被迫使用自身的后(前)共用时差，那么该工序也不会使它的紧后(前)工序被迫使用自身的机动时间。所以，工序拥有机动时间稳定量是该工序具有机动时间稳定性的充分条件。

(2) 再证明该条件的必要性。

由(1)的证明可知，若工序没有机动时间稳定性，说明该工序的前单时差和后单时差没有交叉的部分，说明该工序没有机动时间稳定量。所以，工序拥有机动时间稳定量也是该工序具有机动时间稳定性的必要条件。

上述证明可知，工序具有机动时间稳定性的充分必要条件是该工序拥有机动时间稳定量。

证毕。

在网络中，关键工序(i,j)的机动时间为零，即$TF_{ij}=0$，而根据定义它所有的其他时差也都为零。如果它的工期有微小变动ΔT，就会影响后面和前面工序的机动时间以及总工期。如果它的工期增加一天，则总工期就会增加一天，各工序的机动时间也会发生相应的变化。

由于关键工序没有机动时间，所以没有机动时间稳定性，因此，机动时间稳定性是针对非关键工序而言的。

8.3.2 工序机动时间稳定性的特点

1. 稳定工序的定义

如果一个工序具有机动时间稳定量，则称其为稳定工序。稳定工序具有一些特性，以下分别介绍。

2. 稳定工序的间隔作用

对于稳定工序来说，如果它的紧前工序的机动时间被使用了，此工序的紧后工序的机动时间不受影响；如果稳定工序的紧后工序的机动时间被使用了，此工序的紧前工序的机动时间不受影响。即稳定工序可使其紧前或紧后工序的机动时间保持稳定，且机动时间的使用量限制在$(F|F)_{ij}$的范围内。

分析说明　设工序(i,j)具有机动时间稳定量。根据后单时差的概念，要想不使紧后工序(j,k)的机动时间受影响，工序(i,j)对自身机动时间可以使用的量为其后单时差FF_{ij}^{Δ}。根据共用时差的概念，则工序(i,j)的紧前工序(h,i)对工序(i,j)机动时间的最大影响范围是工序(h,i)的后共用时差，也就是工序(i,j)的前共用时差。工序(h,i)使用完自身的后共用时差后，它已经使用完了自身的机动时间，工序(i,j)被迫使用自身机动时间的量等于自身的前共用时差，即${}^{\Delta}IF_{ij}$。根据机动时间稳定量的概念，此时工序(i,j)对自身机动时间可以使用的量等于后单时差减去前共用时差，即$(F|F)_{ij}$，因此，工序(h,i)使用机动时间产生的影响不会通过工序(i,j)传递给工序(j,k)。同理可证，工序(i,j)的紧后工序(j,k)使用机动时间产生的影响也不会通过工序(i,j)传递给其紧前工序(h,i)。

举例说明：某工程项目对应的 CPM 网络计划图如图 8-3-2 所示，其中粗箭线表示关键工序。

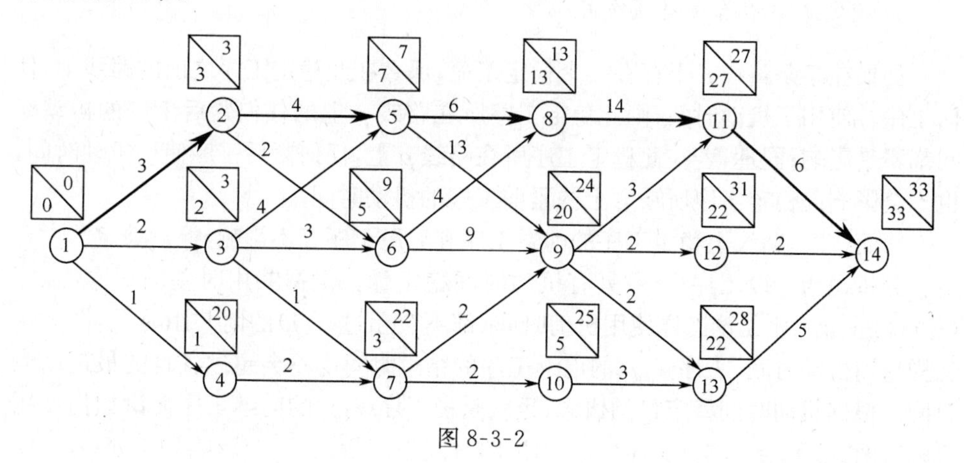

图 8-3-2

$(F|F)_{6,9}=\max\{ES_9-LF_6-T_{6,9},0\}=20-9-9=2$，则工序(6,9)具有机动时间稳定量 2 天，为稳定工序。

${}^{\Delta}IF_{6,9}=IF_{3,6}^{\Delta}=LF_6-ES_6=9-5=4$，即工序(6,9)与紧前工序共用的时差为 4 天。

而工序(6,9)的机动时间为$TF_{6,9}=LF_9-ES_6-T_{6,9}=24-5-9=10$，即工序

(6,9)能够使用而不影响紧前工序(3,6)的时差为$^{\Delta}FF_{6,9}=TF_{6,9}-{}^{\Delta}IF_{6,9}=10-4=6$。工序(6,9)的后单时差 $FF^{\Delta}_{6,9}=ES_9-ES_6-T_{6,9}=20-5-9=6$，而后单时差是该工序可以使用而不影响紧后工序的时差。工序(6,9)的 $IF^{\Delta}_{6,9}=LF_9-ES_9=24-20=4$，这些时差的关系如图 8-3-3 所示。

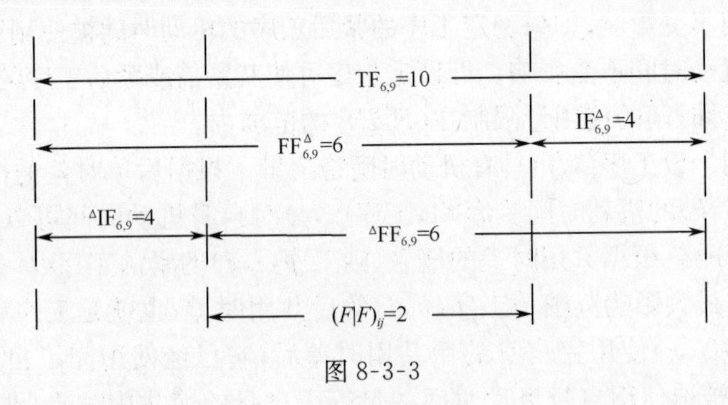

图 8-3-3

按照稳定工序的定义，工序(6,9)是稳定工序，即工序(6,9)对其机动时间稳定量的使用不影响紧前和紧后工序的时差，同时该稳定量在任何情况下都不受紧前工序(3,6)和(2,6)的影响，即紧前工序使用了机动时间，但不会影响到工序(6,9)的紧后工序；该稳定量在任何情况下也不受紧后工序(9,11)、(9,12)和(9,13)的影响，即紧后工序使用机动时间不会影响到工序(6,9)的紧前工序。

3. 稳定工序的路线间隔作用

如果在某条路线 μ 上存在一个稳定工序，那么在此稳定工序之前的路线上，任何工序若使用了机动时间，则此稳定工序所在路线 μ 上的任何紧后工序的机动时间都不受影响；同理，若在此稳定工序所在路线 μ 上，任何紧后工序使用机动时间，也不会影响此稳定工序所在 μ 上的紧前工序的机动时间。

简而言之，路线上稳定工序的前继工序和后继工序互不影响，保持稳定。

分析说明　设工序(i,j)具有机动时间稳定量。根据共用时差的概念，工序(i,j)的前继工序无论怎样使用机动时间，都不会超过(i,j)的前共用时差，即无论怎样使用机动时间，工序(i,j)的前继工序的结束时间都不会超过各自的最迟结束时间。根据机动时间稳定量的概念，也就是说工序(i,j)的前继工序无论如何使用机动时间，都不会影响到工序(i,j)的机动时间稳定量，也不会影响到工序(i,j)的紧后工序以及后继工序的机动时间。同理可证，工序(i,j)的后继工序无论怎样使用机动时间，也不会影响到工序(i,j)的紧前工序以及前继工序的机动时间。

以下举例说明：在图 8-3-2 中，对于稳定工序(6,9)来说，$(F|F)_{6,9}=\max\{ES_9-LF_6-T_{6,9},0\}=20-9-9=2$，它是稳定工序，那么在它的路线上，得

$$(F|F)_{1,2}=\max\{ES_2-LF_1-T_{1,2},0\}=3-0-3=0$$

$$(F|F)_{1,3} = \max\{ES_3 - LF_1 - T_{1,3}, 0\} = 2 - 0 - 2 = 0$$
$$(I \mid I)_{1,2} = \max\{LF_1 - ES_2 + T_{1,2}, 0\} = 0 - 3 + 3 = 0$$
$$(I \mid I)_{1,3} = \max\{LF_1 - ES_3 + T_{1,3}, 0\} = 0 - 2 + 2 = 0$$

工序(1,2)、(1,3)既不是稳定工序,也不是传递工序。

$$(F|F)_{3,6} = \max\{ES_6 - LF_3 - T_{3,6}, 0\} = \max\{5 - 3 - 3, 0\} = 0$$
$$(F|F)_{2,6} = \max\{ES_6 - LF_2 - T_{2,6}, 0\} = 5 - 3 - 2 = 0$$
$$(I \mid I)_{3,6} = \max\{LF_3 - ES_6 + T_{3,6}, 0\} = 3 - 5 + 3 = 1$$
$$(I \mid I)_{2,6} = \max\{LF_2 - ES_6 + T_{2,6}, 0\} = 3 - 5 + 2 = 0$$

工序(1,2)的机动时间为0,(1,3)使用机动时间,影响到它的紧后工序(3,6),由于工序(3,6)是传递工序,所以会使得(6,9)的机动时间减少1天,由于工序(6,9)是稳定工序,该影响到工序(6,9)为止,不会影响到工序(6,9)的紧后工序(9,11)、(9,12)和(9,13),也不会影响到工序(6,9)的后继工序(11,12)、(11,14)、(12,14)和(13,14)。

同理,后继工序(11,14)、(12,14)和(13,14)在前共用时差内使用机动时间,影响到它们的紧前工序(9,11)、(9,12)和(9,13),但该影响到工序(6,9)为止,不会影响到工序(6,9)的紧前工序(3,6)、(2,6),也不会影响到工序(6,9)的前继工序(1,2)、(1,3)。

4. 稳定工序的非关键作用

若网络图中存在稳定工序(i,j),则无论(i,j)之外的工序的机动时间如何使用,过稳定工序(i,j)的任何路线都不可能成为新关键路线。

证明 任何工序的机动时间用完后,则在经过该工序的路线上一定会出现新的关键路线。但是经过稳定工序的路线,绝成不了新的关键路线。因为根据定义,稳定工序(i,j)具有机动时间稳定性,即它同时具有前单和后单时差,根据前、后主链的定义,如果工序(m,n)有前主链,且工序(i,j)在此前主链上,则$FF^{\Delta}_{\mu(1,m)}=0$,即$FF^{\Delta}_{\mu(1,m)}=FF^{\Delta}_{1a}+FF^{\Delta}_{ab}+FF^{\Delta}_{bc}+\cdots+FF^{\Delta}_{ij}+\cdots+FF^{\Delta}_{om}=0$,又因为工序$(i,j)$是稳定工序,根据定义$FF^{\Delta}_{ij}>0$,可得出$FF^{\Delta}_{\mu(1,m)}=FF^{\Delta}_{1a}+FF^{\Delta}_{ab}+FF^{\Delta}_{bc}+\cdots+FF^{\Delta}_{ij}+\cdots+FF^{\Delta}_{om}>0$,与前面矛盾,所以工序$(i,j)$不可能在工序$(m,n)$的前主链上。

如果工序(m,n)有后主链,且工序(i,j)在此后主链上,则${}^{\Delta}FF_{\mu(n,w)}=0$,即${}^{\Delta}FF_{\mu(n,w)}={}^{\Delta}FF_{np}+{}^{\Delta}FF_{pq}+{}^{\Delta}FF_{qr}+\cdots+{}^{\Delta}FF_{ij}+\cdots+{}^{\Delta}FF_{zw}=0$,又因为工序$(i,j)$是稳定工序,根据定义${}^{\Delta}FF_{ij}>0$,可得出${}^{\Delta}FF_{\mu(n,w)}={}^{\Delta}FF_{np}+{}^{\Delta}FF_{pq}+{}^{\Delta}FF_{qr}+\cdots+{}^{\Delta}FF_{ij}+\cdots+{}^{\Delta}FF_{zw}>0$,与前面矛盾,所以工序$(i,j)$不可能在工序$(m,n)$的后主链上。

所以,稳定工序(i,j)既不可能在工序(m,n)的前主链上,也不可能在工序(m,n)的后主链上。由于关键路线是由一个关键工序和它的前主链和后主链构成的,则如果工序(m,n)在一条关键路线上,则稳定工序(i,j)一定不在这条关键路线上。所以，如果一条路线上有稳定工序，那这条路线绝成不了关键路线。
证毕。

对于稳定工序的非关键作用，以下举例说明。如图 8-3-2 所示，对于工序(6，9)来说，$(F|F)_{6,9}=\max\{ES_9-LF_6-T_{6,9},0\}=20-9-9=2$ ，该工序拥有机动时间稳定量，则它是稳定工序。若将该工序的紧前工序 (2,6)、(3,6)和紧后工序(9，11)、(9,12)、(9,13)的工期分别延长各自的总时差那么多，即 $T'_{2,6}=T_{2,6}+TF_{2,6}=6$，$T'_{3,6}=T'_{3,6}+TF_{3,6}=7$，$T'_{9,11}=T_{9,11}+TF_{9,11}=7$，$T'_{9,12}=T_{9,12}+TF_{9,12}=11$，$T'_{9,13}=T_{9,13}+TF_{9,13}=8$ ，把它们都变为关键工序，则分别过这 5 个工序的最长路线都成为新的关键路线，其路长为 33。此时再来考虑工序 (6,9)，过该工序的路线共有 6 条，分别为

$$\mu_1=(1)\to(2)\to(6)\to(9)\to(11)\to(14)$$
$$\mu_2=(1)\to(3)\to(6)\to(9)\to(11)\to(14)$$
$$\mu_3=(1)\to(2)\to(6)\to(9)\to(12)\to(14)$$
$$\mu_4=(1)\to(3)\to(6)\to(9)\to(12)\to(14)$$
$$\mu_5=(1)\to(2)\to(6)\to(9)\to(13)\to(14)$$
$$\mu_6=(1)\to(3)\to(6)\to(9)\to(13)\to(14)$$

经计算，这些路线的路长都为 31，小于关键路线的路长 33。因此，尽管稳定工序(6,9)的紧前工序和紧后工序都已用完了自身的机动时间，但过该工序的所有路线都不是关键路线。

由此可见，稳定工序以外其他工序的机动时间全部使用完之后，该稳定工序所在的路线仍然成不了关键路线。

5. 机动时间稳定量存在的充分必要条件

机动时间稳定量存在的充分必要条件有以下 4 个，并且相互等价：

(1) ${}^{\Delta}IF_{ij}<FF^{\Delta}_{ij}$。

(2) $IF^{\Delta}_{ij}<{}^{\Delta}FF_{ij}$。

(3) $TF_{ij}>TF_i+TF_j$。

(4) $TF_{ij}<{}^{\Delta}FF_{ij}+FF^{\Delta}_{ij}$。

证明 条件(1)。

(1) 条件的充分性。

已知工序(i,j)的${}^{\Delta}IF_{ij}<FF^{\Delta}_{ij}$，欲证工序$(i,j)$的$(F|F)_{ij}$存在。

根据$(F|F)_{ij}$的定义，有

$$\begin{aligned}(F\mid F)_{ij}&=\max\{{}^{\Delta}FF_{ij}+FF^{\Delta}_{ij}-TF_{ij},0\}\\&=\max\{{}^{\Delta}FF_{ij}+{}^{\Delta}IF_{ij}+FF^{\Delta}_{ij}-{}^{\Delta}IF_{ij}-TF_{ij},0\}\\&=\max\{TF_{ij}+FF^{\Delta}_{ij}-{}^{\Delta}IF_{ij}-TF_{ij},0\}\end{aligned}$$

$$= \max\{ FF^{\triangle}_{ij} - {}^{\triangle}IF_{ij}, 0\}$$

因为${}^{\triangle}IF_{ij} < FF^{\triangle}_{ij}$，所以$FF^{\triangle}_{ij} - {}^{\triangle}IF_{ij} > 0$，故

$$(F \mid F)_{ij} = \max\{ FF^{\triangle}_{ij} - {}^{\triangle}IF_{ij}, 0\}$$
$$= FF^{\triangle}_{ij} - {}^{\triangle}IF_{ij} > 0$$

由此，工序(i,j)的$(F|F)_{ij}$存在。

(2) 条件的必要性。

已知工序(i,j)的$(F|F)_{ij}$存在，欲证${}^{\triangle}IF_{ij} < FF^{\triangle}_{ij}$。

因为工序(i,j)的$(F|F)_{ij}$存在，故$(F|F)_{ij} > 0$，所以

$$(F \mid F)_{ij} = \max\{ FF^{\triangle}_{ij} - {}^{\triangle}IF_{ij}, 0\} = FF^{\triangle}_{ij} - {}^{\triangle}IF_{ij} > 0$$

即

$${}^{\triangle}IF_{ij} < FF^{\triangle}_{ij}$$

证毕。

证明　条件(2)。

(1) 条件的充分性。

已知工序(i,j)的$IF^{\triangle}_{ij} < {}^{\triangle}FF_{ij}$，欲证工序$(i,j)$的$(F|F)_{ij}$存在。

根据$(F|F)_{ij}$的定义，有

$$(F \mid F)_{ij} = \max\{ {}^{\triangle}FF_{ij} + FF^{\triangle}_{ij} - TF_{ij}, 0\}$$
$$= \max\{ {}^{\triangle}FF_{ij} + FF^{\triangle}_{ij} + IF^{\triangle}_{ij} - IF^{\triangle}_{ij} - TF_{ij}, 0\}$$
$$= \max\{ {}^{\triangle}FF_{ij} + TF_{ij} - IF^{\triangle}_{ij} - TF_{ij}, 0\}$$
$$= \max\{ {}^{\triangle}FF_{ij} - IF^{\triangle}_{ij}, 0\}$$

因为$IF^{\triangle}_{ij} < {}^{\triangle}FF_{ij}$，所以${}^{\triangle}FF_{ij} - IF^{\triangle}_{ij} > 0$，故

$$(F \mid F)_{ij} = \max\{ {}^{\triangle}FF_{ij} - IF^{\triangle}_{ij}, 0\}$$
$$= {}^{\triangle}FF_{ij} - IF^{\triangle}_{ij} > 0$$

由此，工序(i,j)的$(F|F)_{ij}$存在。

(2) 条件的必要性。

已知工序(i,j)的$(F|F)_{ij}$存在，欲证$IF^{\triangle}_{ij} < {}^{\triangle}FF_{ij}$。

因为工序(i,j)的$(F|F)_{ij}$存在，故$(F|F)_{ij} > 0$，所以

$$(F \mid F)_{ij} = \max\{ {}^{\triangle}FF_{ij} - IF^{\triangle}_{ij}, 0\}$$
$$= {}^{\triangle}FF_{ij} - IF^{\triangle}_{ij} > 0$$

即

$$IF^{\triangle}_{ij} < {}^{\triangle}FF_{ij}$$

证毕。

证明　条件(3)。

(1) 条件的充分性。

已知$TF_{ij} > TF_i + TF_j$，欲证工序(i,j)的$(F|F)_{ij}$存在。

根据$(F|F)_{ij}$的定义,有

$$\begin{aligned}(F\mid F)_{ij} &= \max\{{}^{\triangle}FF_{ij}+FF_{ij}^{\triangle}-TF_{ij},0\}\\ &= \max\{{}^{\triangle}FF_{ij}+{}^{\triangle}IF_{ij}-{}^{\triangle}IF_{ij}+FF_{ij}^{\triangle}+IF_{ij}^{\triangle}-IF_{ij}^{\triangle}-TF_{ij},0\}\\ &= \max\{({}^{\triangle}FF_{ij}+{}^{\triangle}IF_{ij})-{}^{\triangle}IF_{ij}+(FF_{ij}^{\triangle}+IF_{ij}^{\triangle})-IF_{ij}^{\triangle}-TF_{ij},0\}\\ &= \max\{TF_{ij}-{}^{\triangle}IF_{ij}+TF_{ij}-IF_{ij}^{\triangle}-TF_{ij},0\}\\ &= \max\{TF_{ij}-{}^{\triangle}IF_{ij}-IF_{ij}^{\triangle},0\}\\ &= \max\{TF_{ij}-TF_i-TF_j,0\}\end{aligned}$$

因为$TF_{ij}>TF_i+TF_j$,所以$TF_{ij}-(TF_i+TF_j)>0$,故

$$\begin{aligned}(F\mid F)_{ij} &= \max\{TF_{ij}-TF_i-TF_j,0\}\\ &= TF_{ij}-TF_i-TF_j>0\end{aligned}$$

由此,工序(i,j)的$(F|F)_{ij}$存在。

(2) 条件的必要性。

已知工序(i,j)的$(F|F)_{ij}$存在,欲证$TF_{ij}>TF_i+TF_j$。

因为工序(i,j)的$(F|F)_{ij}$存在,故$(F|F)_{ij}>0$,所以

$$\begin{aligned}(F\mid F)_{ij} &= \max\{TF_{ij}-TF_i-TF_j,0\}\\ &= TF_{ij}-TF_i-TF_j>0\end{aligned}$$

即

$$TF_{ij}>TF_i+TF_j$$

证毕。

证明 条件(4)。

(1) 条件的充分性。

已知$TF_{ij}<{}^{\triangle}FF_{ij}+FF_{ij}^{\triangle}$,欲证工序$(i,j)$的$(F|F)_{ij}$存在。

根据$(F|F)_{ij}$的定义,有

$$(F\mid F)_{ij}=\max\{{}^{\triangle}FF_{ij}+FF_{ij}^{\triangle}-TF_{ij},0\}$$

因为$TF_{ij}<{}^{\triangle}FF_{ij}+FF_{ij}^{\triangle}$,所以$({}^{\triangle}FF_{ij}+FF_{ij}^{\triangle})-TF_{ij}>0$,故

$$\begin{aligned}(F\mid F)_{ij} &= \max\{{}^{\triangle}FF_{ij}+FF_{ij}^{\triangle}-TF_{ij},0\}\\ &= {}^{\triangle}FF_{ij}+FF_{ij}^{\triangle}-TF_{ij}>0\end{aligned}$$

由此,工序(i,j)的$(F|F)_{ij}$存在。

(2) 条件的必要性。

已知工序(i,j)的$(F|F)_{ij}$存在,欲证$TF_{ij}<{}^{\triangle}FF_{ij}+FF_{ij}^{\triangle}$。

因为工序(i,j)的$(F|F)_{ij}$存在,故$(F|F)_{ij}>0$,所以

$$\begin{aligned}(F\mid F)_{ij} &= \max\{{}^{\triangle}FF_{ij}+FF_{ij}^{\triangle}-TF_{ij},0\}\\ &= {}^{\triangle}FF_{ij}+FF_{ij}^{\triangle}-TF_{ij}>0\end{aligned}$$

即

$$TF_{ij}<{}^{\triangle}FF_{ij}+FF_{ij}^{\triangle}$$

证毕。

上面已经证明了条件(1)～(4)是成立的，接下来，我们将证明这 4 个条件是等价的。

只需证明(1)⇒(2)⇒(3)⇒(4)⇒(1)，即可证明这 4 个条件的等价性。

“(1)⇒(2)”即已知${}^{\Delta}IF_{ij} < FF_{ij}^{\Delta}$，欲证$IF_{ij}^{\Delta} < {}^{\Delta}FF_{ij}$。

因为${}^{\Delta}IF_{ij} < FF_{ij}^{\Delta}$，故$TF_{ij} - {}^{\Delta}FF_{ij} < TF_{ij} - IF_{ij}^{\Delta}$，即$IF_{ij}^{\Delta} < {}^{\Delta}FF_{ij}$。

“(2)⇒(3)”即已知$IF_{ij}^{\Delta} < {}^{\Delta}FF_{ij}$，欲证$TF_{ij} > TF_i + TF_j$。

因为$IF_{ij}^{\Delta} < {}^{\Delta}FF_{ij}$，故${}^{\Delta}IF_{ij} + IF_{ij}^{\Delta} < {}^{\Delta}FF_{ij} + {}^{\Delta}IF_{ij}$，即$TF_{ij} > TF_i + TF_j$。

“(3)⇒(4)”即已知$TF_{ij} > TF_i + TF_j$，欲证$TF_{ij} < {}^{\Delta}FF_{ij} + FF_{ij}^{\Delta}$。

因为$TF_{ij} > TF_i + TF_j$，故$({}^{\Delta}FF_{ij} + FF_{ij}^{\Delta}) + TF_{ij} > (TF_i + TF_j) + ({}^{\Delta}FF_{ij} + FF_{ij}^{\Delta})$，即$({}^{\Delta}FF_{ij} + FF_{ij}^{\Delta}) + TF_{ij} > 2TF_{ij}$，故$TF_{ij} < {}^{\Delta}FF_{ij} + FF_{ij}^{\Delta}$。

“(4)⇒(1)”即已知$TF_{ij} < {}^{\Delta}FF_{ij} + FF_{ij}^{\Delta}$，欲证${}^{\Delta}IF_{ij} < FF_{ij}^{\Delta}$。

因为$TF_{ij} < {}^{\Delta}FF_{ij} + FF_{ij}^{\Delta}$，故$TF_{ij} - {}^{\Delta}FF_{ij} < ({}^{\Delta}FF_{ij} + FF_{ij}^{\Delta}) - {}^{\Delta}FF_{ij}$，即${}^{\Delta}IF_{ij} < FF_{ij}^{\Delta}$。

由上述证明可知，条件(1)～(4)是等价的。

第 9 章　机动时间特性理论的应用

9.1　求时间-费用优化问题的等效子网络

时间-费用优化问题是项目管理的核心问题之一。在 CPM 网络中常用的时间-费用优化方法,其计算量都比较大,尤其是网络规模较大时。重要原因之一是这些方法都立足于整个网络,而且往往要多次重复计算整个网络的时间参数。事实上,问题通常只涉及网络的一部分。例如,要把总工期 100 天压缩到 95 天,在网络图中只需要把路长大于 95 天的少数几条路线压缩到 95 天就可以了,而不用考虑路长小于等于 95 天的大量路线。可现在的多数方法却要把网络所有路线都加以考虑,并且常用的试探法需要反复多次计算网络的全部参数。如果我们把路长大于 95 天的少数路线组成子网络,压缩该子网络与压缩原始网络的结果是相同的,即它是原网络的等效子网络。子网络相对简单得多,因此能较大程度地减少运算量。但由于在大型网络中寻找一定路长的路线是十分困难的,国内外学者在研究等效子网络的构造上,存在复杂度较大、缺乏理论依据等问题。

运用 CPM 网络图的最大优点是可以把每个工序的时差计算出来,从而可以看出每个工序在全局中占有的地位,路线的最大路长代表总工期,通过研究时差与路长的关系,可以给出等效子网络的简单求法,进而简化时间-费用优化问题的计算工作量。

本节在前单时差定理、后单时差定理以及总时差定理的基础上设计出了求解等效子网络的方法,从而可以只用几条路线组成的等效子网络代替由几十条、几百条路线组成的原始网络,其结果不受影响。

9.1.1　前单时差法

1. 基本概念

前单主工序、前单辅工序、前单基工序:当工序(i,j)的前单时差${}^{\Delta}FF_{ij}>0$ 时,工序(i,j)后主链上的工序$(u,v)\in\mu_j^{\oplus}$,称为工序(i,j)或节点(j)的前单主工序;而节点(u)的紧后工序$(u,t)\notin\mu_j^{\oplus}$,且${}^{\Delta}FF_{ut}>0$,称为工序$(i,j)$或节点$(j)$的前单辅工序;工序$(i,j)$称为其前单主工序和前单辅工序的前单基工序。当${}^{\Delta}FF_{ij}>0$ 且节点(i)是关键节点,则称工序(i,j)是源点(1)的前单辅工序。

工序的前单特征值:源点(1)的前单辅工序(r,s)的前单特征值 $D_1(r,s)$定义为

它自身的前单时差$^{\Delta}FF_{rs}$,即

$$D_1(r,s) = {}^{\Delta}FF_{rs} \tag{9-1-1}$$

非源点(s)的前单辅工序(u,t)的前单特征值$D_s(u,t)$,定义为它自身的前单时差$^{\Delta}FF_{ut}$与它的前单基工序(r,s)的前单特征值$D_q(r,s)$的和(工序(r,s)是节点(q)的前单辅工序),即

$$D_r(u,t) = {}^{\Delta}FF_{ut} + D_q(r,s) \tag{9-1-2}$$

任何节点(r)的前单主工序(u,v)的前单特征值$D_r(u,v)$定义为无穷大,即

$$(u,v) \in \mu_r^{\oplus}, \quad D_r(u,v) = +\infty \tag{9-1-3}$$

2. 等效子网络的求法

1) 指导思想

要把总工期T压缩ΔT,则只需压缩路长大于$(T-\Delta T)$的路线,而路长小于等于$(T-\Delta T)$的路线可以不压缩。因此,当把原始网络中路长小于等于$(T-\Delta T)$的路线去掉之后,压缩由剩余路线组成的子网络与压缩原始网络的结果相同,因而该子网络与原始网络是等效的。

因此,求等效子网络,就是把路长小于等于$(T-\Delta T)$的路线尽量多的去掉,去掉的越多,子网络就越简单。

2) 具体方法

(1) 找出关键路线μ^{∇},则各关键工序是源点(1)的前单主工序,再找出源点(1)的各前单辅工序(i,j),并求出其前单特征值$D_1(i,j)={}^{\Delta}FF_{ij}$。

(2) 令$(k)=(1)$,检验$D_k(i,j)$是否小于ΔT。

① 若$D_k(i,j)<\Delta T$,则把$D_k(i,j)$放在集合$\Omega^{(k)}$中。

② 若$D_k(i,j)\geqslant\Delta T$,则把前单辅工序$(i,j)$去掉。

(3) 检验。

① 若$\Omega^{(k)}=\varnothing$,则停止。

② 若$\Omega^{(k)}\neq\varnothing$,则转(4)。

(4) 找出集合$\Omega^{(k)}$中最小的$D_r(u,v_0)$,并从$\Omega^{(k)}$中除去该元素,再求出节点(v_0)的后主链$\mu_{v_0}^{\oplus}$,其方法为:在(v_0)的紧后工序中找最迟开始时间最小的工序(v_0,v_1),再在(v_1)的紧后工序中找最迟开始时间最小的工序(v_1,v_2),…,依次类推,直到最后一个工序(v_n,w),(w)是汇点,则$\mu_{v_0}^{\oplus}=(v_0)\to(v_1)\to(v_2)\to\cdots\to(v_n)\to(w)$。

(5) 找出$(v_i)(i=0,1,2,\cdots,n)$的紧后工序中的(v_0)的各个前单辅工序,即$^{\Delta}FF_{v_ie}>0$的工序(v_i,e),并求各前单特征值$D_{v_0}(v_i,e)={}^{\Delta}FF_{v_ie}+D_r(u,v_0)$,然后令$(k)=(v_0)$,用$D_{v_0}(v_i,e)$代替$D_k(i,j)$,回到(2)。

证明　(1) 首先证明步骤(4)中求$\mu_{v_0}^{\oplus}$的方法是正确的。

由步骤(4)，$\min\{LS_{v_0v_1},LS_{v_0t},\cdots,LS_{v_0s}\}=LS_{v_0v_1}$，因为 $LF_{wv_0}=\min\{LS_{v_0v_1},LS_{v_0t},\cdots,LS_{v_0s}\}$，所以 $LF_{uv_0}=LS_{v_0v_1}$，根据前单时差的定义，${}^{\Delta}FF_{v_0v_1}=LS_{v_0v_1}-LF_{wv_0}=0$。同理可证，${}^{\Delta}FF_{v_1v_2}=0,\cdots,{}^{\Delta}FF_{v_nw}=0$。由定义可知，$\mu_{v_0}^{\oplus}=(v_0)\to(v_1)\to(v_2)\to\cdots\to(v_n)\to(w)$，所以步骤(4)正确。

(2) 步骤(1)和步骤(5)，根据前单特征值的定义可知都是正确的。

(3) 在步骤(2)中，现证把(i,j)去掉后，消失路线的路长全都小于等于$(T-\Delta T)$。

① 根据定义 $D_k(i,j)={}^{\Delta}FF_{ij}+D_{q_2}(p_1,k)$，其中，$(p_1,k)$是工序$(i,j)$的前单基工序，也是节点$(q_2)$的前单辅工序；同理，$D_{q_2}(p_1,k)={}^{\Delta}FF_{q,k}+D_{q_3}(p_2,q_2)$，其中，$(p_2,q_2)$是$(p_1,k)$的前单基工序，也是节点$(q_3)$的前单辅工序，一直到 $D_1(p_n,q_n)={}^{\Delta}FF_{p_nq_n}$ 其中节点(p_n)为关键节点，即$(p_n)\in\mu^{\nabla}$，则

$$D_k(i,j)={}^{\Delta}FF_{ij}+{}^{\Delta}FF_{p_1k}+\cdots+{}^{\Delta}FF_{p_nq_n} \tag{9-1-4}$$

设

$$\mu=\mu_{p_n}^{*}+(p_n)\to(q_n)\to\cdots\to(p_{n-1})\to(q_{n-1})\to\cdots\to(p_2)\to(q_2)\to\cdots\to(p_1)\to(k)\to\cdots\to(i)\to(j)+\mu_j^{\oplus}$$

其中，$(p_n)\sim(j)$之间除了工序(p_n,q_n)、$(p_{n-1},q_{n-1}),\cdots,(p_2,q_2),\cdots,(p_1,k)$以外的其他工序，根据前单主辅工序的定义可推知其前单时差皆为零，因为它们都在某条后主链$\mu^{\oplus}$上，再由前后主链$\mu_{p_n}^{*}$与$\mu_j^{\oplus}$的定义可知，$\mu_{p_n}^{*}$与$\mu_j^{\oplus}$上的工序前单时差全部为零，因此推知

$${}^{\Delta}FF_{\mu}={}^{\Delta}FF_{p_nq_n}+{}^{\Delta}FF_{p_{n-1}q_{n-1}}+\cdots+{}^{\Delta}FF_{p_2q_2}+{}^{\Delta}FF_{p_1k}+{}^{\Delta}FF_{ij}$$

由上式可得

$${}^{\Delta}FF_u=D_k(i,j) \tag{9-1-5}$$

由步骤(2)的②，若 $D_k(i,j)\geqslant\Delta T$，由前单时差定理，路长$|\mu^{\nabla}|-|\mu|={}^{\Delta}FF_{\mu}$，又因为 $T=|\mu^{\nabla}|$，所以

$$|\mu|=|\mu^{\nabla}|-{}^{\Delta}FF_{\mu}=T-D_k(i,j)\leqslant T-\Delta T \tag{9-1-6}$$

当工序(i,j)去掉后，因μ过(i,j)，所以μ消失。

② 设过工序(i,j)的任意路线为

$$\mu'=(1)\to\cdots\to(e_m)\to(f_m)\to\cdots\to(e_{m-1})\to(f_{m-1})\to\cdots\to(e_1)\to(f_1)\to\cdots\to(i)\to(j)\to\cdots\to(u_t)\to(s_t)\to\cdots\to(u_1)\to(s_1)\to\cdots\to(w)$$

$$\mu''=(1)\to\cdots\to(e_m)\to(f_m)\to\cdots\to(e_{m-1})\to(f_{m-1})\to\cdots\to(e_1)\to(f_1)\to\cdots\to(i)\to(j)\to\cdots\to(w)$$

其中，$(e_r,f_r)(r=1,2,\cdots,m)$的前单时差不为零，$(u_p,s_p)(p=1,2,\cdots,t)$的前单时差不为零，其余工序的前单时差皆为零，显然${}^{\Delta}FF_{\mu'}>{}^{\Delta}FF_{\mu''}$，由前单时差定理，路长

$$|\mu'|<|\mu''| \tag{9-1-7}$$

在 μ'' 中，由 $\mu_j^{\oplus}$ 的定义知，$\mu_j^{\oplus}=(j)\to\cdots\to(w)$，再由 $\mu_{e_m}^*$ 的定义知，$\mu_{e_m}^*=(1)\to\cdots\to(e_m)$，所以 $\mu''=\mu_{e_m}^*+(e_m)\to(f_m)\to\cdots\to(e_{m-1})\to(f_{m-1})\to\cdots\to(e_1)\to(f_1)\to\cdots\to(i)\to(j)+\mu_j^{\oplus}$，与 μ 类似可得

$$\begin{aligned}D_{f_1}(i,j)&={}^{\Delta}\mathrm{FF}_{ij}+D_{f_2}(e_1,f_1)={}^{\Delta}\mathrm{FF}_{ij}+{}^{\Delta}\mathrm{FF}_{e_1f_1}+D_{f_3}(e_2,f_2)\\&={}^{\Delta}\mathrm{FF}_{ij}+{}^{\Delta}\mathrm{FF}_{e_1f_1}+{}^{\Delta}\mathrm{FF}_{e_2f_2}+D_{f_4}(e_3,f_3)\\&\ \ \vdots\\&={}^{\Delta}\mathrm{FF}_{ij}+{}^{\Delta}\mathrm{FF}_{e_1f_1}+{}^{\Delta}\mathrm{FF}_{e_2f_2}+\cdots+{}^{\Delta}\mathrm{FF}_{e_{m-1}f_{m-1}}+{}^{\Delta}\mathrm{FF}_{e_mf_m}\\&={}^{\Delta}\mathrm{FF}_{\mu''}\end{aligned}$$

即 ${}^{\Delta}\mathrm{FF}_{\mu''}=D_{f_1}(i,j)$。

a. 若 $D_{f_1}(i,j)\geqslant D_k(i,j)$，则 ${}^{\Delta}\mathrm{FF}_{\mu''}\geqslant{}^{\Delta}\mathrm{FF}_{\mu}$，由前单时差定理，路长 $|\mu''|\leqslant|\mu|$。

b. 若 $D_{f_1}(i,j)<D_k(i,j)$，由式(9-1-7)得，$D_{f_2}(e_1,f_1)$，$D_{f_3}(e_2,f_2)$，…，$D_1(e_m,f_m)$ 皆小于 $D_{f_1}(i,j)$，所以

$$\begin{aligned}D_{f_2}(e_1,f_1)&<D_k(i,j)\\D_{f_3}(e_2,f_2)&<D_k(i,j)\\&\ \ \vdots\\D_1(e_m,f_m)&<D_k(i,j)\end{aligned}\tag{9-1-8}$$

因为 $D_1(e_m,f_m)<D_k(i,j)$，$D_k(i,j)<\Delta T$，所以 $D_1(e_m,f_m)<\Delta T$，由步骤(1)、(2)可知 $D_1(e_m,f_m)\in\Omega^{(k)}$。

如果 $D_1(e_m,f_m)$ 在步骤(4)的每次选最小 $D_r(u,v_0)$ 的过程中一直没有被选中，因而也一直没有被除去，所以 $D_1(e_m,f_m)$ 仍然是 $\Omega^{(k)}$ 中元素，那么至少在这次的选择中，因 $D_1(e_m,f_m)<D_k(i,j)$，应当选择 $D_1(e_m,f_m)$，而不是 $D_k(i,j)$。矛盾！

如果 $D_1(e_m,f_m)$ 在步骤(4)的选择最小 $D_r(u,v_0)$ 的过程中曾被选中，则由式(9-1-8)，$D_{f_m}(e_{m-1},f_{m-1})<D_k(i,j)<\Delta T$，则由步骤(5)和步骤(2)中的①可知，$D_{f_m}(e_{m-1},f_{m-1})\in\Omega^{(k)}$。

因为 $D_{f_m}(e_{m-1},f_{m-1})<D_k(i,j)$，由步骤(5)，应选 $D_{f_m}(e_{m-1},f_{m-1})$，而不是 $D_k(i,j)$，所以矛盾。同理，当 $D_{f_m}(e_{m-1},f_{m-1})$ 被选中，则由式(9-1-8)，$D_{f_{m-1}}(e_{m-2},f_{m-2})<D_k(i,j)<\Delta T$，由步骤(2)的①，$D_{f_{m-1}}(e_{m-2},f_{m-2})\in\Omega^{(k)}$，而 $D_{f_{m-1}}(e_{m-2},f_{m-2})<D_k(i,j)$，由步骤(5)，选 $D_k(i,j)$ 也矛盾。以此类推，直到 $D_{f_1}(i,j)<D_k(i,j)$，选 $D_k(i,j)$ 矛盾。所以 $D_{f_1}(i,j)<D_k(i,j)$ 不成立，$D_{f_1}(i,j)\geqslant D_k(i,j)$，根据 a 中的证明结论可知，$|\mu''|\leqslant|\mu|$，又已证明 $|\mu'|<|\mu''|$，因此 $|\mu'|<|\mu|$。由于 μ' 的任意性，所以 μ 是过 (i,j) 的最长路线。所以步骤(2)的②中，去掉 (i,j) 后消失掉的路线都比 μ 短。又因为 $|\mu|\leqslant T-\Delta T$，所以消失的路线其路长都小于等于 $T-\Delta T$。

(4) 本方法把路长大于 $T-\Delta T$ 的路线全都保留下来。根据式(9-1-5)，${}^{\Delta}\mathrm{FF}_{\mu}=D_k(i,j)$，所以当 $D_k(i,j)<\Delta T$ 时，则 ${}^{\Delta}\mathrm{FF}_{\mu}<\Delta T$。根据前单时差定理，

$|\mu^{\nabla}|-|\mu|={}^{\Delta}\mathrm{FF}_{\mu}$，因为$|\mu^{\nabla}|=T$，所以$|\mu^{\nabla}|=T-{}^{\Delta}\mathrm{FF}_{\mu}>T-\Delta T$。步骤(2)的①中，当$D_k(i,j)<\Delta T$时，留在$\Omega^{(k)}$中，就把路长大于$T-\Delta T$的路线保留下来。由步骤(2)的②，当$D_k(i,j)\geqslant\Delta T$时，把$|\mu|\leqslant T-\Delta T$的路线全去掉；由步骤(2)的①，当$D_k(i,j)<\Delta T$时，把$|\mu|>T-\Delta T$的路线全保留下来，并且所有$D_k(i,j)<\Delta T$的$D_k(i,j)$都放入$\Omega^{(k)}$中，由步骤(4)，每次从$\Omega^{(k)}$中减少一个$D_k(i,j)$，且由步骤(3)的②，若$\Omega^{(k)}\neq\varnothing$，则继续下去，只要继续下去，由步骤(2)的②就有可能消减路长小于等于$T-\Delta T$的路线，由步骤(3)的①，直到$\Omega^{(k)}=\varnothing$才停止，因而最大限度的减少了路长小于等于$T-\Delta T$的路线，使子网络变得更简单。所以方法正确。证毕。

3) 图上作业法

根据2)中方法可以推出如下的图上作业法：

(1) 把关键节点的紧后工序中前单时差不为零的工序上标出其前单时差，即前单特征值。前单特征值$D_1(i,j)\geqslant\Delta T$的工序$(i,j)$去掉，剩下的工序称为标出工序(标出工序的前单特征值以后出现什么情况都不再变动)。

(2) 在所有新旧标出工序中选前单特征值最小的工序(r,s)，并以工序(r,s)作为前单基工序找其后主链$\mu_s^{\oplus}$以及$\mu_s^{\oplus}$上每个节点紧后工序中前单时差不为零的工序(u,v)，再计算工序(u,v)的前单特征值$D_s(u,v)={}^{\Delta}\mathrm{FF}_{uv}+D_1(r,s)$。

(3) 若$D_s(u,v)\geqslant\Delta T$，去掉$(u,v)$；若$D_s(u,v)<\Delta T$，将$D_s(u,v)$标在$(u,v)$上，称为标出工序，前单基工序一旦经过上述处理后，就不再称为标出工序，只称前单基工序。

(4) 检验。

① 如果所有工序都是前单基工序而无标出工序，则停止。

② 如果还有标出工序，则转(2)。

证明 与2)中证明类似，略。

3. 工期压缩时最大有效压缩量的求法

设总工期为T，需要缩短ΔT，如果关键工序的一次压缩量$\Delta t<\Delta T$，则需要多次压缩。因此，工序压缩量Δt越大，则压缩次数越少，计算量也就越小。工序压缩量受以下两个因素制约：

(1) 工序最大可能的压缩量$(\Delta t)_a$。

(2) 工序压缩的最大有效压缩量$(\Delta t)_b$。

如何确定工序的最大有效压缩量的问题，是直到目前尚未有效解决的问题。目前国际上通用的方法是试探法，先估计一个值$(\Delta t)'$，然后计算结果，如果$(\Delta t)'$是无效的，即总工期的减小量比$(\Delta t)'$小，则令$(\Delta t)'$减小后重新试验；当$(\Delta t)'$是有效的，即总工期的减小量等于该工序工期的减小量$(\Delta t)'$，则把$(\Delta t)'$增大后重新试验，如此反复，直到找到最大有效压缩量$(\Delta t)_b$。但是每次试验都需要把整个网络的时间参数重新计算出来，再找出新关键路线，计算工作量很大！

如果能用很简单的方法确定最大有效压缩量，则将是一件十分有意义的事情。

下面给出一个找最大有效压缩量的十分简单的方法。

确定最大有效压缩量的前单时差法

找出各关键节点($TF_i=0$ 的节点)的紧后工序中前单时差最小但不为零的值，即 $\min\{{}^{\Delta}FF_{ij}\,|\,{}^{\Delta}FF_{ij}>0,(i)\in\mu^{\nabla}\}$，这就是最大有效压缩量，即

$$(\Delta t)_b=\min\{{}^{\Delta}FF_{ij}\,|\,{}^{\Delta}FF_{ij}>0,(i)\in\mu^{\nabla}\} \tag{9-1-9}$$

证明　设

$$\min\{{}^{\Delta}FF_{ij}\,|\,{}^{\Delta}FF_{ij}>0,(i)\in\mu^{\nabla}\}={}^{\Delta}FF_{uv} \tag{9-1-10}$$

(1) 现证 $\mu^{[1]}=\mu_u^*+(u,v)+\mu_v^{\oplus}$ 是次关键路线，即对任意 $\mu\neq\mu^{\nabla}$，$|\mu^{\nabla}|>|\mu^{[1]}|\geqslant|\mu|$。由 μ_u^* 和 $\mu_v^{\oplus}$ 的定义可以推知

$${}^{\Delta}FF_{\mu^{[1]}}={}^{\Delta}FF_{uv} \tag{9-1-11}$$

对任意路线 $\mu\neq\mu^{\nabla}$，现证

$${}^{\Delta}FF_{\mu^{[1]}}\leqslant{}^{\Delta}FF_{\mu} \tag{9-1-12}$$

因为 $\mu\neq\mu^{\nabla}$，所以${}^{\Delta}FF_{\mu}>0$，所以至少有一个工序$(s,t)\in\mu$ 且${}^{\Delta}FF_{st}>0$。

① 如果节点(s)是关键节点，则由式(9-1-10)，${}^{\Delta}FF_{uv}\leqslant{}^{\Delta}FF_{st}$，因为$(s,t)\in\mu$，由定义，${}^{\Delta}FF_{\mu}\geqslant{}^{\Delta}FF_{st}$，再由式(9-1-11)，所以${}^{\Delta}FF_{\mu^{[1]}}\leqslant{}^{\Delta}FF_{\mu}$，由前单时差定理，路长$|\mu^{[1]}|\geqslant|\mu|$。

② 如果节点(s)不是关键节点，则节点(s)的前继节点至少有一个是关键节点(e)，因为源点(1)就是节点(s)的前继节点之一，且$(e,f)\in\mu$，${}^{\Delta}FF_{ef}>0$。由式(9-1-10)、式(9-1-11)，${}^{\Delta}FF_{ef}\geqslant{}^{\Delta}FF_{uv}={}^{\Delta}FF_{\mu^{[1]}}$，因为$(e,f)\in\mu$，所以，由定义，${}^{\Delta}FF_{ef}\leqslant{}^{\Delta}FF_{ef}+{}^{\Delta}FF_{st}\leqslant{}^{\Delta}FF_{\mu}$，知${}^{\Delta}FF_{\mu^{[1]}}\leqslant{}^{\Delta}FF_{\mu}$。由前单时差定理，路长$|\mu^{[1]}|\geqslant|\mu|$，由①、②可知，在任何情况下，$|\mu^{\nabla}|>|\mu^{[1]}|\geqslant|\mu|$，由于 μ 的任意性，$\mu^{[1]}$是次关键路线。

(2) 现证最大有效压缩量$(\Delta t)_b=|\mu^{\nabla}|-|\mu^{[1]}|$。

当关键路线 μ^{∇} 缩短到比次关键路线 $\mu^{[1]}$还短时，则次关键路线变成新关键路线，此时的总工期由原先的次关键路线决定。因此，当关键路线 μ^{∇} 缩短到 $\mu^{[1]}$的长度后，再缩短 μ^{∇} 时总工期就不再缩短，因此，压缩的最大有效压缩量等于关键路线与次关键路线的路长之差，即

$$(\Delta t)_b=|\mu^{\nabla}|-|\mu^{[1]}| \tag{9-1-13}$$

(3) 现证$(\Delta t)_b=\min\{{}^{\Delta}FF_{ij}\,|\,{}^{\Delta}FF_{ij}>0,(i)\in\mu^{\nabla}\}$。

由前单时差定理

$$|\mu^{\nabla}|-|\mu^{[1]}|={}^{\Delta}FF_{\mu^{[1]}} \tag{9-1-14}$$

再由式(9-1-11)，${}^{\Delta}FF_{\mu^{[1]}}={}^{\Delta}FF_{w}$。由式(9-1-10)，${}^{\Delta}FF_{w}=\min\{{}^{\Delta}FF_{ij}\mid{}^{\Delta}FF_{ij}>0,(i)\in\mu^{\nabla}\}$，所以，$|\mu^{\nabla}|-|\mu^{[1]}|=\min\{{}^{\Delta}FF_{ij}\mid{}^{\Delta}FF_{ij}>0,(i)\in\mu^{\nabla}\}$，再由式(9-1-13)，$(\Delta t)_b=\min\{{}^{\Delta}FF_{ij}\mid{}^{\Delta}FF_{ij}>0,(i)\in\mu^{\nabla}\}$，式(9-1-9)成立。
证毕。

9.1.2　后单时差法

1. 基本概念

后单主工序、后单辅工序和后单基工序：若 $FF_{ij}^{\Delta}>0$，工序(i,j)前主链上的工序(u,v)称为工序(i,j)(或节点(i))的后单主工序；而节点(u)的紧前工序$(t,u)\notin\mu_i^*$ 称为工序(i,j)(或节点(i))的后单辅工序；(i,j)称为其后单主工序和后单辅工序的后单基工序。当 $FF_{ij}^{\Delta}>0$ 且节点(j)是关键节点，则称工序(i,j)是汇点(w)的后单辅工序。

工序的后单特征值主要包含以下三个方面：

(1) 汇点(w)的后单辅工序(r,s)的后单特征值 $C_w(r,s)$定义为它自身的后单时差 FF_{rs}^{Δ}，即

$$C_w(r,s)=FF_{rs}^{\Delta}\tag{9-1-15}$$

(2)非汇点(r)的后单辅工序(t,u)的后单特征值 $C_r(t,u)$，定义为它自身的后单时差 FF_{tu}^{Δ}与它的后单基工序(r,s)的后单特征值 $C_p(r,s)$的和(工序(r,s)是节点(p)的后单辅工序)，即

$$C_r(t,u)=FF_{tu}^{\Delta}+C_p(r,s)\tag{9-1-16}$$

(3) 任何节点(r)的后单主工序(u,v)的后单特征值 $C_r(u,v)$定义为无穷大，即

$$(u,v)\in\mu_r^*,\quad C_r(u,v)=+\infty\tag{9-1-17}$$

2. 等效子网络的求法

(1) 找出关键路线 μ^{∇}，再找出汇点(w)的各后单辅工序(i,j)，求出其后单特征值 $C_w(i,j)$，$C_w(i,j)=FF_{ij}^{\Delta}$。

(2) 令$(k)=(w)$，比较 $C_k(i,j)$与 ΔT 大小。

① 若 $C_k(i,j)<\Delta T$，将 $C_k(i,j)$放入集合 Ω^k。

② 若 $C_k(i,j)\geqslant\Delta T$，去掉后单辅工序$(i,j)$。

(3) 检验。

① 若集合 $\Omega^k=\varnothing$，停止。

② 若集合 $\Omega^k\neq\varnothing$，转(4)。

(4) 找出集合 Ω^k 中最小的 $C_r(u_0,v)$，将其去掉，并找出(u_0)的前主链 $\mu_{u_0}^*$，即找出(u_0)前继工序中后单时差为零的工序，并将其组成路线段 $\mu_{u_0}^*=(1)\rightarrow(u_n)$

$\rightarrow\cdots\rightarrow(u_2)\rightarrow(u_1)\rightarrow(u_0)$。

(5) 找出$(u_i)(i=0,1,2,\cdots,n)$的紧前工序中的(u_0)的各个后单辅工序(e,u_i),并求其后单特征值

$$C_{u_0}(e,u_i)=\mathrm{FF}^{\triangle}_{eu_i}+C_r(u_0,v)$$

令$(k)=(u_0)$,用$C_{u_0}(e,u_i)$代替$C_k(i,j)$,转(2)。

证明　与前单时差法的证明类似。省略。

9.1.3　总时差法

本部分在前面已给总时差定理的基础上直接给出等效子网络的求法。

等效子网络的求法:在以最低成本把总工期$T(T>T_0)$压缩到T_0的优化过程中,如何给出等效子网络。

步骤如下:

(1) 把总时差$\mathrm{TF}_{ij}\geqslant T-T_0$的工序$(i,j)$去掉。

(2) 把节点时差$\mathrm{TF}_i\geqslant T-T_0$的节点$(i)$去掉。

通过步骤(1)、(2)得到的网络是与原网络等效的子网络。

证明　步骤(1),因为在CPM网络图中,总工期等于最大路长,因此要把总工期由$T(T>T_0)$压缩为T_0,只需要把网络图中路长大于T_0的所有路线的长度都压缩到T_0即可。因此,在把总工期$T(T>T_0)$压缩为T_0的过程中,可把路长小于等于T_0的路线去掉,而压缩效果不变。当$\mathrm{TF}_{ij}\geqslant T-T_0$时,由总时差定理可知,$|\mu_{ij}^{\nabla}|=|\mu^{\nabla}|-\mathrm{TF}_{ij}\leqslant|\mu^{\nabla}|-(T-T_0)$,因为在CPM网络中,总工期$T$等于关键路线路长$|\mu^{\nabla}|$,故$|\mu_{ij}^{\nabla}|\leqslant T_0$。由$\mu_{ij}^{\nabla}$的定义,$|\mu_{ij}|\leqslant|\mu_{ij}^{\nabla}|$,其中,$|\mu_{ij}|$表示过工序$(i,j)$的任意一条路线的路长,可得$|\mu_{ij}|\leqslant T_0$,则过工序$(i,j)$的所有路线的路长都小于等于$T_0$。因此,把$\mathrm{TF}_{ij}\geqslant T-T_0$的工序$(i,j)$去掉后,减少的路线都是路长小于等于$T_0$的路线,所得子网络与原始网络在把$T$压缩为$T_0$的过程中等效。

步骤(2),在CPM网络图中,节点(i)的时差为$\mathrm{TF}_i=\mathrm{LF}_i-\mathrm{ES}_i$,由最早开始时间的定义,$\mathrm{EF}_{k_ni}\leqslant\mathrm{ES}_i$,故

$$\mathrm{TF}_i=\mathrm{LF}_i-\mathrm{ES}_i\leqslant\mathrm{LF}_i-\mathrm{EF}_{k_ni}$$

由定义得$\mathrm{LF}_i=\mathrm{LF}_{k_ni}$,因此$\mathrm{TF}_i\leqslant\mathrm{LF}_{k_ni}-\mathrm{EF}_{k_ni}=\mathrm{TF}_{k_ni}$。同理可得,$\mathrm{TF}_i\leqslant\mathrm{TF}_{ij_m}$。因此,当$T-T_0\leqslant\mathrm{TF}_i$时

$$T-T_0\leqslant\mathrm{TF}_{k_ni}$$

$$T-T_0\leqslant\mathrm{TF}_{ij_m}$$

所以当把节点(i)去掉后,其所有的紧前工序(k_n,i)、紧后工序(i,j_m)都跟着被去掉。当$\mathrm{TF}_i\geqslant T-T_0$时,$(k_n,i)$和$(i,j_m)$总时差都大于等于$T-T_0$,由步骤(1),所得的子网络与原始网络等效。

证毕。

值得注意的是，因为节点时差较易判断，且若去掉节点，其紧前紧后工序可以同时去掉，所以在求等效子网络的过程中，可以先去节点，再去工序。

9.1.4　应用

例 9.1.1　如图 9-1-1 所示 CPM 网络图，要把总工期压缩 5 天，求其等效子网络。

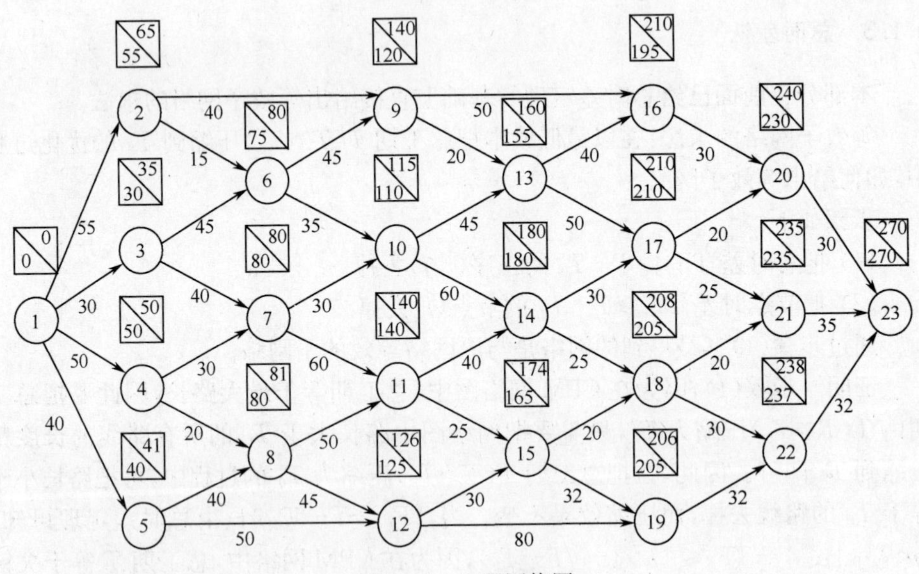

图 9-1-1　工程网络图

解　方法一：前单时差法。

(1) 找关键路线。

$$\mu^{\nabla} = (1) \to (4) \to (7) \to (11) \to (14) \to (17) \to (21) \to (23)$$

(2) 关键节点(1)的紧后工序(1,5)，$^{\Delta}\mathrm{FF}_{1,5} = (41-40)-0 = 1 < 5$(天)。

关键节点(14)的紧后工序(14,18)，$^{\Delta}\mathrm{FF}_{14,18} = (208-25)-180 = 3 < 5$(天)。

关键节点的其他紧后工序特征值都大于等于 5，去掉。并把$^{\Delta}\mathrm{FF}_{1,5} = 1$，$^{\Delta}\mathrm{FF}_{14,18} = 3$ 标在(1,5)，(14,18)两工序上的符号△中，得到图 9-1-2。因为(1,2)去掉，所以去掉(2,6)，(2,9)等工序。

(3) 在标出工序(1,5)，(14,18)中选特征值最小的 $D_1(1,5)=1$。

(4) 把(1,5)作基工序，求其后主链 $\mu_5^{\oplus} = (5) \to (8) \to (12) \to (19) \to (22) \to (23)$，其上每个工序的前单时差皆为零。

(5) $\mu_5^{\oplus}$ 上各节点的紧后工序中，因为

$$^{\Delta}\mathrm{FF}_{5,12} = (126-50)-41 = 35 > 5$$

$$^{\Delta}\mathrm{FF}_{12,15} = (174-30)-126 = 18 > 5$$

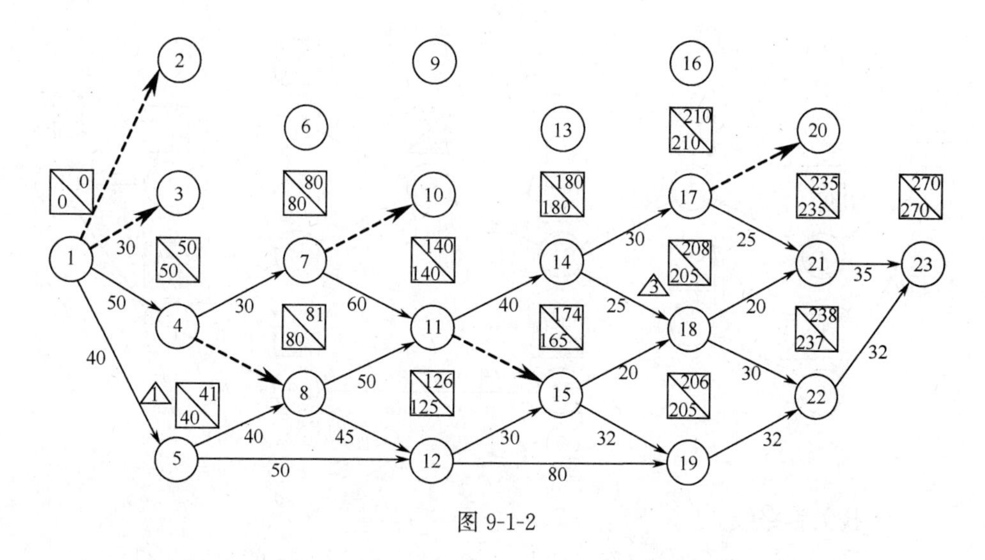

图 9-1-2

所以去掉这两个工序,得图 9-1-3。

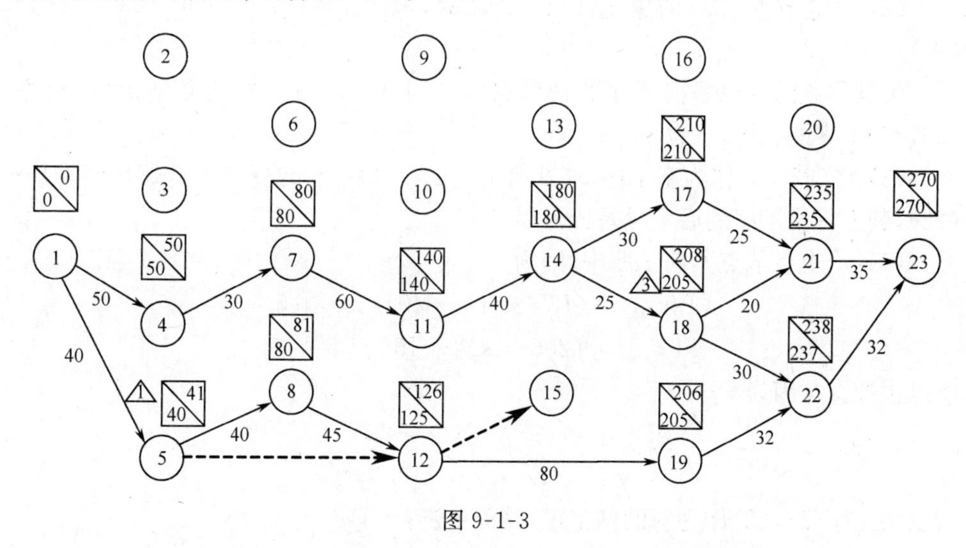

图 9-1-3

(6) 标出工序中不是基工序的只有(14,18),因此选该工序作为新的基工序

$$\mu_{18}^{\oplus} = (18) \rightarrow (22) \rightarrow (23)$$

因为$^{\Delta}FF_{18,21} = (235-20)-208=7>5$,所以去掉该工序,得图 9-1-4。

(7) 标出工序皆为基工序,停止。

图 9-1-4 中压缩总工期与图 9-1-1 中压缩的结果是相同的,但显然在计算上要简单得多!

方法二:后单时差法。

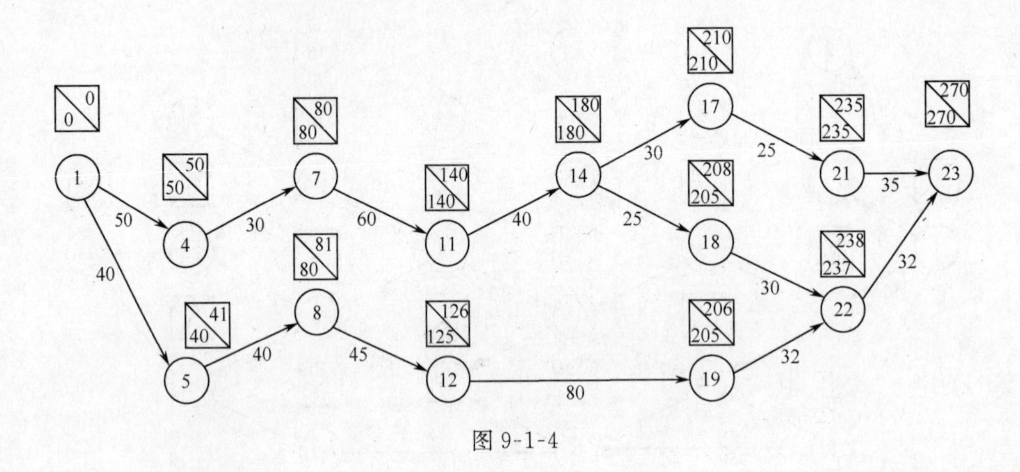

图 9-1-4

(1) 找关键路线。

$$\mu^{\nabla}=(1)\rightarrow(4)\rightarrow(7)\rightarrow(11)\rightarrow(14)\rightarrow(17)\rightarrow(21)\rightarrow(23)$$

(2) 关键节点(23)的紧前工序(22,23),$FF^{\Delta}_{22,23}=(270-32)-237=1<5$(天)。

关键节点的其他紧前工序特征值都大于等于5,去掉,并把 $FF^{\Delta}_{22,23}=1$ 标在(22,23)工序的△中。

(3) 将(22,23)作为基工序,求其前主链 $\mu^{*}_{22}=(1)\rightarrow(5)\rightarrow(8)\rightarrow(12)\rightarrow(19)\rightarrow(22)$,其上每个工序的后单时差皆为零。

(4) μ^{*}_{22}上各节点紧前工序中,因为

$$FF^{\Delta}_{5,12}=(125-50)-40=35>5$$

$$FF^{\Delta}_{15,19}=(205-32)-165=8>5$$

所以去掉。又因为

$$FF^{\Delta}_{18,22}=(237-30)-205=2$$

$$C_{22}(18,22)=2+1=3<5$$

所以将工序(18,22)作为新的基工序,其前主链

$$\mu^{*}_{18}=(1)\rightarrow(4)\rightarrow(7)\rightarrow(11)\rightarrow(14)\rightarrow(18)$$

(5) 由于 μ^{*}_{18} 上各节点的紧前工序的特征值都大于等于5,所以都去掉后,计算停止。其等效子网络如图 9-1-4 所示。

方法三:总时差法。

找出节点时差大于等于5的节点,并去掉这些节点,然后再找出总时差大于等于5的工序,并去掉这些工序,即可得到等效子网络,如图 9-1-4 所示。

例 9.1.2 在图 9-1-1 中,若要求总工期压缩5天,假设各工序工期都可以任意压缩,求第一次压缩时的最大有效压缩量$(\Delta t)_b$。

解　由确定最大有效压缩量的前单时差法，$(\Delta t)_b=\min\{{}^{\Delta}FF_{ij}\mid{}^{\Delta}FF_{ij}>0,(i)\in\mu^{\nabla}\}$，所以由例 9.1.1 的(2)可知，$(\Delta t)_b=\min\{{}^{\Delta}FF_{1,5},{}^{\Delta}FF_{14,18}\}=\min\{1,3\}=1$，所以最大有效压缩量为 1。

9.2　求 k 阶次关键路线的方法

CPM 网络计划自从 1957 年产生以来，已经成为世界范围内用于计划管理最得力的工具。CPM 的最大优点是能科学地计算出各工序的机动时间，从而找出关键路线，指出工程中的关键环节，进而提高决策和管理的水平。但是在实际的管理和决策活动中，我们不但需要知道关键路线，有时还需要知道次关键路线，次次关键路线等。例如，工程总工期 1000 天，则关键路线的路长就是 1000 天，而当次关键路线的路长是 999 天时，我们不但要关注关键路线上的工序，还应当关注次关键路线上的工序，因为此时的次关键路线很容易转化为关键路线；反之，若次关键路线的路长是 900 天时，则很难转化为关键路线，因此，可以不用考虑，只关注关键路线即可。所以，不但求关键路线重要，有时求次关键路线也很重要。又如，若要把工程总工期由 1000 天压缩到 995 天，目前的算法几乎都是在整个网络中进行计算。事实上，完全没有必要。因为工程的总工期就是网络图中最长路线的路长，因此，要把工程总工期由 1000 天压缩到 995 天，只需要把 CPM 网络图中路长大于 995 天的几条路线压缩到 995 天就可以了，其他的路线都没有必要考虑。这样就不但需要把次关键路线求出来，还必须把次次关键路线求出来，一般情况是把前 k 阶次关键路线求出来。能做到这一点，压缩工期的问题就大大简化。例如，在上面的例子中，我们用路长大于 995 天的几条路线组成的子网络代替原始网络，其计算结果相同，但计算量却大为减少，尤其是压缩量较小时，优点更明显。

但是，目前 CPM 网络计划中求关键路线的方法不适用于求各阶次关键路线，动态规划法等其他方法求 k 阶次关键路线太过复杂，并且目前还没有简化方法，即使求最简单的次关键路线也十分复杂。

本节由后单时差和前单时差的概念推导出重要结论：任何一条路线与关键路线的路长之差等于该条路线上各工序的后(前)单时差之和。根据这个结论，后(前)单时差之和最小的路线就是次关键路线；后(前)单时差之和次小的路线就是次次关键路线等。根据这个原理，设计出一种方法，可以很方便地找出网络中的 k 阶次关键路线。该方法可以通过局部寻优达到全局寻优的结果，因而大大简化了计算工作量。同时，该方法的理论基础是后单时差定理和前单时差定理，这两个定理不但对解决 k 阶次关键路线很重要，而且还是研究其他问题的基础，为我们提供了 CPM 网络计划研究的新理论和新思路，从发展的角度看，意义很大。

9.2.1　求 k 阶次关键路线的后单时差法

1. 基本概念和定理

1) k 级前标准工序、k 级前特征值和 k 级前标准路线

(1) 某关键节点(r)的紧前工序中，后单时差不为零的工序(t,r)称为节点(r)的1级前标准工序，记为 $A_r^1(t)$，称 FF_{tr}^{Δ} 为节点(r)相对节点(t)的1级前特征值。节点(r)相对节点(t)的1级前标准路线 $\mu_{(t,r)}^1$ 为

$$\mu_{(t,r)}^1=\mu_t^*+(t,r)+\mu_r^{\oplus}=\mu_t^*+A_r^1(t)+\mu_r^{\oplus} \tag{9-2-1}$$

(2) 对于关键节点(r)的1级前标准工序 $A_r^1(t)$的前主链 μ_t^* 上的任意节点(s)，当(s)的紧前工序(p,s)的后单时差大于零时，称(p,s)为关键节点(r)的2级前标准工序，记为

$$A_r^2(p)=(p,s)$$

关键节点(r)相对节点(p)的2级前特征值 $D_r^2(p)$定义为

$$\begin{aligned}D_r^2(p)&=FF_{A_r^2(p)}^{\Delta_2}+D_r^1(t)=FF_{ps}^{\Delta}+FF_{tr}^{\Delta}\\&=FF_{A_r^2(p)}^{\Delta_2}+FF_{A_r^1(t)}^{\Delta_1}\end{aligned}$$

关键节点(r)相对节点(p)的2级前标准路线 $\mu_{(p,r)}^2$ 定义为

$$\begin{aligned}\mu_{(p,r)}^2&=\mu_p^*+(p,s)+\cdots+(i,j)+\cdots+(t,r)+\mu_r^{\oplus}\\&=\mu_p^*+A_r^2(p)+\cdots+A+\cdots+A_r^1(t)+\mu_r^{\oplus}\end{aligned}$$

其中，

$$FF_{ij}^{\Delta}=0,\quad FF_A^{\Delta}=0$$

因为由定义可知，μ_p^* 和 $\mu_r^{\oplus}$ 上的工序其后单时差皆为零，所以推知路线 $\mu_{(p,r)}^2$ 上除1级前标准工序 $A_r^1(t)$和2级前标准工序 $A_r^2(p)$之外，其他工序的后单时差皆为零，即

$$FF_{\mu_{(p,r)}^2}^{\Delta_2}=FF_{A_r^2(p)}^{\Delta_2}+FF_{A_r^1(t)}^{\Delta_1}=D_r^2(p)$$

(3) 对于关键节点(r)的 k 级前标准工序 $A_r^k(e)$的前主链 μ_e^* 上的任意节点(v)，当(v)的紧前工序(u,v)的后单时差不为零时，称工序(u,v)为节点(r)相对节点(u)的 $k+1$ 级前标准工序，记为 $A_r^{k+1}(u)$。节点(r)相对节点(u)的 $k+1$ 级前特征值 $D_r^{k+1}(u)$定义为

$$D_r^{k+1}(u)=FF_{uv}+D_r^k(e)=FF_{A_r^{k+1}}+FF_{A_r^k}+\cdots+FF_{A_r^1} \tag{9-2-2}$$

节点(r)相对于节点(u)的 $k+1$ 级前标准路线 $\mu_{(u,r)}^{k+1}$ 定义为由下列工序组成的路线：$k+1$ 级前标准工序(u,v)的前主链 μ_u^*；关键节点(r)的后主链 $\mu_r^{\oplus}$；各级前标准工序 $A_r^1,A_r^2,\cdots,A_r^k,A_r^{k+1}$；$A_r^i$ 与 A_r^{i+1} 之间的若干个后单时差为零的工序 A，即

$$\begin{aligned}\mu_{(u,r)}^{k+1}=\mu_u^*&+A_r^{k+1}(u)+\cdots+A_i+\cdots\\&+A_r^k(e)+\cdots+A_j+\cdots+A_r^1(t)+\mu_r^{\oplus}\end{aligned} \tag{9-2-3}$$

由定义可知，μ_u^* 和 $\mu_r^\oplus$ 上的工序后单时差皆为零，再由 $\mu_{(u,r)}^{k+1}$ 的定义，$A_r^{k+1}(u)$ 和 $A_r^1(t)$之间的工序，除(r)的各级前标准工序的后单时差不为零外，其他工序的后单时差皆为零。由路线后单时差的定义可得

$$\mathrm{FF}_{\mu_{(u,r)}^{k+1}}^{\Delta} = \mathrm{FF}_{A_r^{k+1}(u)}^{\Delta} + \mathrm{FF}_{A_r^{k}(e)}^{\Delta} + \cdots + \mathrm{FF}_{A_r^{1}(t)}^{\Delta}$$

再由式(9-2-2)得

$$\mathrm{FF}_{\mu_{(u,r)}^{k+1}}^{\Delta} = D_r^{k+1}(u)$$

即

$$\mathrm{FF}_{\mu_{(u,r)}^{k}}^{\Delta} = D_r^{k}(u) \tag{9-2-4}$$

2) 基本定理

引理 9.2.1　对于任意关键节点(r)的 k 级前标准工序(i,j)和 $k+1$ 级前标准工序(s,t)，必定存在后单时差为零的一些工序，通过这些工序可以把(i,j)和(s,t)连接在一起。

证明　对任意工序(i,j)，一定存在一条前主链 μ_i^*。已知(i,j)是关键节点(r)的 k 级前标准工序，由定义，(r)的 $k+1$ 级前标准工序(s,t)的节点$(t)\in\mu_i^*$，所以线段$(t)\rightarrow\cdots\rightarrow(i)$是 μ_i^* 的一部分。由定义，μ_i^* 是由后单时差为零的工序组成，所以线段$(t)\rightarrow\cdots\rightarrow(i)$也是由后单时差为零的工序组成。所以引理成立。
证毕。

推论 9.2.1　对于任意关键节点(r)的 $k,k-1,\cdots,2,1$ 级前标准工序，必定存在后单时差为零的若干工序，通过这些工序可以把(r)的 k 个前标准工序连成一条由源点(1)到汇点(w)的路线，且该路线就是(r)的一条 k 级前标准路线。

证明　设(r)的 k 个前标准工序为$(i_k,j_k),(i_{k-1},j_{k-1}),\cdots,(i_2,j_2),(i_1,r)$，存在后单时差为零的工序把源点(1)和节点$(i_k)$连起来，得

$$\mu_{i_k}^* = (1)\rightarrow\cdots\rightarrow(i_k)$$

再由引理 9.2.1，一定存在若干后单时差为零的工序把 k 个前标准工序连起来，形成线段

$$(i_k)\rightarrow(j_k)\rightarrow\cdots\rightarrow(i_{k-1})\rightarrow(j_{k-1})\rightarrow\cdots\rightarrow(i_2)\rightarrow(j_2)\rightarrow\cdots\rightarrow(i_1)\rightarrow(r)$$

再根据 $\mu_r^\oplus$ 的定义，一定存在关键工序把(r)与汇点连起来得 $\mu_r^\oplus$，即

$$\mu_r^\oplus = (r)\rightarrow\cdots\rightarrow(e)\rightarrow(f)\rightarrow\cdots\rightarrow(w)$$

因为关键工序(e,f)的机动时间为零，所以 $\mathrm{TF}_{ef}=0$，得

$$\mathrm{TF}_{ef} = \mathrm{FF}_{ef}^{\Delta} + \mathrm{IF}_{ef}^{\Delta} = 0$$

因为 $\mathrm{FF}_{ef}^{\Delta}\geqslant0$，$\mathrm{IF}_{ef}^{\Delta}\geqslant0$，所以

$$\mathrm{FF}_{ef}^{\Delta} = 0$$

$\mu_r^\oplus$ 也是由后单时差为零的工序连接而成的。

由定义，关键节点(r)的 k 级前标准路线为

$$\mu_{(i_k,r)}^{k}=\mu_{i_k}^{*}+(i_k,j_k)+\cdots+(i_{k-1},j_{k-1})+\cdots+(i_2,j_2)+\cdots+(i_1,r)+\mu_r^{\oplus}$$

由上述证明可知,(r)的 k 个前标准工序可用后单时差为零的工序连成该节点的一条 k 级前标准路线。

证毕。

前特征值定理　前标准路线的前特征值越小,则该条路线就越长,即当 $D_r^m(i)<D_g^n(j)$,则

$$|\mu_{(i,r)}^{m}|>|\mu_{(j,g)}^{n}| \tag{9-2-5}$$

证明　由式(9-2-4)推知

$$D_r^m(i)=\mathrm{FF}_{\mu_{(i,r)}^{m}}^{\Delta},\quad D_g^n(j)=\mathrm{FF}_{\mu_{(j,g)}^{n}}^{\Delta}$$

因为已知 $D_r^m(i)<D_g^n(j)$,所以

$$\mathrm{FF}_{\mu_{(i,r)}^{m}}^{\Delta}<\mathrm{FF}_{\mu_{(j,g)}^{n}}^{\Delta} \tag{9-2-6}$$

由路线后单时差概念可得

$$|\mu^{\nabla}|-|\mu_{(j,g)}^{n}|=\mathrm{FF}_{\mu_{(j,g)}^{n}}^{\Delta} \tag{9-2-7}$$

$$|\mu^{\nabla}|-|\mu_{(i,r)}^{m}|=\mathrm{FF}_{\mu_{(i,r)}^{m}}^{\Delta} \tag{9-2-8}$$

将式(9-2-8)和式(9-2-7)相减得

$$\mathrm{FF}_{\mu_{(i,r)}^{m}}^{\Delta}-\mathrm{FF}_{\mu_{(j,g)}^{n}}^{\Delta}=|\mu_{(j,g)}^{n}|-|\mu_{(i,r)}^{m}| \tag{9-2-9}$$

由式(9-2-6)、式(9-2-9)得

$$|\mu_{(j,g)}^{n}|<|\mu_{(i,r)}^{m}|$$

所以当 $D_r^m(i)<D_g^n(j)$,则

$$|\mu_{(i,r)}^{m}|>|\mu_{(j,g)}^{n}|$$

定理成立。

证毕。

2. 方法描述

在现实生活中,很少有要求把每条路线都求出来的情况,大多数情况下只是要求把最长或较长的几条路线求出来即可。例如,要把总工期 100 天压缩到 95 天,即缩短 $\Delta T=5$,则只需把路长大于 95 天的几条路线求出来就可以了。根据后单时差定理,只需把路线的后单时差之和小于 $\Delta T=5$ 天的路线找出来即可。再根据式(9-2-4)可知,只需把前特征值 $D_r^k(u)<\Delta T=5$ 天的前标准路线找出来就可以了。因此,只需讨论下面的问题:对任意给定的 ΔT,找出与关键路线的路长之差小于 ΔT 的所有路线。具体的寻找步骤如下:

(1) 找出关键路线 μ^{∇}(或称为零阶次关键路线 μ^0,即 $\mu^{\nabla}=\mu^0$)。

按目前流行的做法,把节点时差 $\mathrm{TF}_i=0$ 的节点(i)连在一起,择其最长者,即 μ^{∇};或把机动时间 $\mathrm{TF}_{ij}=0$ 的工序(i,j)连在一起,即 μ^{∇}。

(2) 求所有关键节点 (r) 的 1 级前标准工序(i,r)的 1 级前特征值

$$D_r^1(i) = \mathrm{FF}_{ir}^{\Delta}$$

(3) 把 $D_r^1(i) \geqslant \Delta T$ 的前特征值去掉，将 $D_r^1(i) < \Delta T$ 的前特征值构成集合 Ω^1。

(4) 令 $k=1$，在集合 Ω^k 上编制特征值表 G^k。

① 把 Ω^k 内各前特征值由小到大排列，得 $I_1^k, I_2^k, \cdots, I_n^k$，且当 $I_s^k = I_{s+1}^k$，$I_s^k = D_p^u(i)$，$I_{s+1}^k = D_q^v(j)$，则 $u<v$；当 $u=v$ 时，$i<j$。

② 标出各级前标准工序。

设 $I_m^k = D_s^t(u_t)$，$m=1,2,\cdots,n$，$t \leqslant k$，则在 I_m^k 后面的括号内按顺序标出关键节点 (s)的第 $t, t-1, t-2, \cdots, 2, 1$ 级前标准工序(u_t, v_t)，(u_{t-1}, v_{t-1})，(u_{t-2}, v_{t-2})，$\cdots$，(u_2, v_2)，(u_1, s)，得表 G^k 如下：

$$I_1^k = D_e^c(a_c) : [(a_c, b_c), (a_{c-1}, b_{c-1}), \cdots, (a_2, b_2), (a_1, e)]$$

$$\vdots$$

$$I_m^k = D_s^t(u_t) : [(u_t, v_t), (u_{t-1}, v_{t-1}), \cdots, (u_2, v_2), (u_1, s)]$$

$$\vdots$$

$$I_n^k = D_h^f(p_f) : [(p_f, q_f), (p_{f-1}, q_{f-1}), \cdots, (p_2, q_2), (p_1, h)]$$

(5) 找出第 k 阶次关键路线 μ^k。

在 G^k 表中，取 $I_1^k = D_e^c(a_c) : [(a_c, b_c), (a_{c-1}, b_{c-1}), \cdots, (a_2, b_2), (a_1, e)]$，用后单时差为零的工序把工序$(a_c, b_c)$，$(a_{c-1}, b_{c-1})$，$\cdots$，$(a_2, b_2)$，$(a_1, e)$连成一条路线，即 μ^k。

(6) 找出与 I_1^k 对应的 c 级前标准工序(a_c, b_c)的前主链 $\mu_{a_c}^*$。具体方法参见 3.1.1 节。

(7) 找出 $\mu_{a_c}^*$ 上所有的 $c+1$ 级前标准工序(a_{c+1}, b_{c+1})，并计算每个(a_{c+1}, b_{c+1})的前特征值

$$D_e^{c+1}(a_{c+1}) = D_e^c(a_c) + \mathrm{FF}_{a_{c+1}b_{c+1}}^{\Delta}$$

(8) 构成集合 Ω^{k+1}。

① 把 $D_e^{c+1}(a_{c+1}) \geqslant \Delta T$ 的前特征值去掉，将 $D_e^{c+1}(a_{c+1}) < \Delta T$ 的前特征值组成 Ω_1^{k+1}。

② 把 G^k 表中 I_1^k 去掉后的剩余元素组成集合

$$\Omega_2^{k+1} = \{I_2^k, I_3^k, \cdots, I_n^k\}$$

③ 令 $\Omega^{k+1} = \Omega_1^{k+1} + \Omega_2^{k+1}$。

(9)检验。

① 若 $\Omega^{k+1} = \varnothing$，则停止。

② 若 Ω^{k+1}不空，则用 Ω^{k+1}代替 Ω^k，用 $k+1$ 代替 k 后转(4)。

3. *方法正确性分析*

(1) 若 $\Delta T>0$，用该方法最多可找出 n 条路线，$|\mu^1| \geqslant |\mu^2| \geqslant \cdots \geqslant |\mu^n|$。当

$\Delta T'>\Delta T$，对 $\Delta T'$ 最多可找出 m 条路线，$|\mu'^1|\geqslant|\mu'^2|\geqslant\cdots\geqslant|\mu'^m|$，则 $n<m$，$\mu^1=\mu'^1,\mu^2=\mu'^2,\cdots,\mu^n=\mu'^n$。

① **先证** 当 $\Omega^k\neq\varnothing$时，$k\leqslant n$，则 $I_1^k=I_1'^k$，且

$$\Omega'^k=\Omega^k+\Omega''^k \tag{9-2-10}$$

a. 当 $k=1$ 时，由步骤(3)，即

$$\Omega^1=\{D_r^1(i)\mid D_r^1(i)<\Delta T\}$$

$$\Omega'^1=\{D_r^1(i)\mid D_r^1(i)<\Delta T'\} \tag{9-2-11}$$

其中，工序(i,r)是关键节点(r)的 1 级前标准工序。

因为已知 $\Delta T<\Delta T'$，所以

$$\Omega'^1=\{D_r^1(i)\mid D_r^1(i)<\Delta T\}+\{D_r^1(i)\mid\Delta T\leqslant D_r^1(i)<\Delta T'\}$$

令

$$\{D_r^1(i)\mid\Delta T\leqslant D_r^1(i)<\Delta T'\}=\Omega''^1 \tag{9-2-12}$$

则

$$\Omega^1\cap\Omega''^1=\varnothing \tag{9-2-13}$$

$$\Omega'^1=\Omega^1+\Omega''^1 \tag{9-2-14}$$

由步骤(4)中的①知

$$I_1'^1=\min\{I'^1\mid I'^1\in\Omega'^1\}=\min\{I^1\mid I^1\in\Omega^1\}=I_1^1 \tag{9-2-15}$$

所以当 $k=1$ 时，命题成立。

b. 当 $k=2$ 时，设 $I_1^1=D_r^1(a_1)=I_1'^1$，由步骤(6)求出(a_1)的前主链 $\mu_{a_1}^*$，由步骤(7)求出所有 $\mu_{a_1}^*$ 上节点(γ)的 2 级前标准工序(a_2,b_2)及其前特征值，即

$$D_r^2(a_2)=D_r^1(a_1)+\mathrm{FF}_{a_2b_2}^{\Delta}$$

由步骤(8)中的①，求出

$$\Omega_1^2=\{D_r^2(a_2)\mid D_r^2(a_2)<\Delta T\}$$

$$\Omega_1'^2=\{D_r^2(a_2)\mid D_r^2(a_2)<\Delta T'\} \tag{9-2-16}$$

因为 $\Delta T<\Delta T'$，所以

$$\Omega_1'^2=\{D_r^2(a_2)|D_r^2(a_2)<\Delta T\}+\{D_r^2(a_2)|\Delta T\leqslant D_r^2(a_2)<\Delta T'\}$$

设

$$\Omega_1''^2=\{D_r^2(a_2)|\Delta T\leqslant D_r^2(a_2)<\Delta T'\} \tag{9-2-17}$$

由式(9-2-16)、式(9-2-17)，$\Omega_1^2\cap\Omega_1''^2=\varnothing$，所以

$$\Omega_1'^2=\Omega_1^2+\Omega_1''^2 \tag{9-2-18}$$

由步骤(8)中的②知

$$\Omega_2^2=\Omega^1-I_1^1 \tag{9-2-19}$$

$$\Omega_2'^2=\Omega'^1-I_1'^1 \tag{9-2-20}$$

把式(9-2-14)、式(9-2-15)代入式(9-2-20)得

$$\Omega_2'^2 = \Omega^1 + \Omega''^1 - I_1^1$$

再由式(9-2-19)

$$\Omega_2'^2 = \Omega_2^2 + \Omega''^1 \qquad (9\text{-}2\text{-}21)$$

由步骤(8)中的③知

$$\Omega^2 = \Omega_1^2 + \Omega_2^2 \qquad (9\text{-}2\text{-}22)$$

$$\Omega'^2 = \Omega_1'^2 + \Omega_2'^2 \qquad (9\text{-}2\text{-}23)$$

把式(9-2-18)、式(9-2-21)代入式(9-2-23)得

$$\Omega'^2 = (\Omega_1^2 + \Omega_1''^2) + (\Omega_2^2 + \Omega''^1)$$

再由式(9-2-22)得

$$\Omega'^2 = \Omega^2 + (\Omega_1''^2 + \Omega''^1)$$

令

$$\Omega_1''^2 + \Omega''^1 = \Omega''^2 \qquad (9\text{-}2\text{-}24)$$

则

$$\Omega'^2 = \Omega^2 + \Omega''^2 \qquad (9\text{-}2\text{-}25)$$

由式(9-2-22)

$$\Omega^2 = \Omega_1^2 + \Omega_2^2$$

因为若 $I \in \Omega_1^2$，由式(9-2-16)可知

$$I < \Delta T$$

若 $I \in \Omega_2^2$，由式(9-2-19)，$I \in \Omega^1$，由步骤(3)可知

$$I < \Delta T$$

所以总有 $I \in \Omega^2$ 时

$$I < \Delta T \qquad (9\text{-}2\text{-}26)$$

由式(9-2-24)

$$\Omega''^2 = \Omega_1''^2 + \Omega''^1$$

因为若 $I \in \Omega_1''^2$，由式(9-2-17)可知

$$\Delta T \leqslant I < \Delta T'$$

若 $I \in \Omega''^1$，由式(9-2-12)可知

$$\Delta T \leqslant I < \Delta T'$$

所以若 $I \in \Omega''^2$时，则

$$\Delta T \leqslant I < \Delta T' \qquad (9\text{-}2\text{-}27)$$

由式(9-2-26)、式(9-2-27)，知

$$\Omega^2 \cap \Omega''^2 = \varnothing$$

由步骤(4)中的①知

$$I_1^2 = \min\{I^2 \mid I^2 \in \Omega^2\}$$

$$I_1'^2 = \min\{I'^2 \mid I'^2 \in \Omega'^2\}$$

由式(9-2-25)～式(9-2-27)，知

$$\min\{I^2 \mid I^2 \in \Omega^2\} = \min\{I'^2 \mid I'^2 \in \Omega'^2\}$$

所以

$$I_1^2 = I_1'^2$$

即当 $k=2$ 时，命题亦成立。

c. 当设 $k=c$ 时命题成立，c 为任意自然数，即若 $I\in\Omega^c$，则 $I<\Delta T$，若 $I\in\Omega''^c$，则 $\Delta T\leqslant I<\Delta T$，所以 $\Omega^c\cap\Omega''^c=\varnothing$，且

$$\Omega'^c = \Omega^c + \Omega''^c \tag{9-2-28}$$

$$I_1^c = I_1'^c \tag{9-2-29}$$

现证当 $k=c+1$ 时，命题亦成立。

设 $I_1^c=I_1'^c=D_r^t(a_t)$，(r)为关键节点，(a_t,b_t)是(r)的 t 级前标准工序，由步骤(6)，求(a_t)的前主链 $\mu_{a_t}^*$，由步骤(7)，求出(r)的所有 $t+1$ 级前标准工序(a_{t+1},b_{t+1})及前特征值

$$D_r^{t+1}(a_{t+1}) = D_r^t(a_t) + \mathrm{FF}_{a_tb_t}^{\Delta}$$

再由步骤(8)中的①，对 ΔT，求出

$$\Omega_1^{c+1} = \{D_r^{t+1}(a_{t+1}) \mid D_r^{t+1}(a_{t+1}) < \Delta T\} \tag{9-2-30}$$

对 $\Delta T'$，求出

$$\Omega_1'^{c+1} = \{D_r^{t+1}(a_{t+1}) \mid D_r^{t+1}(a_{t+1}) < \Delta T'\}$$

因为 $\Delta T<\Delta T'$，所以

$$\begin{aligned}\Omega_1'^{c+1} = &\{D_r^{t+1}(a_{t+1}) \mid D_r^{t+1}(a_{t+1}) < \Delta T\}\\ &+\{D_r^{t+1}(a_{t+1}) \mid \Delta T \leqslant D_r^{t+1}(a_{t+1}) < \Delta T'\}\end{aligned}$$

令

$$\Omega_1''^{c+1} = \{D_r^{t+1}(a_{t+1}) \mid \Delta T \leqslant D_r^{t+1}(a_{t+1}) < \Delta T'\} \tag{9-2-31}$$

由式(9-2-30)、式(9-2-31)，知

$$\Omega_1'^{c+1} = \Omega_1^{c+1} + \Omega_1''^{c+1} \tag{9-2-32}$$

由步骤(8)中的②知

$$\Omega_2^{c+1} = \Omega^c - I_1^c \tag{9-2-33}$$

$$\Omega_2'^{c+1} = \Omega'^c - I_1'^c \tag{9-2-34}$$

再由步骤(8)中的③知

$$\Omega^{c+1} = \Omega_1^{c+1} + \Omega_2^{c+1} \tag{9-2-35}$$

$$\Omega'^{c+1} = \Omega_1'^{c+1} + \Omega_2'^{c+1} \tag{9-2-36}$$

把式(9-2-32)、式(9-2-34)、式(9-2-29)代入式(9-2-36)得

$$\Omega'^{c+1} = (\Omega_1^{c+1} + \Omega_1''^{c+1}) + (\Omega'^c - I_1^c)$$

由式(9-2-28)知

$$\Omega'^{c+1} = \Omega_1^{c+1} + \Omega_1''^{c+1} + \Omega^c + \Omega''^c - I_1^c$$

再由式(9-2-33)知

$$\Omega'^{c+1} = \Omega_1^{c+1} + \Omega_1''^{c+1} + \Omega_2^{c+1} + \Omega''^c$$

再由式(9-2-35)知

$$\Omega'^{c+1} = \Omega^{c+1} + (\Omega_1''^{c+1} + \Omega''^c)$$

令

$$\Omega''^{c+1} = \Omega_1''^{c+1} + \Omega''^c \tag{9-2-37}$$

$$\Omega'^{c+1} = \Omega^{c+1} + \Omega''^{c+1} \tag{9-2-38}$$

若 $I \in \Omega_1^{c+1}$，由式(9-2-30)知

$$I < \Delta T \tag{9-2-39}$$

若 $I \in \Omega_2^{c+1}$，则由式(9-2-33)，$I \in \Omega^c$，由假设可知

$$I < \Delta T \tag{9-2-40}$$

由式(9-2-35)知

$$\Omega^{c+1} = \Omega_1^{c+1} + \Omega_2^{c+1}$$

由式(9-2-39)、式(9-2-40)，若 $I \in \Omega^{c+1}$，则

$$I < \Delta T \tag{9-2-41}$$

由式(9-2-31)，若 $I \in \Omega_1''^{c+1}$，则

$$\Delta T \leqslant I < \Delta T' \tag{9-2-42}$$

由假设可知，若 $I \in \Omega''^c$，则

$$\Delta T \leqslant I < \Delta T' \tag{9-2-43}$$

由式(9-2-37)知

$$\Omega''^{c+1} = \Omega_1''^{c+1} + \Omega''^c$$

由式(9-2-42)、式(9-2-43)，当 $i \in \Omega''^{c+1}$，则

$$\Delta T \leqslant I < \Delta T' \tag{9-2-44}$$

由式(9-2-41)、式(9-2-44)，知

$$\Omega^{c+1} \cap \Omega''^{c+1} = \varnothing$$

且由步骤(4)中的①知

$$I_1'^{c+1} = \min\{I'^{c+1} \mid I'^{c+1} \in \Omega'^{c+1}\}$$

$$I_1^{c+1} = \min\{I^{c+1} \mid I^{c+1} \in \Omega^{c+1}\}$$

由式(9-2-38)、式(9-2-41)、式(9-2-44)，知

$$\min\{I'^{c+1} \mid I'^{c+1} \in \Omega'^{c+1}\} = \min\{I^{c+1} \mid I^{c+1} \in \Omega^{c+1}\}$$

所以

$$I_1'^{c+1} = I_1^{c+1}$$

即当 $k=c+1$ 时，命题亦成立。

当 $\Omega^{n+1} = \varnothing$ 时，根据步骤(9)中的①，停止，μ^{n+1} 不存在，所以在 μ^k 中，$1 \leqslant k \leqslant$

n。命题(1)成立。

② **再证** 当 $1 \leqslant k \leqslant n$ 时,$\mu^k = \mu'^k$。

根据式(9-2-10),当 $1 \leqslant k \leqslant n$ 时,$\Omega^k \neq \varnothing$,$I_1^k = I_1'^k$。设 $I_1^k = I_1'^k = D_r^t(a_t)$,根据步骤(5),由 I_1^k 和 $I_1'^k$ 求得的 μ^k 和 μ'^k 都是与 $D_r^t(a_t)$ 对应的由关键节点(r)的 $t, t-1, \cdots, 2, 1$ 级前标准工序 $(a_t, b_t), (a_{t-1}, b_{t-1}), \cdots, (a_2, b_2), (a_1, r)$ 和它们之间若干后单时差为零的工序组成的 t 级前标准路线

$$\mu_{a_t b_t}^t = (1) \to \cdots \to (a_t) \to (b_t) \to \cdots \to (a_{t-1}) \to (b_{t-1}) \to \cdots \to (a_2) \to (b_2) \to \cdots \to (a_1) \to (b_1) \to \cdots \to (w)$$

即 $\mu^k = \mu_{a_t b_t}^t = \mu'^k$,$\mu^k = \mu'^k$。由 $1 \leqslant k \leqslant n$,得

$$\mu^1 = \mu'^1, \mu^2 = \mu'^2, \cdots, \mu^n = \mu'^n$$

③ **再证** 当 $1 \leqslant k \leqslant m$ 时,$|\mu'^k| \geqslant |\mu'^{k+1}|$。

由式(9-2-36),知

$$\Omega'^{c+1} = \Omega_1'^{c+1} + \Omega_2'^{c+1}$$

根据步骤(4)中的①知

$$I_1'^c = \min\{I'^c \mid I'^c \in \Omega'^c\}$$

再由式(9-2-34)

$$\Omega_2'^{c+1} = \Omega'^c - I_1'^c$$

当 $I \in \Omega_2'^{c+1}$ 时

$$I \geqslant I_1'^c \tag{9-2-45}$$

根据步骤(5),由 $I_1'^c = D_r^c(a_c)$,求得 μ'^c,由步骤(6)、(7),求得

$$D_r^{c+1}(a_{c+1}) = D_r^c(a_c) + \mathrm{FF}_{a_{c+1} b_{c+1}}^{\Delta} = I_1'^c + \mathrm{FF}_{a_{c+1} b_{c+1}}^{\Delta}$$

由步骤(8)

$$\Omega_1'^{c+1} = \{D_r^{c+1}(a_{c+1}) \mid D_r^{c+1}(a_{c+1}) < \Delta T\}$$

再由上式得

$$\Omega_1'^{c+1} = \{(I_1'^c + \mathrm{FF}_{a_{c+1} b_{c+1}}^{\Delta}) \mid (I_1'^c + \mathrm{FF}_{a_{c+1} b_{c+1}}^{\Delta}) < \Delta T\}$$

所以当 $I \in \Omega'^{c+1}$,则

$$I = I_1'^c + \mathrm{FF}_{a_{c+1} b_{c+1}}^{\Delta}$$

由定义可知,$\mathrm{FF}_{a_{c+1} b_{c+1}}^{\Delta} > 0$,所以若 $I \in \Omega'^{c+1}$,则

$$I > I_1'^c \tag{9-2-46}$$

由式(9-2-36),知

$$\Omega'^{c+1} = \Omega_1'^{c+1} + \Omega_2'^{c+1}$$

所以当 $I \in \Omega'^{c+1}$ 时,则

$$I \geqslant I_1'^c \tag{9-2-47}$$

由步骤(4)中的①知

$$I_1'^{c+1} = \min\{I'^{c+1} \mid I'^{c+1} \in \Omega'^{c+1}\}$$

$$I_1'^{c+1} \geqslant I_1'^{c}$$

由于 c 的任意性,所以

$$I_1'^{k+1} \geqslant I_1'^{k}, \quad 1 \leqslant k \leqslant m$$

根据步骤(5),由 $I_1'^{k}$ 求得 μ'^{k},由 $I_1'^{k+1}$ 求得 μ'^{k+1}。再根据前特征值定理,μ'^{k+1} 的前特征值是 I'^{k+1},μ'^{k} 的前特征值是 I'^{k}。又因为 $I_1'^{k+1} \geqslant I_1'^{k}$,所以

$$|\mu_1'^{k}| \geqslant |\mu_1'^{k+1}|$$

因为 $1 \leqslant k \leqslant m$,所以

$$|\mu'^{1}| \geqslant |\mu'^{2}| \geqslant \cdots \geqslant |\mu'^{m-1}| \geqslant |\mu'^{m}|$$

由①、②、③的证明可知(1)成立。

证毕。

(2) 设 CPM 网络共有 m 条路线,当 ΔT 足够大时,如令 $\Delta T = T$,T 为总工期,再设用该方法共求得各阶次关键路线 n 条,求证:$m = n$。

① **先证** 对任意关键节点(r)的 t 级前特征值 $D_r^t(a_t)$ 都成立

$$D_r^t(a_t) < T$$

由步骤(5),根据 $I_1^k = D_r^t(a_t)$,求得

$$\mu^t_{(a_t, b_t)} = \mu^k$$

且由步骤(7)

$$\begin{aligned} D_r^t(a_t) &= D_r^{t-1}(a_{t-1}) + \mathrm{FF}^{\Delta}_{a_t b_t} \\ &= D_r^{t-2}(a_{t-2}) + \mathrm{FF}^{\Delta}_{a_{t-1} b_{t-1}} + \mathrm{FF}^{\Delta}_{a_t b_t} \\ &\ \ \vdots \\ &= \mathrm{FF}^{\Delta}_{a_1 r} + \mathrm{FF}^{\Delta}_{a_2 b_2} + \mathrm{FF}^{\Delta}_{a_3 b_3} + \cdots + \mathrm{FF}^{\Delta}_{a_t b_t} \end{aligned} \tag{9-2-48}$$

由步骤(5)

$$\mathrm{FF}^{\Delta}_{\mu^k} = \mathrm{FF}^{\Delta}_{a_1 r} + \mathrm{FF}^{\Delta}_{a_2 b_2} + \mathrm{FF}^{\Delta}_{a_3 b_3} + \cdots + \mathrm{FF}^{\Delta}_{a_t b_t} = D_r^t(a_t) \tag{9-2-49}$$

根据后单时差定理

$$|\mu^{\nabla}| - |\mu^k| = \mathrm{FF}^{\Delta}_{\mu^k}$$

所以

$$|\mu^{\nabla}| > \mathrm{FF}^{\Delta}_{\mu^k}$$

因为 $|\mu^{\nabla}| = T$,再由式(9-2-49),得

$$T > D_r^t(a_t)$$

由于 k、t 的任意性,所以命题成立。

② **再证** $m = n$。

假设 $m < n$,则至少存在一条路线 $\mu \notin \{\mu^1, \mu^2, \cdots, \mu^n\}$。可设 μ 上有 t 个后单时差大于零的工序(a_1, b_1),(a_2, b_2),$\cdots$,(a_t, b_t),其余工序后单时差皆为零,即

$$\begin{aligned} \mu = (1) &\rightarrow \cdots \rightarrow (a_t) \rightarrow (b_t) \rightarrow \cdots \rightarrow (a_{t-1}) \rightarrow (b_{t-1}) \\ &\rightarrow \cdots \rightarrow (a_1) \rightarrow (b_1) \rightarrow \cdots \rightarrow (w) \end{aligned}$$

其中，(1)为源点，(w)为汇点。

a. 先证(b_1)是关键节点。

设(b_1)与(w)之间的线段为$(b_1)\to(u)\to(v)\to\cdots\to(r)\to(s)\to(w)$，$(w)$是汇点，由$\mu$的所设

$$FF_{b_1u}^{\Delta}=FF_{uv}^{\Delta}=\cdots=FF_{rs}^{\Delta}=FF_{sw}^{\Delta}=0 \tag{9-2-50}$$

因为(w)是汇点，所以$LF_{sw}=T$，$ES_{sw}=T$，即

$$LF_{sw}-ES_{sw}=0 \tag{9-2-51}$$

由定义

$$\begin{aligned}TF_{sw}&=LF_{sw}-EF_{sw}=(LF_{sw}-ES_{w})+(ES_{w}-EF_{sw})\\&=(LF_{sw}-ES_{w})+FF_{sw}^{\Delta}\end{aligned}$$

由式(9-2-50)、式(9-2-51)，知

$$TF_{sw}=0$$

又因为$TF_{sw}=LS_{sw}-ES_{sw}$，所以

$$LS_{sw}=ES_{sw} \tag{9-2-52}$$

在CPM网络中，$LF_{ij}=\min\{LS_{jr_1},LS_{jr_2},\cdots,LS_{jr_m}\}$，所以$LF_{ij}\leqslant LS_{jr}$，即

$$LF_{rs}\leqslant LS_{sw} \tag{9-2-53}$$

由式(9-2-52)、式(9-2-53)，知

$$LF_{rs}\leqslant ES_{sw} \tag{9-2-54}$$

根据TF_{ij}和FF_{ij}^{Δ}的定义，以及式(9-2-54)、式(9-2-50)可得

$$0\leqslant TF_{rs}=LF_{rs}-EF_{rs}\leqslant ES_{sw}-EF_{rs}=FF_{sw}^{\Delta}=0$$

所以

$$TF_{rs}=0$$

同理可证，$TF_{b_1u}=0$，$TF_{uv}=0$，…，$TF_{rs}=0$，所以(b_1)是关键节点。

b. 现证$m=n$。

由a及定义可知，$\mu=\mu_{(a_t,b_1)}^{t}$，即

$$FF_{\mu}^{\Delta}=FF_{\mu_{(a_t,b_1)}}^{\Delta}=FF_{a_tb_t}^{\Delta}+\cdots+FF_{a_2b_2}^{\Delta}+FF_{a_1b_1}^{\Delta}$$

再由式(9-2-4)

$$FF_{\mu}^{\Delta}=D_{b_1}^{t}(a_t)=FF_{a_tb_t}^{\Delta}+\cdots+FF_{a_2b_2}^{\Delta}+FF_{a_1b_1}^{\Delta}$$

同理，$\mu_{(a_{t-1}b_1)}^{t-1}$的前特征值为

$$D_{b_1}^{t-1}(a_{t-1})=FF_{a_{t-1}b_{t-1}}^{\Delta}+\cdots+FF_{a_2b_2}^{\Delta}+FF_{a_1b_1}^{\Delta}$$

依次类推，$\mu_{(a_2,b_1)}^{2}$的前特征值为

$$D_{b_1}^{2}(a_2)=FF_{a_2b_2}^{\Delta}+FF_{a_1b_1}^{\Delta}$$

$\mu_{(a_1,b_1)}^{1}$的前特征值为

$$D_{b_1}^{1}(a_1)=FF_{a_1b_1}^{\Delta}$$

由 a 中的证明结果可知

$$D_{b_1}^1(a_1) < \Delta T$$

由步骤(3)

$$D_{b_1}^1(a_1) \in \Omega^1$$

a) 现证 $\mu_{(a_1,b_1)}^1 \in \{\mu^1,\mu^2,\cdots,\mu^n\}$。

若在步骤(4)的①中，$I_1^1=D_{b_1}^1(a_1)$，则由步骤(5)，求得

$$\mu^1 = \mu_{(a_1,b_1)}^1$$

所以

$$\mu_{(a_1,b_1)}^1 \in \{\mu^1,\mu^2,\cdots,\mu^n\}$$

若 $I_1^1 \neq D_{b_1}^1(a_1)$，由步骤(8)的②和③知

$$D_{b_1}^1(a_1) \in \Omega^2$$

在步骤(4)的①中，若 $I_1^2=D_{b_1}^1(a_1)$，则

$$\mu^2 = \mu_{(a_1,b_1)}^1$$

所以

$$\mu_{(a_1,b_1)}^1 \in \{\mu^1,\mu^2,\cdots,\mu^n\}$$

若 $I_1^2 \neq D_{b_1}^1(a_1)$，同理

$$D_{b_1}^1(a_1) \in \Omega^3$$

依次类推。

因步骤(9)的①中，只有当 $D_{b_1}^1(a_1)=I_1^k$，$\mu_{(a_1,b_1)}^1=\mu^k \in \{\mu^1,\mu^2,\cdots,\mu^n\}$时，才可能停下来，否则就会一直进行下去，所以必有

$$\mu_{(a_1,b_1)}^1 \in \{\mu^1,\mu^2,\cdots,\mu^n\}$$

b) 假设 $\mu=\mu_{(a_t,b_1)}^t \notin \{\mu^1,\mu^2,\cdots,\mu^n\}$，但 $\mu_{(a_{t-1},b_1)}^{t-1} \in \{\mu^1,\mu^2,\cdots,\mu^n\}$。

设 $\mu_{(a_{t-1},b_1)}^{t-1}=\mu^e$，由步骤(4)可知

$$I_1^e = D_{b_1}^{t-1}(a_{t-1}) \in \Omega^e$$

由步骤(6)，求(a_{t-1},b_{t-1})的前主链 $\mu_{a_{t-1}}^*$。由 μ 所设，在节点(b_t)与(a_{t-1})之间的工序其后单时差皆为零。因为在 $\mu_{a_{t-1}}^*$ 上的工序其后单时差皆为零，所以(b_t)与(a_{t-1})之间的工序都在 $\mu_{a_{t-1}}^*$ 上，$(b_t) \in \mu_{a_{t-1}}^*$。又由所设，$FF_{a_t b_t}^{\Delta} \neq 0$，由前标准工序定义，$(a_t,b_t)$是关键节点$(b_1)$的 t 级前标准工序，且前特征值为 $D_{b_1}^t(a_t)$。由(1)中证明的结论，$D_{b_1}^t(a_t)<T$，当 $\Delta T=T$ 时

$$D_{b_1}^t(a_t) < \Delta T$$

由步骤(8)的①知

$$D_{b_1}^t(a_t) \in \Omega^{e+1}$$

与 a)同理可证，必定存在 $I_1^s=D_{b_1}^t(a_t)$，$e+1 \leqslant s \leqslant n$，所以 $\mu_{(a_t,b_1)}^t=\mu^s$，即

$$\mu = \mu_{(a_t,b_1)}^t \in \{\mu^1,\mu^2,\cdots,\mu^n\}$$

与假设矛盾,所以命题错误。

c) 假设 $\mu^{t}_{(a_t,b_1)},\mu^{t-1}_{(a_{t-1},b_1)},\cdots,\mu^{u}_{(a_u,b_1)}\notin\{\mu^1,\mu^2,\cdots,\mu^n\}$,但 $\mu^{u-1}_{(a_{u-1},b_1)}\in\{\mu^1,\mu^2,\cdots,\mu^n\}$。

用 b)的方法可证其不成立。因为根据 a)中的结论,可作 c)的假设。

由①和②可知,(2)成立。

证毕。

(3) 由(1)和(2)可知,无论 ΔT 多小,求得的 k 条路线都是全局最长的;当 ΔT 足够大时,不但能把网络图中所有的路线求出来,而且能按从大到小顺序依次排列出来。所以该方法正确。

4. 方法的复杂性分析

假设网络中共有 n 个工序,算法的计算复杂性分析如下:

步骤(1):需要计算所有工序的总时差,找出总时差为零的工序连成关键路线,复杂度为 $O(n)$。

步骤(2):需要计算工序后单时差,最多计算 n 次,复杂度为 $O(n)$。

步骤(3):进行比较前特征值与给定值的大小,将较小者留下,最多计算 n 次,复杂度为 $O(n)$。

步骤(4):① 将选定的前特征值从小到大排列,复杂度为 $O(n)$;② 分别找出每个前特征值包含的前标准工序,每个前特征值最多计算 n 次,最多有 n 个前特征值,复杂度为$O(n^2)$。所以,步骤(4)的复杂度为 $O(n^2)$。

步骤(5):搜索后单时差为零的工序并与相应的前标准工序连成路线,复杂度为 $O(n)$。

步骤(6):搜索后单时差为零的工序连成某工序的前主链,复杂度为 $O(n)$。

步骤(7):再次进行前特征值计算,复杂度为 $O(n)$。

步骤(8):通过删除集合中一部分原有前特征值,添加一部分新的前特征值的方式进行集合更新,复杂度为 $O(n)$。

步骤(9):检验,最多检验 n 次,复杂度为 $O(n)$。

所以,步骤(1)~(9)运行一次的复杂度为 $O(n^2)$。

由于算法在步骤(4)~(9)之间循环,每一次循环都围绕一个工序来计算,所以最多循环 n 次。可见,该算法的计算复杂度为

$$nO(n^2)=O(n^3)$$

9.2.2 求 k 阶次关键路线的前单时差法

1. 基本概念和定理

1) k 级后标准工序、k 级后特征值和 k 级后标准路线

(1) 某关键节点(r)的紧后工序中,前单时差不为零的工序(r,t)称为节点(r)

的1级后标准工序，记为$B_r^1(t)$，称$^{\Delta}FF_{rt}$为节点(r)相对节点(t)的1级后特征值。节点(r)相对节点(t)的1级后标准路线$\mu_{(r,t)}^1$为

$$\begin{aligned}\mu_{(r,t)}^1 &= \mu_r^* + (r,t) + \mu_t^{\oplus} \\ &= \mu_r^* + B_r^1(t) + \mu_t^{\oplus}\end{aligned} \tag{9-2-55}$$

(2) 对于关键节点(r)的1级后标准工序$B_r^1(t)$的后主链$\mu_t^{\oplus}$上的任意节点(s)，当(s)的紧后工序(s,p)的前单时差大于零时，称(s,p)为关键节点(r)的2级后标准工序，记为

$$B_r^2(p) = (s,p)$$

关键节点(r)相对节点(p)的2级后特征值$C_r^2(p)$定义为

$$C_r^2(p) = {}^{\Delta}FF_{A_r^2(p)} + C_r^1(t) = {}^{\Delta}FF_{ps} + {}^{\Delta}FF_{rt} = {}^{\Delta}FF_{B_r^2(p)} + {}^{\Delta}FF_{B_r^1(t)}$$

关键节点(r)相对节点(p)的2级后标准路线$\mu_{(r,p)}^2$定义为

$$\begin{aligned}\mu_{(r,p)}^2 &= \mu_r^* + (r,t) + \cdots + (i,j) + \cdots + (s,p) + \mu_p^{\oplus} \\ &= \mu_r^* + B_r^2(t) + \cdots + B + \cdots + B_r^1(p) + \mu_p^{\oplus}\end{aligned}$$

因为

$$^{\Delta}FF_{ij} = 0$$

所以有

$$^{\Delta}FF_B = 0$$

因为由定义可知，μ_r^*和$\mu_p^{\oplus}$上的工序其前单时差皆为零，所以，推知路线$\mu_{(r,p)}^2$上除1级后标准工序$B_r^1(t)$和2级后标准工序$B_r^2(p)$之外，其他工序B的前单时差皆为零，即

$$^{\Delta}FF_{\mu_{(r,p)}^2} = {}^{\Delta}FF_{B_r^2(p)} + {}^{\Delta}FF_{B_r^1(t)} = C_r^2(p)$$

(3) 对于关键节点(r)的k级后标准工序$B_r^k(e)$的后主链$\mu_e^{\oplus}$上的任意节点(u)，当(u)的紧后工序(u,v)的前单时差不为零时，称工序(u,v)为节点(r)相对节点(v)的$k+1$级后标准工序，记为$B_r^{k+1}(v)$。节点(r)相对节点(v)的$k+1$级后特征值$C_r^{k+1}(v)$定义为

$$\begin{aligned}C_r^{k+1}(v) &= {}^{\Delta}FF_{uv} + C_r^k(e) \\ &= {}^{\Delta}FF_{B_r^{k+1}} + {}^{\Delta}FF_{B_r^k} + \cdots + {}^{\Delta}FF_{B_r^1}\end{aligned} \tag{9-2-56}$$

节点(r)相对于节点(v)的$k+1$级后标准路线$\mu_{(r,v)}^{k+1}$定义为由下列工序组成的路线：$k+1$级后标准工序(u,v)的后主链$\mu_v^{\oplus}$；关键节点(r)的前主链μ_r^*；各级后标准工序$B_r^1, B_r^2, \cdots, B_r^k, B_r^{k+1}$；$B_r^i$与$B_r^{i+1}$之间的若干个前单时差为零的工序$B$，即

$$\begin{aligned}\mu_{(r,v)}^{k+1} = \mu_r^* &+ B_r^{k+1}(u) + \cdots + B_i + \cdots \\ &+ B_r^k(e) + \cdots + B_j + \cdots + B_r^1(t) + \mu_v^{\oplus}\end{aligned} \tag{9-2-57}$$

由定义可知，μ_r^*和$\mu_v^{\oplus}$上的工序前单时差皆为零，再由$\mu_{(r,v)}^{k+1}$的定义，$B_r^{k+1}(v)$

和 $B_r^1(t)$ 之间的工序，除 (r) 的各级后标准工序的前单时差不为零外，其他工序的前单时差皆为零。由路线前单时差的定义可得

$$^{\Delta}\mathrm{FF}_{\mu_{(r,v)}^{k+1}} = {}^{\Delta}\mathrm{FF}_{B_r^{k+1}(v)} + {}^{\Delta}\mathrm{FF}_{B_r^k(e)} + \cdots + {}^{\Delta}\mathrm{FF}_{B_r^1(t)}$$

$$^{\Delta}\mathrm{FF}_{\mu_{(r,v)}^{k+1}} = C_r^{k+1}(v)$$

即

$$^{\Delta}\mathrm{FF}_{\mu_{(r,v)}^{k}} = C_r^{k}(v) \tag{9-2-58}$$

2) 基本定理

引理 9.2.2 对于任意关键节点 (r) 的 k 级后标准工序 (i,j) 和 $k+1$ 级后标准工序 (s,t)，必定存在前单时差为零的一些工序，通过这些工序可以把 (i,j) 和 (s,t) 连接在一起。

证明 对任意工序 (i,j)，一定存在一条后主链 $\mu_j^{\oplus}$。已知 (i,j) 是关键节点 (r) 的 k 级后标准工序，由定义，(r) 的 $k+1$ 级后标准工序 (s,t) 的节点 $(s)\in\mu_j^{\oplus}$，所以路线段 $(j)\to\cdots\to(s)$ 是 $\mu_j^{\oplus}$ 的一部分。由定义，$\mu_j^{\oplus}$ 是由前单时差为零的工序组成，所以路线段 $(j)\to\cdots\to(s)$ 也是由前单时差为零的工序组成。所以引理成立。证毕。

推论 9.2.2 对于任意关键节点 (r) 的 $k,k-1,\cdots,2,1$ 级后标准工序，必定存在前单时差为零的若干工序，通过这些工序可以把 (r) 的 k 个后标准工序连成一条由源点(1)到汇点 (w) 的路线，且该路线就是 (r) 的一条 k 级后标准路线。

证明 设 (r) 的 k 个后标准工序为 $(r,j_1),(i_2,j_2),\cdots,(i_{k-1},j_{k-1}),(i_k,j_k)$，存在前单时差为零的工序把节点 (j_k) 和汇点 (w) 连起来，得

$$\mu_{j_k}^{\oplus} = (j_k)\to\cdots\to(w)$$

再由引理 9.2.2，一定存在若干前单时差为零的工序把 k 个后标准工序连起来，形成线段

$$(r)\to(j_1)\to\cdots\to(i_2)\to(j_2)\to\cdots\to(i_{k-1})\to(j_{k-1})\to\cdots\to(i_k)\to(j_k)$$

再根据 μ_r^* 的定义，一定存在关键工序把 (r) 与源点连起来得 μ_r^*

$$\mu_r^* = (1)\to\cdots\to(e)\to(f)\to\cdots\to(r)$$

因为关键工序 (e,f) 的机动时间为零，所以 $\mathrm{TF}_{ef}=0$，得

$$\mathrm{TF}_{ef} = {}^{\Delta}\mathrm{FF}_{ef} + {}^{\Delta}\mathrm{IF}_{ef} = 0$$

因为 $^{\Delta}\mathrm{FF}_{ef}\geqslant 0$，$^{\Delta}\mathrm{IF}_{ef}\geqslant 0$，所以

$$^{\Delta}\mathrm{FF}_{ef} = 0$$

μ_r^* 也是由前单时差为零的工序连接而成的。

由定义，关键节点 (r) 的 k 级后标准路线为

$$\mu_{(r,j_k)}^{k} = \mu_r^* + (r,j_1) + \cdots + (i_2,j_2) + \cdots + (i_{k-1},j_{k-1}) + \cdots + (i_k,j_k) + \mu_{j_k}^{\oplus}$$

所以由上述证明可知，(r) 的 k 个后标准工序可用前单时差为零的工序连成一条 k 级后标准路线。

证毕。

后特征值定理　后标准路线的后特征值越小，则该条路线就越长，即当 $C_r^m(i)<C_g^n(j)$ 时，则

$$|\mu_{(r,i)}^m|>|\mu_{(g,j)}^n| \tag{9-2-59}$$

证明　由式(9-2-58)推知

$$C_r^m(i)={}^{\Delta}\mathrm{FF}_{\mu_{(r,i)}^m},\quad C_g^n(j)={}^{\Delta}\mathrm{FF}_{\mu_{(g,j)}^n}$$

因为已知 $C_r^m(i)<C_g^n(j)$，所以

$${}^{\Delta}\mathrm{FF}_{\mu_{(r,i)}^m}<{}^{\Delta}\mathrm{FF}_{\mu_{(g,j)}^n} \tag{9-2-60}$$

由路线前单时差概念可得

$$|\mu^{\nabla}|-|\mu_{(g,j)}^n|={}^{\Delta}\mathrm{FF}_{\mu_{(g,j)}^n} \tag{9-2-61}$$

$$|\mu^{\nabla}|-|\mu_{(r,i)}^m|={}^{\Delta}\mathrm{FF}_{\mu_{(r,i)}^m} \tag{9-2-62}$$

将式(9-2-62)和式(9-2-61)相减得

$${}^{\Delta}\mathrm{FF}_{\mu_{(r,i)}^m}-{}^{\Delta}\mathrm{FF}_{\mu_{(g,j)}^n}=|\mu_{(g,j)}^n|-|\mu_{(r,i)}^m| \tag{9-2-63}$$

由式(9-2-60)、式(9-2-63)得

$$|\mu_{(g,j)}^n|<|\mu_{(r,i)}^m|$$

所以当 $C_r^m(i)<C_g^n(j)$ 时，则

$$|\mu_{(r,i)}^m|>|\mu_{(g,j)}^n|$$

定理成立。

证毕。

2. 方法描述

与求 k 阶次关键路线的后单时差法类似，其前单时差法的具体描述如下：

(1) 找出关键路线 μ^{∇}（或称为零阶次关键路线 μ^0，即 $\mu^{\nabla}=\mu^0$）。

参见 9.2.1 节中的方法描述步骤(1)。

(2) 求所有关键节点 (r) 的 1 级后标准工序 (r,i) 的 1 级后特征值

$$C_r^1(i)={}^{\Delta}\mathrm{FF}_{ri}$$

(3) 把 $C_r^1(i)\geqslant\Delta T$ 的后特征值去掉，将 $C_r^1(i)<\Delta T$ 的后特征值构成集合 Ω^1。

(4)令 $k=1$，在集合 Ω^k 上编制特征值表 G^k。

① 把 Ω^k 内各后特征值由小到大排列，得 I_1^k、I_2^k，…，I_n^k，且当 $I_s^k=I_{s+1}^k$，$I_s^k=C_p^u(i)$，$I_{s+1}^k=C_q^v(j)$，则 $u<v$；当 $u=v$ 时，$i<j$。

② 标出各级后标准工序。

设 $I_m^k=C_s^t(v_t)$，$m=1,2,\cdots,n$，$t\leqslant k$，则在 I_m^k 后面的括号内按顺序标出关键节点 (s) 的第 $t,t-1,t-2,\cdots,2,1$ 级各后标准工序 (u_t,v_t)，(u_{t-1},v_{t-1})，(u_{t-2},v_{t-2})，…，(u_2,v_2)，(s,v_1)，得表 G^k 如下：

$$I_1^k=C_e^c(b_c):[(e,b_1),(a_2,b_2),\cdots,(a_{c-1},b_{c-1}),(a_c,b_c)]$$

$$\vdots$$

$$I_m^k = C_s^t(v_t):[(s,v_1),(u_2,v_2),\cdots,(u_{t-1},v_{t-1}),(u_t,u_t)]$$

$$\vdots$$

$$I_n^k = C_h^f(q_f):[(h,q_1),(p_2,q_2),\cdots,(p_{f-1},q_{f-1}),(p_f,q_f)]$$

(5) 找出第 k 阶次关键路线 μ^k。

在 G^k 表中,取 $I_1^k = C_e^c(b_c):[(e,b_1),(a_2,b_2),\cdots,(a_{c-1},b_{c-1}),(a_c,b_c)]$,用前单时差为零的工序把工序$(e,b_1),(a_2,b_2),\cdots,(a_{c-1},b_{c-1}),(a_c,b_c)$连成一条路线,即 μ^k。

(6) 找出与 I_1^k 对应的 c 级后标准工序(a_c,b_c)的后主链 $\mu_{b_c}^{\oplus}$(具体方法参见4.1.1节)。

(7) 找出 $\mu_{b_c}^{\oplus}$ 上所有的 $c+1$ 级后标准工序(a_{c+1},b_{c+1}),并计算每个(a_{c+1},b_{c+1})的后特征值

$$C_e^{c+1}(b_{c+1}) = C_e^c(b_c) + {}^{\Delta}\mathrm{FF}_{a_{c+1}b_{c+1}}$$

(8) 找出集合 Ω^{k+1}。

① 把 $C_e^{c+1}(a_{c+1}) \geqslant \Delta T$ 的后特征值去掉,将 $C_e^{c+1}(a_{c+1}) < \Delta T$ 的后特征值组成 Ω_1^{k+1}。

② 把 G^k 表中 I_1^k 去掉后的剩余元素组成集合

$$\Omega_2^{k+1} = \{I_2^k, I_3^k, \cdots, I_n^k\}$$

③ 令 $\Omega^{k+1} = \Omega_1^{k+1} + \Omega_2^{k+1}$。

(9) 检验。

① 若 $\Omega^{k+1} = \varnothing$,则停止。

② 若 Ω^{k+1}不空,则用 Ω^{k+1} 代替 Ω^k,用 $k+1$ 代替 k 后转(4)。

3. *方法正确性分析*

与9.2.1节中3的证明类似。从略。

4. *方法复杂性分析*

与9.2.1节中4的复杂性相同。从略。

9.2.3 应用举例

1. *评估次关键路线与关键路线之差,并找出次关键路线*

在图9-2-1中,关键路线与次关键路线的路长之差是多少?并当差值小于5天时,求出次关键路线。

解 方法一:用“求 k 阶次关键路线的后单时差法”求解。

(1) 求关键路线 μ^{∇}。

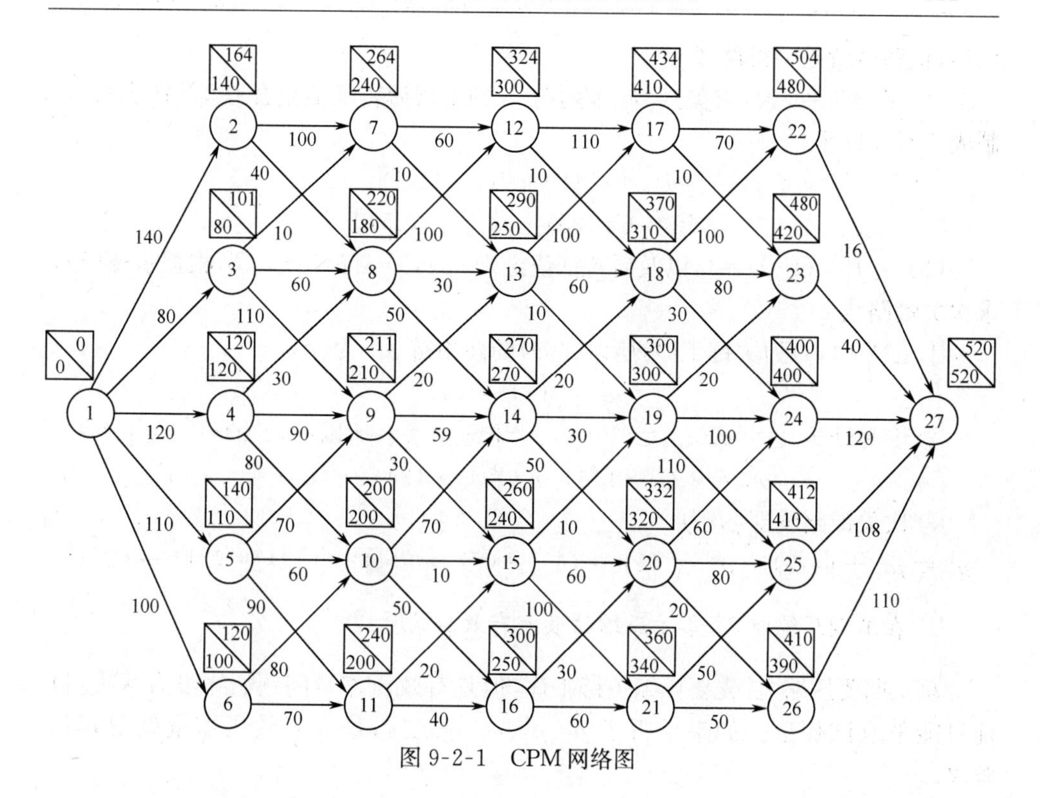

图 9-2-1　CPM 网络图

把关键工序相连得唯一一条路线(1)→(4)→(10)→(14)→(19) →(24)→(27),该路线就是关键路线 μ^{∇} 。

(2) 设 $\Delta T=5$ 天,求关键节点的小于 5 的 1 级前特征值集合 Ω^1,并按步骤(4)制成表 G^1,如下:

$$I_1^1 = D_{14}^1(9) = 1:[(9,14)]$$
$$I_2^1 = D_{27}^1(25) = 2:[(25,27)]$$

(3) 由 $I_1^1=D_{14}^1(9)=1$,以及前特征值定理,$|\mu^{\nabla}|-|\mu^1|=1<5$,根据步骤(5),求次关键路线 μ^1。

① 因为 $\mathrm{FF}_{1,4}^{\Delta}=\mathrm{FF}_{4,9}^{\Delta}=0$,所以(9,14)的前主链 μ_9^* 为

$$\mu_9^* = (1) \to (4) \to (9)$$

② 因为(14,19)、(19,24)、(24,27)为关键工序,所以(9,14)的后主链 $\mu_{14}^{\oplus}$ 为

$$\mu_{14}^{\oplus} = (14) \to (19) \to (24) \to (27)$$

③ 次关键路线即 μ^1 为

$$\mu^1 = \mu_9^* + (9,14) + \mu_{14}^{\oplus} = (1) \to (4) \to (9) \to (14) \to (19) \to (24) \to (27)$$

方法二:用“求 k 阶次关键路线的前单时差法”求解。

(1) 求关键路线 μ^{∇} 。

把关键工序相连得唯一一条路线(1)→(4)→(10)→(14)→(19) →(24)→

(27),该路线就是关键路线 μ^{∇}。

(2) 设 $\Delta T=5$ 天,求关键节点的小于 5 的 1 级后特征值集合 Ω^1,并按步骤(4)制成表 G^1,如下:

$$I_1^1 = C_4^1(9) = 1:[(4,9)]$$

$$I_2^1 = C_{19}^1(25) = 2:[(19,25)]$$

(3) 由 $I_1^1=C_4^1(9)=1$,以及后特征值定理,$|\mu^{\nabla}|-|\mu^1|=1<5$,根据步骤(5),求次关键路线 μ^1。

① 因为(1,4)为关键工序,所以(4,9)的前主链 μ_4^* 为

$$\mu_4^* = (1) \to (4)$$

② 因为 ${}^{\Delta}FF_{9,14}={}^{\Delta}FF_{14,19}={}^{\Delta}FF_{19,24}={}^{\Delta}FF_{24,27}=0$,所以(4,9)的后主链 $\mu_9^{\oplus}$ 为

$$\mu_9^{\oplus} = (9) \to (14) \to (19) \to (24) \to (27)$$

③ 次关键路线即 μ^1 为

$$\mu^1 = \mu_4^* + (4,9) + \mu_9^{\oplus} = (1) \to (4) \to (9) \to (14) \to (19) \to (24) \to (27)$$

2. *在工期压缩时,求各步压缩的最大有效压缩量*

总工期要压缩,首先要压缩关键工序,但是有效压缩量问题始终没有解决,目前只能采取试探法。如果求得了 μ^0、μ^1、μ^2 等之后,最大有效压缩量就很容易解决。

$$\max\{\Delta T_{\text{有效}}\} = |\mu^0| - |\mu^1|$$

因为次关键路线不压缩,只是压缩关键路线 $\mu^{\nabla}=\mu^0$,当压缩量超过 $|\mu^0|-|\mu^1|$ 时,μ^1 成为新关键路线,总工期就不再减少。所以,有效压缩量就是 $|\mu^0|-|\mu^1|$。

如果在压缩 μ^{∇} 时,被压缩的工序也在 μ^1 上,则 μ^1、μ^{∇} 同步减少,μ^1 不会变成新关键路线,这时需看 μ^2,则

$$\max\{\Delta T_{\text{有效}}\} = |\mu^0| - |\mu^2|$$

以此类推。

这样,可以避免反复试探,每次试探之后都要重新计算网络参数来确定压缩量的有效性,而计算网络各参数十分繁杂,尤其是网络规模很大时。最大有效压缩量的解决使我们可以大大简化运算。

9.3　项目稳定性分析

9.3.1　项目稳定性分析的定义

项目稳定性分析的定义:通过 CPM 制定一个项目的网络计划除了关键工序之外,其他工序都有可能具有机动时间稳定量,对这些工序的机动时间稳定量进行

计算,并对其机动时间稳定性进行分析,从而判断该项目的稳定性。

一般来说,工序的机动时间稳定量越大,则工序受前后继工序的影响以及对前后继工序的影响就越小。

9.3.2　项目稳定性分析的意义

现代项目管理中,在项目前期及项目进行过程中,对项目做进度计划和控制是非常重要的。CPM是用于进行项目进度计划和控制的非常重要的工具,而机动时间又是CPM网络计划中的关键参数,它从全局考虑项目中各工作间的关系,与其他参数相比,具有更好的可以从全局把握各工作间关系的作用。通过对机动时间特性的研究,本节运用机动时间稳定量的概念进行项目稳定性分析。项目稳定性分析的意义如下:

(1) 在项目网络中,关键工序相对数目较少,大部分工序是非关键工序,也就是说,大部分工序都具有机动时间。这些具有机动时间的工序都有可能具有稳定性,而在一般情况下误差都不太大,因此误差有可能在机动时间稳定量的范围内。所以在研究工序稳定性的同时,进而研究整个项目网络计划的稳定性具有普遍的意义。

(2) 项目稳定性是指整个网络计划的稳定性,而整个网络计划的稳定性是由其中每一个环节(即工序)的稳定性共同决定的。一般来说,网络中稳定工序多,该网络的稳定度就大。而传递工序多,网络的稳定度就小。

(3) 项目稳定性可应用于项目进度管理分析,研究单个稳定工序在进度管理中的作用,同时也需要把所有稳定工序综合起来考虑。一般来说,具有稳定性的工序在前后继工序的机动时间发生变化时能够起到隔离(或缓冲)的作用。所以,具有稳定性的工序能够对影响整个网络及总工期的因素起到屏蔽或缓冲的作用,而把网络中所有稳定工序综合起来考虑也会得到有关整个项目稳定性的某种指标。

(4) 结合传统敏感性分析,对项目稳定性分析的实际作用进行研究。传统敏感性分析研究自变量变化引起因变量变化的情况,而稳定性分析则是研究自变量变化但因变量不变化的情况,所以项目稳定性是研究项目网络在工序工期等因素变化时总工期不变化的情况。

(5) 研究工序稳定性的范围,研究在什么情况下工序的稳定性会减少甚至消失,以及在这种情况下对项目整体的影响。在工序工期变化的情况下,工序的机动时间稳定量可能会减少甚至消失,这种情况下项目的总工期有可能不变化,但随之以后工序工期的继续变化就可能会引起总工期的变化,这时项目的整体稳定性会减小。

(6) 研究工序稳定性对工序所在路线的影响情况。如果前面的工序有延迟,该工序的稳定性也会受影响,这也是尚未研究的课题。当工序的稳定性因为某种因素遭到破坏时,会对总工期产生什么样的影响?也是需要研究的新课题。

通过对机动时间稳定性的研究,在更广的范围内分析了工序之间的相互关系及影响,突出了机动时间在项目中的重要性,也突出了具有稳定性的工序在整个项目中的地位和作用,同时为工序对项目工期的稳定性分析等奠定了理论基础。

9.3.3 算例分析

例 9.3.1 某工程项目对应的 CPM 网络计划图如图 9-3-1 所示,其中粗箭线表示关键工序,判断各工序是否具有机动时间的稳定性,并计算相应的机动时间稳定量。

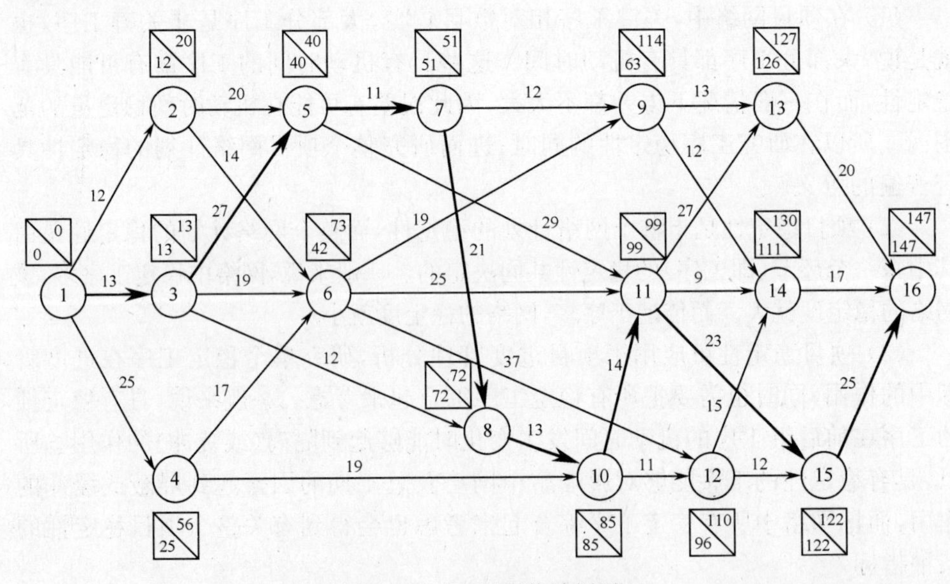

图 9-3-1　CPM 网络计划图

解　关键工序没有机动时间稳定性,只需考虑各非关键工序即可。计算各非关键工序的机动时间稳定量,得各非关键工序是否具有机动时间稳定性。

$$(F \mid F)_{1,2} = \max\{\mathrm{ES}_2 - \mathrm{LF}_1 - T_{1,2}, 0\} = 12 - 0 - 12 = 0$$

$$(F \mid F)_{1,4} = \max\{\mathrm{ES}_4 - \mathrm{LF}_1 - T_{1,4}, 0\} = 25 - 0 - 25 = 0$$

$$(F \mid F)_{2,5} = \max\{\mathrm{ES}_5 - \mathrm{LF}_2 - T_{2,5}, 0\} = 40 - 20 - 20 = 0$$

$$(F \mid F)_{2,6} = \max\{\mathrm{ES}_6 - \mathrm{LF}_2 - T_{2,6}, 0\} = 42 - 20 - 14 = 8$$

$$(F \mid F)_{3,6} = \max\{\mathrm{ES}_6 - \mathrm{LF}_3 - T_{3,6}, 0\} = 42 - 13 - 19 = 10$$

$$(F \mid F)_{3,8} = \max\{\mathrm{ES}_8 - \mathrm{LF}_3 - T_{3,8}, 0\} = 72 - 13 - 12 = 47$$

其他工序机动时间稳定量的算法同上，最后结果如表 9-3-1 所示。

表 9-3-1

非关键工序	是否具有稳定性	最大稳定量
(1,2)	否	$(F\|F)_{1,2}=0$
(1,4)	否	$(F\|F)_{1,4}=0$
(2,5)	否	$(F\|F)_{2,5}=0$
(2,6)	是	$(F\|F)_{2,6}=8$
(3,6)	是	$(F\|F)_{3,6}=10$
(3,8)	是	$(F\|F)_{3,8}=47$
(4,6)	否	$(F\|F)_{4,6}=0$
(4,10)	是	$(F\|F)_{4,10}=10$
(5,11)	是	$(F\|F)_{5,11}=30$
(6,9)	否	$(F\|F)_{6,9}=0$
(6,11)	是	$(F\|F)_{6,11}=1$
(6,12)	否	$(F\|F)_{6,12}=0$
(7,9)	否	$(F\|F)_{7,9}=0$
(9,13)	否	$(F\|F)_{9,13}=0$
(9,14)	否	$(F\|F)_{9,14}=0$
(10,12)	否	$(F\|F)_{10,12}=0$
(11,13)	否	$(F\|F)_{11,13}=0$
(11,14)	是	$(F\|F)_{11,14}=3$
(12,14)	否	$(F\|F)_{12,14}=0$
(12,15)	否	$(F\|F)_{12,15}=0$
(13,16)	否	$(F\|F)_{13,16}=0$
(14,16)	否	$(F\|F)_{14,16}=0$

得出各工序的机动时间稳定量后，在 CPM 网络中给出了一种新的参考指标，即根据各个工序是否具备稳定量，以及所具备稳定量的大小，可以对整个网络中稳定工序的分布进行分析，并通过分析整个网络中稳定工序的数目及分布情况，对整个网络的稳定性进行分析，这些都可以作为今后项目稳定性研究的内容。

参考文献

蔡晨，万伟. 2003. 基于 PERT/CPM 的关键链管理[J]. 中国管理科学，11(6)：70～75

曹吉鸣. 2000. 网络计划技术与施工组织设计[M]. 上海：同济大学出版社

陈秋双. 2005. 现代物流系统概论[M]. 北京：水利水电出版社

陈荣秋，马士华. 2006. 生产运作管理(第二版)[M]. 北京：机械工业出版社

陈仕平，张国川. 2000. 两台平行机的实时到达在线排序[J]. 应用数学学报，23(1)：31～37

陈嵩强，周焕文. 1990. 次关键路线法[J]. 系统工程理论与实践，10(3)：5～10

程国平，黄沛钧. 1991. 实用网络计划技术[M]. 武汉：华中理工大学出版社

付强，吴连玉. 1995. 工程进度计划网络信息管理系统的研究和应用[J]. 华北电力技术，9：27～32

高自友，孙会君. 2003. 现代物流与交通运输系统[M]. 北京：人民交通出版社

韩继业，修乃华，戚厚铎. 2006. 非线性互补理论与算法[M]. 上海：上海科学技术出版社

胡运权. 2005. 运筹学[M]. 哈尔滨：哈尔滨工业大学出版社

江景波. 1983. 计划管理新方法网络计划的计算与实例[M]. 上海：上海科学技术出版社

康丽英，单而芳. 2007. 图的整数值控制函数[J]. 上海大学学报(英文版)，11(5)：437～448

雷建国. 1990. 有限集上 M 序列的升级构造法[J]. 通信学报，11(6)：57～61

李星梅，方惠，孙激流. 2005. 带有一个松弛变量的三元序链的优化方法[J]. 河南教育学院学报(自然科学版)，14(1)：6～8

李星梅，乞建勋. 2006. 基于时差分析的时标网络图探究[J]. 运筹与管理，15(6)：28～33

李星梅，乞建勋，牛东晓. 2006. 三个平行序链的顺序优化决策[J]. 中国管理科学，14(4)：69～74

李星梅，乞建勋，牛东晓. 2007. 基于机动时间的可分解平行工序顺序优化研究[J]. 中国管理科学，15(5)：88～93

李星梅，乞建勋，苏志雄. 2007. 基于时差分析的资源均衡问题探究[J]. 中国管理科学，15(1)：47～54

李星梅，乞建勋，苏志雄. 2008. 路线机动时间守恒与 CPM 网络机动时间不守恒理论研究[J]. 系统管理学报，17(2)：235～240

李星梅，乞建勋，苏志雄等. 2007. 广义关键路线法的初步探索[J]. 中国管理科学(专辑)，15：181～185

李星梅，乞建勋，苏志雄等. 2007. 基于机动时间的项目工期单因素不确定性分析[J]. 北京航空航天大学学报，33(12)：1466～1470

李星梅，乞建勋，杨尚东. 2006. 基于 CC /BM 电网设施检修流程优化模型研究与应用[J]. 电力建设，27(4)：43～46

廖胜芳，刘海深，陶德滋. 1987. 网络计划技术原理与应用[M]. 北京：北京航空学院出版社

林诒勋. 1996. 线性规划与网络流[M]. 开封：河南大学出版社

刘士新. 2007. 项目优化调度理论与方法[M]. 北京：机械工业出版社

卢建昌，乞建勋. 2005. 带两个指定元素及任意个松弛量的三元行偶的优化方法[J]. 数学的实践与认识，35(6)：161～165

卢建昌，温磊. 2003. 带一个指定元素及任意个松弛量的三元行偶的优化方法[C]. 第五届中国青年运筹与管理学者大会论文集

陆化普，黄海军. 2007. 交通规划理论研究前沿[M]. 北京：清华大学出版社

吕蓬，乞建勋，孙薇. 1996. 带松弛量的两元行偶的优化方法[J]. 电力学报，11(1)：64～72

倪志锵. 1987. 线性规划与网络计划技术[M]. 北京：中国铁道出版社

牛东晓,乞建勋.2000.工程网络资源平衡的改进型遗传算法研究[J].华北电力大学学报,27(3):1～5
牛东晓,乞建勋.2001.施工网络计划优化的极值种群遗传算法[J].运筹与管理,10(1):58～63
乞建勋.1988.一般序偶的优化方法[J].华北电力学院学报,15(2):106～113
乞建勋.1994.次关键路线的自由时差法[J].系统工程理论与实践,14(3):17～19
乞建勋.1994.三元行偶的优化理论及方法[J].系统工程学报,9(1):108～117
乞建勋.1997.网络计划优化新理论与技术经济决策[M].北京:科学出版社
乞建勋,陈志华.1993.带松弛量的序偶优化方法[J].电力学报,8(3):32～35
乞建勋,代修筑,关金锋.1993.二元行偶的优化方法[J].华北电力学院学报,20(4):106～112
乞建勋,关金锋.1994.二行N元链格的优化方法[C].全国运筹学应用交流与研讨会论文集
乞建勋,关金锋.1994.网络计划技术在电厂检修应用中的三个问题[J].河北电力技术,13(4):27～33
乞建勋,贾政源,易晓瑜.1995.广义序偶的优化方法[J].华北电力学院学报,22(1):83～86
乞建勋,吕蓬,孔宪毅.1995.四个平行工序中三元序链的优化方法[J].华北电力学院学报,22(3):83～87
乞建勋,王广庆.1991.三元序链的优化理论[J].系统工程理论与实践,11(3):67～69
乞建勋,王强,贾海红.2008.基于熵权和粒子群的资源均衡新方法研究[J].中国管理科学,16(1):90～95
乞建勋,王强,李星梅.2008.双代号网络图中虚工序对时差计算公式的影响与修正[J].系统工程理论与实践,(6):106～114
乞建勋,易水源.1994.工期压缩的最大有效解的K步值法[J].华北电力学院学报,21(2):109～114
乞建勋,易晓瑜,李亚梅等.1996.在电力生产中如何正确使用机动时间[J].华北电力学院学报,23(3):76～80
秦裕瑗.2006.运筹学简明教程(第二版)[M].北京:高等教育出版社
邱菀华.2001.项目管理学——工程管理理论、方法与实践[M].北京:科学出版社
任建琳.1993.工程建设进度控制[M].北京:水利电力出版社
苏志雄,李星梅,乞建勋.2008.基于CPM原理和Dijkstra算法的SPM网络计划模型及性质[J].运筹与管理,17(1):148～153
唐国春,张峰,罗守成等.2002.现代排序论[M].上海:上海科学普及出版社
唐立新.1999.CIMS下生产批量计划理论及其应用[M].北京:科学出版社
田俊国.2002.应用PERT进行项目工期估计[M].北京:中国对外经济贸易出版社
汪寿阳,杨晓光等.2002.运筹学与系统工程新进展[M].北京:科学出版社
王国庆.2007.企业生产管理——企业诊断丛书[M].北京:清华大学出版社
王佳,李星梅,乞建勋.2008.四个平行序链顺序优化问题算法设计[J].系统工程学报,23(4):455～461
王佳,乞建勋.2007.基于中断和机动时间的平行序链顺序优化算法设计及复杂度研究[C].中国机械工程学会第十次工业工程年会论文集.天津:天津大学出版社
王诺.1999.网络计划技术及其拓广研究[M].北京:人民交通出版社
王清则,庄玉斌.1988.实用网络计划技术[M].北京:北京工业学院出版社
王众托,张军.1984.网络计划技术[M].沈阳:辽宁人民出版社
魏一鸣,胡清淮.2004.线性规划及其应用[M].北京:科学出版社
邢文训.2005.现代优化计算方法(第二版)[M].北京:清华大学出版社
徐玖平,胡知能,王緌.2007.运筹学(第三版)[M].北京:科学出版社
徐玖平,胡知能.2006.运筹学数据、模型、决策[M].北京:科学出版社
徐永文,赵恒永.1994.实用网络计划技术[M].北京:中国石化出版社
杨秋学.1999.网络计划技术及其应用[M].北京:清华大学出版社
越民义.2006.最小网络——斯坦纳树问题[M].上海:上海科学技术出版社

运筹学教材编写组. 2005. 运筹学[M]. 北京：清华大学出版社

张静文，徐渝，何正文. 2006. 具有时间转换约束的离散时间-费用权衡问题研究[J]. 中国管理科学，14(2)：58～64

张静文，徐渝，何正文. 2007. 项目调度中的时间-费用权衡问题研究综述[J]. 管理工程学报，21(1)：92～97

张立辉，乞建勋. 2008. CPM 网络节点时差的特性与应用[J]. 中国管理科学，16(79)：128～133

张立辉，乞建勋. 2008. 运用总时差求 CPM 网络中次关键路线的方法研究[J]. 运筹与管理，17(79)：79～83

张立辉，乞建勋，仲刚. 2008. CPM 网络中关键工序被压缩情况下新关键路线规律研究[J]. 中国管理科学(专辑)，16：31～35

中国建筑协会. 2000. 工程网络计划技术规程教程[M]. 北京：中国建筑工业出版社

周远成，罗刚，杨力俊等. 2004. CPM 网络中次关键路线的编程模式与算法设计[J]. 技术经济，(3)：51～52

周远成，牛亚平，肖宝玲等. 2004. CPM 网络中次关键路线的快速计算和显示[J]. 技术经济与管理研究，(2)：61～62

周远成，乞建勋. 2004. 网络计划优化中资源平衡的混合遗传算法[J]. 中国管理科学，12(Z1)：40～44

周远成，乞建勋. 2005. 网络图修改方法的两个创新[J]. 运筹与管理，14(3)：15～21

周远成，乞建勋，张立辉. 2004. 网络计划优化技术中顺序优化的编程模式与算法设计[J]. 运筹与管理，23(5)：87～89

周远成，余顺坤，张立辉. 2004. 网络计划优化技术与资源配置的软件开发[J]. 计算机应用研究，21：394～397

朱弘毅. 1999. 网络计划技术[M]. 上海：复旦大学出版社

Akkan C, Drexl A, Kimms A. 2000. Network decomposition for the discrete time/cost trade-off problem[C]. Part 2: Network decomposition and computational results. Extended Abstracts of the Seventh International Workshop on Project Management and Scheduling, Osnabrück, Germany: 29～31

Akpan E O P. 1996. Job-shop sequencing problems via network scheduling technique [J]. International Journal of Operations & Production Management, 16(3): 76～86

Ann T, Erenguc S S. 1998. The resource constrained project scheduling problem with multiple crushable modes: A heuristic procedure [J]. European Journal of Operational Research, 107(2): 250～259

Azaron A, Tavakkoli-Moghaddam R. 2007. Multi-objective time-cost trade-off in dynamic PERT networks using an interactive approach[J]. European Journal of Operational Research, 180: 1186～1200

Battersby A. 1970. Network Analysis for Planning and Scheding[M]. New York: St. Matin's Press

Davis E W, Patterson J H. 1975. A comparison of heuristic and optimum solutions in resource-constrained project scheduling [J]. Management Science, 22(4): 75～79

Demeulemeester E, de Reyck B, Foubert B, et al. 1998. New computational results for the discrete time/cost trade-off problem in project networks [J]. Journal of the Operational Research Society, 49(26): 1153～1163

Demeulemeester E, Elmaghraby S E, Herroelen W. 1996. Optimal procedures for the discrete time/cost trade-off problem in project networks [J]. European Journal of Operational Research, 88(1): 50～68

de P, Dunne E J, Ghosh J B, et al. 1995. The discrete time/cost trade-off problem revisited [J]. European Journal of Operational Research, 81(2): 225～238

Elmaghraby S E. 1977. Activity Network: Project Planning and Control by Networks Models[M]. New York: John Wiley & Sons Inc

Elmaghraby S E. 1995. Activity nets: A guided tour through some recent developments [J]. European Journal of Operational Research, 82: 383～408

Elmaghraby S E. 2000. On criticality and sensitivity in activity networks [J]. European Journal of Operational

Research, 127: 220～238

Elmaghraby S E, Kamburowski J. 1990. On project representation and activity floats [J]. Arabian Journal of Science and Engineering, 15: 627～637

Elmaghraby S E, Kamburowski J. 1992. The analysis of activity network under generalized precedence relations [J]. Management Science, 38(9): 1245～1263

Erenguc S S, Tufekci S, Zappe C J. 1993. Solving time/cost trade-off problem with discounted cash flows using generalized benders decomposition [J]. Naval Research Logistics, 1(40): 25～50

Falk J E, Horowitz J L. 1972. Critical path problem with concave cost-time curve [J]. Management Science, 19(4): 446～455

Ford L R, Fulkerson D R. 1962. Flow in Network [M]. New Jersey: Princeton University Press

Fulkerson D R. 1961. A network flow computation for project cost curves [J]. Management Science, 7(2): 167～178

Gorenstein S. 1972. An algorithm for project (job) sequencing with resource constraints [J]. Operations Research, 20(4): 835～850

Hall K, Kearney T. 1984. Recent Advances in Network Optimization Methods and Application in Development in O. R [M]. Oxford: Oxford University Press

Harvey R T, Patterson J H. 1979. An implicit enumeration algorithms for the time/cost tradeoff problem in project network analysis [J]. Foundations of Control Engineering, 4(2): 107～117

Kapur K C. 1973. An algorithm for the project cost/duration analysis problem with quadratic and convex cost functions [J]. IIE Transactions, 5(4): 314～322

Kelly J. 1961. Critical-path planning and scheduling: Mathematical[J]. Operation Research, 9(3): 296～320

Kerzner H. 2002. 项目管理—计划、进度和控制的系统方法[M]. 北京:电子工业出版社

Lamberson L R, Hocking R R. 1970. Optimum time compression in project scheduling [J]. Management Science, 16(10): 597～606

Li Xingmei, Qi Jianxun. 2007. Single-machine scheduling of two activities with slack: CPM to minimize the total tardiness [J]. Journal of Harbin Institute of Technology, 14(1): 99～102

Li Xingmei, Qi Jianxun, Yi Hongmei. 2006. Some ideas about the float in network scheduling [R]. Advancement of Construction Management and Real Estate: 24～28

Li Xingmei, Zhang Lihui, Qi Jianxun, et al. 2008. An extended particle swarm optimization algorithm based on coarse-grained and fine-grained and its application [J]. Journal of Central South University of Technology, 15(1): 141～146

Low C. 2005. Simulated annealing heuristic for flow shop scheduling problems with unrelated parallel machines [J]. Computers & Operations Research, 32: 2013～2025

Lushchakova I N, Kravchenko S A. 1998. Two-machine shop scheduling with zero and unit processing times [J]. European Journal of Operational Research, 107: 378～388

Lyer J N. 1990. Hierarchical solution of network flow problem [J]. Networks, 20(4): 731～752

Masuzawa K. 1990. A polynomial time interior point algorithms for minimum cost flow problem [J]. Journal of Operational Research Society of Japan, 33(2): 569～584

Meyer W L, Shaffer L R. 1965. Extending CPM for multiform project time-cost curves [J]. Journal of the Construction Division, 91(C01): 45～67

Moder J J, Phillips C R, Davis E W. 1983. Project management with CPM, PERT and precedence diagramming

[M]. 3rd Ed. New York: Van No Strand Reinhold Company

Panagiotakoplos D. 1977. A CPM time-cost computational algorithm for arbitrary activity cost function [J]. INFOR, 15(2): 183~195

Phillips S, Dessouky M I. 1977. Solving the project time/cost tradeoff problem using the minimal cut concept [J]. Management Science, 24(4): 393~400

Prabuddha D, James D, Jay B G, et al. 1997. Complexity of the discrete time-cost tradeoff problem for project networks [J]. Operations Research, 45(2): 302~306

Qi Jianxun, Wang Qiang, Guo Xinzhi. 2007. Improved particle swarm optimization for resource leveling problem [C]. Proceedings of the Sixth International Conference on Machine Learning and Cybernetics, Hong Kong

Simens N, Gooding C. 1975. Reducing project duration at minimum cost: A time cost trade-off algorithm [J]. Omega, 3(5): 569~581

Skutella M. 1998. Approximation algorithms for the discrete time-cost trade-off problem [J]. Mathematics of Operations Research, 23(4): 909~929

Tareghian H R, Taheri S H. 2006. On the discrete time, cost and quality trade-off problem[J]. Applied Mathematics and Computation, 181: 1305~1312

Tareghian H R, Taheri S H. 2007. A solution procedure for the discrete time, cost and quality tradeoff problem using electromagnetic scatter search[J]. Applied Mathematics and Computation, 190: 1136~1145

Thomas W. 1969. Four floats measures for critical path scheduling[J]. Journal of Industrial Engineering, 10: 19~23

Zhang Lihui, Qi Jianxun, Zhong Gang. 2008. Property of the free float and its application in CPM network [C]. The 4th International Conference on Wireless Communication, Networking, and Mobile Computing

Zhang Lihui, Zhang Sufang, Qi Jianxun. 2008. A method of saving cost based on safety floats and minimum cut algorithm in project management[C]. The 4th International Conference on Wireless Communication, Networking, and Mobile Computing